盗梦侦探
パプリカ

侦探

著——[日] 筒井康隆
译———丁丁虫
Yasutaka Tsutsui

上海译文出版社

目 录

第一部

1

体重在一百公斤以上的时田浩作走进理事室。理事室里顿时变得闷热难当。

这是财团法人精神医学研究所的理事室。常在此的理事只有时田浩作和千叶敦子两个人。室内放着五张桌子，他们两个人的桌子并排靠在里面的窗户旁边。理事室与职员室相通，隔在中间的玻璃门平时总是大开着，使得理事室看起来就像是职员室的一部分一样。

从所里的小卖部买来的三明治和咖啡都被千叶敦子打开了，却扔在桌上没动。每天吃的都是这些东西，弄得她一点食欲也没有。所里虽然也有住院患者和职员共用的食堂，但是里面的饭菜简直难吃到让人毛骨悚然的地步。没有食欲就不会发胖，敦子那份足以让电视台天天缠着要请她演出的美丽也就不会受到损害，虽说这也算是一种幸运，不过，实际上除了为人治疗的时候以外，无论是对自己的美丽还是对电视台，敦子全都毫无兴趣。

"说是精神分裂症具有传染性，职员们都很恐慌。"时田把自己巨大的躯体卸到敦子旁边的座位上说。有一个职员被传染了关系妄想症①。"因为怕被传染，不管是扫描仪还是反射器②，大家都是能不摸尽量不摸了。"

"难办啊……"敦子也有过好几次同样的经历，而且向来精神病医生多多少少都害怕自己会染上分裂症。更有喜欢信口开河的医生，说是分裂症也可能会像疱疹一样通过黏膜传染。自从能够扫描患者精神内部的扫描仪和反射器等精神治疗仪器投入使用以来，这种恐惧愈发带上了现实的气息。

"越不想与患者同一化、越喜欢'推诿'的职员，反而越是容易被传染。其实这种经历倒是有助于我们这些治疗学家进行自我治疗的嘛。"

所谓"推诿"，是说治疗者无法与患者进行人性的交流时，就责怪对方有精神病。直到二十年前，这还是精神分裂症的诊断基础。

"唉，又是牛蒡和烤鸡啊。"一打开母亲——时田和他母亲两个人住在职员公寓里——做的便当盒盖，时田便噘起了厚厚的嘴唇，一脸不满地说："一点都不想吃啊。"

看到时田大饭盒里的饭菜，敦子的食欲被勾了上来。那一定

---

① 关系妄想（Delusion of reference），又称牵连观念或援引观念（Idea of reference）。患者把环境中实际上与自己不相关的一些现象认作为与自身有关。——译者

② reflector，反射器，作者虚构的精神分析仪器。下文的采集器 collector 也是精神分析仪器。——译者

是海苔便当吧。

饭盒最下面铺着一层薄薄的米饭，上面是一张浸透了酱油的海苔，然后又是一层薄薄的米饭，再来一张海苔……如此反复几次做成的海苔便当，不禁让人怀念起过去。这饭盒中的饭菜甚至勾起了敦子对家乡的眷恋、对母亲的思念。她本来饭量也不小，这时候更是感到自己饿得不行了。

"那我帮你吃了吧。"敦子断然说道，之前手已经伸了出来。时田的竹编大饭盒被她横插过来的双手死死抓住。

时田的反应也极快，一把按在敦子的手上，连带着压住了饭盒。"不劳您费心了。"

"你都说了不想吃嘛。"敦子对自己手指上的力量很有自信，她想把饭盒硬抢过去。

除了这份便当之外，研究所里更没有任何别的食物能够满足时田的食欲了。他也在奋力夺取。"说了不用了。"

"哎呀，"所长岛寅太郎皱着眉头站在两人面前，"二位诺贝尔医学生理学奖的第一候选人，在这里抢饭盒啊？"他苦着脸说。

岛寅太郎有个怪癖，喜欢从所长室的桌子后面晃出来，在职员室里到处乱走，不分对象地随便找人搭话。有时候他从背后突然冒出一声，真能把职员吓得跳起来，心脏更是吃不消，所以在这一点上他的评价很不好。

虽然被所长那张着实让人讨厌的损嘴如此挖苦，但两个人还是都不肯放手，继续着无言的较量。岛所长面带忧色地看了他们半晌，随后换上一副恍然大悟的表情，可能是忽然想起但凡天才必有天真之处，轻轻点了几下头。

"千叶理事，等一下请到所长室来一下。"岛所长自言自语般地说着，将手背在身后，转过身，像往常一样在职员室里踱跶起来。

"不过，身为治疗者，竟然具有同患者类似的妄想观念，这也不太好吧。"时田浩作一边说，一边无奈地把一半便当分在盒盖上，"津村把患者的先验式的自立尝试，误解为了经验式的自立尝试。患者的家属经常会产生同患者类似的妄想观念，津村好像也是那样。"

这就更危险了，因为在患者看来，那就是一种假象，就像患者总觉得自己家人理解自己的样子都是装出来的一样。敦子感到必须要对津村这个员工仔细分析一下。

敦子只是为了吃饭才回理事室，她的研究室就在诊疗室旁边，里面放着 PT 仪①。而且除了常驻的助手之外，助理研究员也经常进进出出，弄得整天好像打仗一样乱哄哄的。时田浩作的

---

① PT 是心理治疗（psychotherapy）的缩写。PT 仪是作者虚构的心理治疗仪，包括反射器和采集器两个部分。——译者

研究室肯定也是一样的状况。

回研究室的路上，敦子看见走廊上综合诊疗室的门打开着，里面有四五个职员，正围着刚刚时田提到的那个津村，叽里呱啦不知道在吵什么。时田说的"恐慌"，大概就是这个场面吧。看他们的样子，确实只能说是恐慌。津村伸着右臂，好像纳粹式敬礼一样，围着他的职员当中也有人伸着手臂。敦子觉得怎么也没道理发展成这样的混乱局面，难道是有人在背后操纵？

研究室里，敦子的助手柿本信枝头上戴着钢盔型的采集器，两眼盯着显示器上的画面，正在观察隔壁诊疗室里沉睡的患者梦境。但是她的眼神有些空洞，连敦子进来都没发现。

敦子赶忙中止画面，点了好几下返回按钮，画面开始回溯患者的梦境。要是猛然关掉的话，柿本信枝会有滞留在患者潜意识中的危险。

"哎呀。"柿本信枝回过神来，手忙脚乱地摘下采集器。她这时候才注意到敦子，赶忙站起身。

"您回来了。"

"刚才很危险，你知道吗？"

"对不起，"柿本信枝好像还没意识到自己陷进了患者的梦境里，"我只是想客观地观察一下……"

"但你是被反侵入了。长时间戴着采集器检索患者梦境很危险，我跟你说过的吧？"

"是……"信枝应了一声，微微抬眼望向敦子，似乎有些不服。

敦子笑了起来。

"你是在学我吧。也想进入半睡眠状态？"

柿本信枝不情不愿地回到旁边自己的座位上，眼睛盯住反射器的显示器，不再去看敦子，有点伤心地说：

"教授能做到的事，为什么我就做不到？锻炼得还不够？"

根本原因在于柿本信枝缺乏足够的精神力。而且并不是有了精神力就可以的，有人即使具备足以成为临床医师的精神力，也还是不适合与患者共同经历梦境，更不用说将感情注入患者的潜意识，那样的话就会被困在患者的潜意识里，返回不了现实。

"也许吧。不管怎么说，还是小心点好。你听说了吧，津村只是看了反射器，就受到了患者的影响，产生了关系妄想。"

"嗯。"

隔壁房间里是一个六十多岁的男性患者，他的梦境是一处闹市，看上去像是几十年前的市中心。然而事实却是如何？在患者的梦中看到的那处闹市，猥琐、混乱，已然荒废。要是使用采集器对患者进行移情①，那处闹市必定会变成一个舒适而惬意的地

---

① 移情是精神分析的术语之一，是指在精神分析过程中，患者对分析者产生的一种强烈的情感。这是患者将自己过去对生活中某些重要人物的情感过多投射到分析者身上的过程。——译者

方吧，而且说不定还会同他那些青春时代的情欲萌动联结在一起。或许，那幅景象还代表了患者追溯过去的努力，说明他在试图找回从前那个与社会保持着密切关系的自己，也说明他在努力寻找自己与世界的关联。

敦子正要让柿本信枝去叫津村过来，小山内守雄来到了研究室。小山内守雄是个年轻的医务人员，博士头衔，相貌俊美，又是单身，经常成为所里女职员聊天时候的话题。但是他抛开本职研究，一门心思钻营政治，因此所里对他的评价并不好。柿本信枝好像也不喜欢这个小山内。

"千叶教授，津村的事情，虽然说是他自己的问题，其实原因还是在反射器上吧？"

"那是当然。要不是动了反射器，津村也不至于搞成那样。"

"呵呵，这就是说，有的临床医生即使用了反射器，也不会受到患者关系妄想的影响吧。"小山内脸带微笑，轻轻点头，一副胸有成竹的表情，仿佛算定了敦子会有那样的反驳一样。

"既然知道了，何必再问？"极度崇拜敦子的信枝轻蔑地说。

敦子不想和小山内做这种低水准的争论。她带着教诲般的口吻说："请不要忘记本研究所当前所做研究的原则。"

"PT 仪的开发。这一点我一直铭记于心。不过我想说的是，使用 PT 仪观察分裂症患者的潜意识图像，到底能有什么实际的效果。"小山内无视信枝，从容地说，仿佛是在故意学敦子的口气说话一样。"与掩藏潜意识的神经症患者不同，分裂症患者已经完全把潜意识表面化，他们的一言一行全都反映着潜意识中的内容。既然如此，我觉得我们还刻意观察此类患者的潜意识，似乎不会有多大意义。"

"但那种表面化的潜意识乃是分裂症患者的潜意识。因此，关于其能指与所指的异常结合方式，必须做进一步的调查，不是吗？确实如你所指出的那样，患者口中说的都已经是潜意识中的内容，但正因为如此，患者所说的词句究竟承载了怎样的含义，这一点只能通过观察患者的潜意识才能弄清吧。"

敦子感到自己完全是在对牛弹琴。小山内把他该说的话说完之后，便摆出一副充耳不闻的表情，含笑转头望向窗外。窗外是数百坪的草地，研究所的围墙掩映在草地尽头的树丛里。围墙之外是高楼林立的市中心。

"唔，那是千叶教授您的理论。"小山内带着明显不赞同的语气说。

"等一下。"敦子忍住怒气说。身为优秀的心理治疗师，制怒也是敦子自我训练的成果。"这不单单是理论，同时也是理论的基础，而且还是已经接受过验证的、得到广泛认同的理论。我不明白为什么到了现在还需要我来给你上课。好了，就到这里吧。请把津村带来，我来治疗。"

似乎想起了没人能比敦子更擅长应对尖刻的言辞，小山内收起笑容，"不不不，津村的事还没到需要劳烦千叶教授的地步，我和桥本足够了。本来我们和他也是朋友嘛。"

小山内急匆匆地走了出去。分裂症会传染的谣言一定是小山内传出来的，敦子暗想。只是他明知会被自己批评一顿，何必要跑到自己面前吹毛求疵呢？敦子猜不透他的意图。

"单单治疗还不行吧，"敦子自言自语地说，"还得对津村好好分析一下……"

"他好像很害怕千叶教授治疗和分析津村啊。"柿本信枝说。

2

　　岛寅太郎从所长室的办公桌后面站起来，让千叶敦子坐到会客用扶手椅上，自己则在斜对着椅子的沙发上坐了下去。说是坐下去，其实他的身子几乎整个横躺在沙发上，所以他的脸便正好位于敦子脸庞下缘切线的延伸位置上，只要一抬眼，就能看到近在咫尺的敦子的美丽脸庞。岛寅太郎从不掩饰自己是千叶敦子的仰慕者这件事。

　　"小山内刚刚来过。"

　　"是吗，他这儿也来了？"是在去我那边之前吧，敦子想。

　　"他气势汹汹地说什么研究所里的研究员不可能个个都认同你的理论，更不可能个个都帮你争取诺贝尔奖。"岛所长笑着说。

　　"他果然是为了津村的事情来的啊。对于PT仪的怀疑也一直没消除。"

　　"不管他怎么反对，确实有患者被PT仪治好了，这一点谁也没办法质疑，"岛寅太郎微微皱了皱眉，"而且已经有一半患者成功进入了症状缓和期。不管哪家医院，要说能有半数住院患者进入恢复期，放在以前，这可是连想都不敢想的事。是吧，千叶教授？这只能说明你的理论是正确的啊。"

"基本上都是开发 PT 仪的时田教授的功劳，我只是使用者而已。对了，所长，如今进入缓和期的患者已经达到分裂症住院患者的三分之二了。"

"啊，是吗？很了不起啊。"岛所长收起笑容说，"不过，为什么有很多缓和期的患者会把自己与医院院长同化呢？有些人还会模仿我，举动既单调又怪异。看到这种情况，心情实在不好啊，千叶。"

"那是正处于所谓'黏土般脆弱期'的患者，"敦子笑了起来，"他们是在寻求先验式的自立吧。基本上所有的医生和护士都会被患者模仿。"

沉醉于敦子笑容的岛寅太郎好像突然想起了什么似的，略显担忧地问："小山内没说什么惹你生气的话吧？"

敦子不动声色地掩饰道："没说什么。"

"他跑来找我叽叽咕咕说了一堆专业术语，说什么 PT 仪的使用也会影响到医生。我跟他说，这些事情应该去找千叶说。然后我问他敢不敢直接跟你说这些话，他丢下一句'说就说'，气鼓鼓地走了。把这种事情推给你，我也知道不是很好，不过毕竟我是个传统的精神科医生，跟不上最新的理论，只能那么跟他说了。"

"没关系的。"千叶敦子说着，打量了一下所长室。这里虽然也不是不够气派，但对于正受到世界瞩目的研究所而言，这样的所长室还是显出一点寒酸之气。

宽敞的所长室素雅古朴，三面墙壁都是书架，书架上整齐地排列着古典精神医学书籍。克雷佩林①的原著比比皆是，而新近的论著一本都没有。是不是该换几本书放上，敦子想。她担心这里给访客造成跟不上时代的印象。

"小山内好像有什么企图，所长要小心一点。"敦子说。岛寅太郎是个老好人，敦子有点担心他的所长地位。"小山内一个人虽然不足成事，不过背后说不定有什么黑手想要捏造治疗失败的案例啊。"

"你是说副理事长么？"身兼财团法人理事长的岛寅太郎欠了欠身子，不知道是不是因为千叶敦子突然提及内部纷争的事而有点不好意思。"说起来，倒也有谣言说乾副理事长正对理事长的位子虎视眈眈。"

那可不是谣言。乾副理事长最近与一些非常任理事频频会面，似乎正在策划什么事，这些消息应该也传到岛寅太郎的耳朵里了。可是，岛所长好像并不在意。时田浩作又是个只知道埋头搞研究的家伙，真正着急的大概只有敦子一个人。敌人众

---

① 埃米尔·克雷佩林（Emil Kraeplin），精神病学早期先锋人物，发展了现代的精神疾病分类体系。——译者

多的研究所里，正因为有岛所长的存在，敦子和时田浩作才能集中精力进行研究，而且敦子本人也被岛所长的人格魅力所吸引。

"哎呀，我叫你来不是为了说这些无聊的事。"岛所长误解了敦子的表情。他慌慌张张地从沙发上爬起来，挺直了身子。

这些事情一点都不无聊，敦子想。她微微有点惊讶，抬起头。岛所长似乎想说什么，但是目光与敦子的视线一相遇，就好像被她吓回去了似的。他沉吟了一会儿，仿佛不知道如何开口才好。

最后岛寅太郎还是站起来，走回到自己的办公桌旁边。敦子微笑起来。每当个性柔弱的岛所长想要迫使对方接受自己想法的时候，都会站到所长专用的大办公桌里边，借助它的威严说话。

"我很清楚你的研究如今正处在一个关键时期，所以我也知道自己接下来的请求非常非常不近情理。"岛寅太郎一边说，一边用他瘦骨嶙峋的手指划着桌面，"唔，实际上……我想请帕布莉卡出动。"

"啊。"敦子沮丧地叹了一口气。她本来已经下定了决心，不管岛所长说什么都会尽力帮他的忙。可是刚刚他用半带玩笑的口吻提出的这个要求，对于现在的敦子而言，实在有点超出她的能力范围了。"可是帕布莉卡已经不再出动了呀。"

"唔，我知道，我知道。已经有五年……啊，是六年了吧。但是这一次，我想求她勉为其难再出动一次，只有这一次。实在是因为这一次的患者地位很高，不方便去一般的精神科看病。"

"可如今就算是大人物们，也都可以很平常地接受精神分析了。"

"问题是这个人的情况比较特殊，无数人都在等着他的失败。说起来这可能也是他的惊恐发作①的原因。他叫能势龙夫，从高中到大学都是我的好友，现在也是我最珍贵的朋友。他和我一样都是五十四岁，是一家汽车公司的重要人物，目前他正在推进他们公司自主开发的无公害汽车的实用化进程，但是公司内外有很多人都在极力反对。其他制造商就不用说了，据说连通产省②都在盯着。要是在这个节骨眼上传出消息说他得了精神病，哪怕这辆汽车的设计并非由他直接经手，人们也肯定会怀疑他们公司设计的汽车性能到底行不行。这样一来，就会给公司造成巨大损失。当然，能势本来就是个老练的企业家，类似的场面也不是没有经历过，所以我想焦虑症的根本原因应该是在别的地方。"

---

① 惊恐发作，严重焦虑症的一种表现。——译者
② 通产省，通商产业省的简称，是日本政府主管工商，外汇和度量衡管理部门。——译者

"是吧。"与岛所长同岁，是他的挚交好友，正在推进无公害汽车的实用化进程，这些背景信息让敦子不由得对能势这个人物生出一股莫名的好感。"周围人的反对恐怕也有处处刁难的意思，不过单单这一点，他还不至于发展成焦虑症，最多也就是常规的神经衰弱吧。"

"是啊，我也这么想。"意识到敦子开始感兴趣了，老好人岛寅太郎立刻高兴起来，"所以我觉得下一步最好再去做一做精神分析治疗，只是这个领域我并不擅长，而且不管换什么人来做都会很花时间，实在没有别的办法，只能请帕布莉卡——也就是身为盗梦侦探的帕布莉卡治疗了。"

"就算是盗梦侦探，也不是那么容易能治好的，也要花很多时间啊。"敦子很是为难。话说到这个地步，好像也没办法拒绝了。问题是自己的研究课题该怎么办？虽说还不清楚实证性实验要花多少时间，可是如果答应了岛所长的请求，弄不好这个离完成只有一步之遥的研究就会被中断很长一段时间。"而且帕布莉卡已经有六年没做盗梦侦探了，也没有以前那么年轻了。虽然如今 PT 仪的使用已经不再受限制，到底也还是相当危险的治疗方法，不知道还能不能行啊。"

这些问题岛寅太郎当然也不会不明白。正因为他明白，所以他才一句话都不说，只用恳求的眼神望着敦子，等待她把自己内心整理出一个头绪。

"那么，能不能答应我一件事？"

敦子的话让岛所长的脸上露出了笑容。他挺起胸膛说："没问题。只要你能帮忙治疗能势，不管什么事情，你只管开口。"他并没有加上一句"在我能力范围之内"这样的留有退路的话，真是岛寅太郎一贯的单纯作风。

"那个人是叫能势龙夫，对吧？首先我想请所长认识到这样一点：您目前所处的立场，其复杂程度丝毫不亚于您的朋友。"

岛寅太郎惊讶地望着千叶敦子的脸，等她接着往下说。

"第一步，您需要与所有的理事逐一单独谈一次话，一次就好。所长您只顾着自己忙碌，过于无视他们的存在了。第二步，请于近期召开一次理事会。议题可以以后考虑，无论如何先请把日期定下来。"

"好好好，"岛所长连连点头，像是被敦子的气势压倒了一般，"我一定照办就是。"

果然还是没有理解目前事态的严重性啊，敦子对所长的反应彻底失望了。她轻轻叹了一口气。"好吧，该让帕布莉卡去哪里呢？"

岛所长抓起最粗的那支万宝龙大班笔，笔尖在便笺上刷刷舞动。他一边写一边喜不自禁地说："六本木有一个名叫 Radio Club 的古典酒吧，向来只有男性出入。我和能势很喜欢那里，经常偷偷过去喝酒。我马上给他打电话，你今晚就可以去找他。”

“晚一点可以吗？”要想重新启动盗梦侦探的工作，之前需要准备的事情多如牛毛。

“能势应该也想要晚一点吧。”

“那么定在今晚十一点如何？”

“十一点是吗？”岛所长写了两张便笺，将其中一张递给敦子，随后又从抽屉里拿出一份文件，“这是能势龙夫的资料，我写的病历也在里面。”

“哦，对了，千叶，”敦子正要出门的时候，拿起话筒准备给能势办公室打电话的岛所长叫住了她，“我很羡慕能势啊，这家伙能见到帕布莉卡了。”

八年前，刚刚就任理事长及所长的岛寅太郎，也曾因为焦虑症而接受过帕布莉卡的治疗。

3

为了缓解银座周边无可救药的拥堵，市政府修订了都市条例，允许酒吧营业至深夜，因此一到时间就被撵出店门的客流大幅减少，六本木也变得比从前安静许多。当然，娱乐费用的高涨导致年轻人开始对这里敬而远之也是原因之一。林立的高楼之中有一座三十四层的大楼，Radio Club 就在这座大楼的地下一层。虽然在最为高贵的地区据有一席之地，然而 Radio Club 却鲜有客人光临。甚至连会员制都不是。不过，来这里的客人都是固定的，倒也可以说存在着无形的会员制吧。

十一点不到，能势龙夫就已经坐在了酒吧最里面以高背椅隔出的雅座上。雅座的椅子自成一列，对面就是吧台，不过能势的座位距离吧台还有一段距离。整个酒吧里，只有这里有点包厢的感觉。能势是今天酒吧里唯一的客人。酒吧老板阵内擦着玻璃，目光时不时往能势身上扫视一下，如果遇上了能势的视线，也就微笑着颔首示意。唯一的侍者、胖胖的玖珂站在门边纹丝不动，好像在沉思什么似的。或许也是这对中年搭档的专业素质自然而然地选定了自己的客人吧。酒吧里放着很久以前的音乐，"P. S. I love you"。

阵内推荐了低价购得的二十七年陈苏格兰威士忌，能势一边啜饮加冰的极品威士忌，一边等待帕布莉卡的出现。他听岛寅太郎说，因为当初还不允许使用 PT 仪进行治疗，那位女医生就取了帕布莉卡这样一个代号，结果这个名字一直沿用到今天。至于说那位帕布莉卡到底是个多么具有魅力的女性，能势早已听得耳朵都要生茧了。

对于自己将要接受 PT 仪治疗的事，能势龙夫有点不大放心。他对所谓现代科学的最新技术总有点不信任，不过身为精神科医生的岛寅太郎极力推荐，事到如今也只有相信他的判断。不管怎么说，岛寅太郎的精神医学研究所所长的头衔，等同于日本精神医学界的最高权威。

这威士忌的味道还真不错啊，能势不自觉地想再要一杯，但随即控制住了自己。不能喝太多。能与绝世美女相会的期待，加之接下来又是可以完全抛开工作、将自己的身心全都交给对方的时间，能势龙夫不禁有些心醉神迷。不知道是不是今晚就会开始治疗，总之还是保持头脑清醒的好。不过话说回来，岛寅太郎指定了在这间酒吧与帕布莉卡见面，那意思大概是说喝一点也没关系吧，说不定稍微放松一些更好。能势感到岛寅太郎真是选了个好地方。公司的同事也好，汽车业的同行也好，根本没人会来这里。岛寅太郎大概也知道这一点。

焦虑症暂时不会发作吧，能势想，至少在这间酒吧的时候。

但是也不能大意。焦虑的原因之一，也正是因为不知道什么时候会发作。而且讽刺的是，对于焦虑症发生的原因，能势唯一能够明确的只有这一点。整天提心吊胆不知道什么时候焦虑症会突然发作的日子，和焦虑症发作时的那种不堪忍受的折磨，都让能势受够了。

第一次发作是在三个多月之前的中午时分。那时候他正从外面返回公司。坐在出租车上的时候，他忽然感到有些头晕目眩，颈项和后脑变得非常沉重。能势以前也有过轻微眩晕的感觉，所以他以为，和以前一样，都是长时间静坐不动导致的结果。于是，他伸手揉捏自己的肩膀，试图让自己放松一点。然而紧接着他的脑海里一个接一个地浮现出脑溢血、蛛网膜下出血之类很不吉利的词，让他想起最近有很多年岁相仿的熟人都是因为这些疾病不治身亡的。接下来他又想起有很多人不愿意承认自己的身体正在走向衰老，常常会"选择性忽视"那些身体的前兆，最终导致疾病突发，医生也回天无术的事例。不妙，很不妙。能势在脑海里想象出一副自己暴毙当场的模样，禁不住吓出一身冷汗。他感觉自己心跳加速，脉搏鼓动，气息紊乱，咽喉发干，完全是靠了超人的意志才控制住自己没有向出租车司机求助，而且为了不让司机发现自己的异常，他拼死僵住身体，不发出一点声音。

事后看起来，他做得也算是很不错了，但是自从那次发作之后，他就开始担心起什么时候会有第二次发作。第一次在出租车里发作算是相当幸运的，万一下一次在公司里发作起来……这样的念头给能势带来了新的焦虑，他一面苦思对策，一面却又束手无策。俗话说怕什么来什么，就在这反复的煎熬之中，能势在公司迎来了第二次发作。

万幸的是，作为负责开发的重量级人物，能势拥有单独的办公室。他一边与发作带来的惊恐和痛苦作战，一边纠结于"想要向人求助"和"不能被人发现"的想法。幸好那段时间里没有人给他打电话，也没有人进他的办公室，不然他肯定会向来人求助，哪怕来的是最不适合求助的人。当时他的惊恐已经强烈到以为自己马上就要死掉的地步了。

能势龙夫知道精神病患者不宜翻阅与自身疾病相关的书籍，但还是忍不住买了好几本精神病理学方面的书，趁着妻儿睡觉的时候一个人偷偷阅读。然而读到最后，他只弄明白了自己的症状同一种名为"焦虑症"的神经症吻合，对于病因依然一无所知，更谈不上什么自我治疗了。

后来能势得知有些药物对于焦虑症的治疗颇为有效，然而就算是为了开药，首先也得去找医生才行。不过这时候他还没想起岛寅太郎，只是担心自己去找精神科医生看病的事情会被公司发现，一直犹豫不决。直到他从书本上读到一段，说焦虑症可能导致人格标准下降，甚至有可能发展成更加严重的精神疾病，比如精神分裂症等，这时候他才终于下定决心去找医生。可是哪个医生能够保守秘密，哪家医院能协助隐瞒自己看病的消息呢？能势龙夫苦思了很久，最后终于想起了岛寅太郎这个名字。这个差不多每年都会见上一两次的旧交挚友，作为咨询这类私密问题的对象，再没有比他更加合适的人选了。

"唔……说起来，大多数人居然可以毫无焦虑感地活着，这才是更需要解释的奇异现象呢。"

听了能势的倾诉，岛寅太郎笑着说。能势龙夫的心中升起一股安心感，更为自己能有这么一个朋友感到庆幸。但在另一方面，能势又感到岛寅太郎似乎对于自己的个性及理智估计过高，心中不禁也怀有一股隐约的担心。岛寅太郎强调通过强大的个性力量缓解焦虑，来提升症状的"主观体验"。他认为能势的病完全可以自然痊愈。能势自己也在读过相关书籍之后明白了自己发病的原因乃是存在于所谓中年成熟期的精神层面的问题。换言之，他所面对的并非以往那种具体的问题，譬如首次成为父亲之时面对孩子该如何进行立场转换，或者首次登上管理职位之时该如何应对角色的变化，或者如何适应技术革新所带来的不适等。那些都是在很久以前经历过的、解决了的问题。哪怕是错综复杂的人际关系、走投无路的局面，他也曾经无数次面对过。如今这样的状况，对于身经百战的能势来说，实在算不得什么大风大浪。

见过岛寅太郎之后，能势开始把他开的药混在维生素片里偷偷服用，暂时控制了发病。然而药吃光之后的第三天，他在深夜回家的路上经历了第三次的发作。这一回他终于没能控制住自己，让出租车开往附近的医院，不过幸好赶在汽车抵达之前恢复了过来。他赶紧改变目的地，让司机开往岛寅太郎的住处。如此一来，岛寅太郎也认识到能势的病恐怕已经根深蒂固，当即答应给能势制订一套治疗方案。然后过了一周时间，能势得到了与帕布莉卡这个名字带有童话色彩的医师，也就是岛寅太郎口中那位"优秀的盗梦侦探"见面的消息。

十一点过了五六分钟的时候，背景音乐换成了"Satin Doll[①]"。

一个身穿红色 T 恤和牛仔裤的少女推开沉重的橡木大门走了进来。她的一身打扮明显与这间酒吧的氛围格格不入。玖珂口中的"欢迎光临"听起来就像是在质问一般。听了少女的解释，知道这个小姑娘就是能势正在等的人之后，玖珂的身子不自觉地抻了一下。吧台后面的阵内也瞪圆了眼睛。能势当然也很意外。

少女被引到能势龙夫的面前。她侧了侧首，算是点头示意。

"我是帕布莉卡。"

---

① 意为"丝绸玩偶"，作者埃林顿公爵（Duke Ellington, 1899—1974）是爵士乐史上最杰出人物之一。——译者

茫然的能势赶紧起身，"哦、哦，你就是……"

"您是能势先生？"

"啊，是……"能势看到这个少女怯生生的样子，不禁满腹狐疑，他示意她坐到对面的沙发上，"请坐。"

此后能势一直以帕布莉卡称呼的这位少女，生了一副惹人喜爱的脸蛋，眼睛周围有一点细细的雀斑，很吸引人。昏暗的灯光下，能势感觉她的皮肤好像有一种小麦般的颜色。看起来，帕布莉卡自己也感觉到她与周围环境的不甚协调，眼睛一直在四下打量，动作也有一点不自然。

能势一面寻思眼前这位少女有没有自己的儿子大，一面开口问："那个，您……"

"就叫我帕布莉卡好了。"少女以一种稍显轻佻的口气说。

她是为了让自己能够自然而然地称她为"帕布莉卡"，才故意用了那样的口气吧，能势想。既然如此，也就恭敬不如从命了。"好吧，帕布莉卡，喝点什么吗？"

"和你一样的就可以了。"

能势向候在桌边的玖珂点了点头。玖珂一脸为难。难道要让这个小姑娘也喝最高级的威士忌吗？他看了能势一会儿，最终无奈地点头退了下去。

看帕布莉卡的样子，应该是空手而来的。岛寅太郎有没有把自己的病历资料给她？不会还要自己再从头说明吧？

　　帕布莉卡仿佛看穿了能势心中的失望，忽然微笑起来，之前显示出的紧张感荡然无存。"我听说，能势先生正在开发无公害汽车，是么？"

　　她的问话简洁明快却又不失恭敬，能势不禁感到这个小姑娘相当聪明，之前那副胆怯的样子说不定也是为了让自己安心而装出来的。

　　"啊，说起无公害汽车，目前市场上倒也有一种类似的产品，叫作 LNG 车。"能势放松心情，用一种对学生讲课的语气介绍起来，他估计这也是对方希望的效果。"不过那种汽车排放的尾气当中依然含有二氧化氮、一氧化碳等污染物。而我们目前所开发的汽车，能够完全消除那些污染物的排放。唔……说是开发，其实已经完成了。"

　　"这么说来，与其说目前还处于实用化设计阶段，不如说是已经进入商品化阶段了，是吧。我听说有人反对？"

　　"是是是，同行的反对当然少不了，就算是在公司内部，也有人出于妒忌，不停地冷嘲热讽啊。"能势笑着说，"不过这种事情到哪儿都少不了的。"他担心帕布莉卡认为自己的病因全在这类事情上，所以特意追加了一句。

　　"是很麻烦啊。"不知道是不是因为帕布莉卡领会了能势的担心，她淡淡地应了一声，随即便不再追问公司的纷争。玖珂端上来加了冰块的杯子，她小小啜了一口便惊讶地说："呀，苏格兰威士忌！"

　　站在旁边的玖珂又微微地挺了一下身体，旋即郑重地行了一个礼："请慢用。"

4

　　单看发型和装束，帕布莉卡不过是个有点古怪的小姑娘，但是随着对话的进展，她的才智透过目光与措辞逐渐显示出来。

　　"唔……我再喝一杯没关系吧？"

　　对于能势龙夫的问题，帕布莉卡先是随口应了一声"当然，请便"，随后突然显示出治疗师的神情及职业意识。"啊，不过，第几杯了？啊，第二杯。接下来是第二杯，对吧？那没关系，请吧。"

　　这点小小的慌乱很有趣，能势更加放松了。"哎呀，接下来还要接受治疗，还是控制一下吧。应该尽力不喝才对吧？"

　　帕布莉卡的脸上显出成熟的微笑。她注视着能势说："能势先生真是位绅士啊，那我也就到这杯为止了。味道太好了，本来还想多喝一点的。"

　　"改日再请你喝就是了。"能势说完这句话，压低了声音，"对了，在哪里治疗？岛寅太郎什么都没跟我说。"

　　帕布莉卡又环视了酒吧一圈。虽然酒吧里依然没有别的客人，不过这里的氛围实在不方便说些心理治疗师的专业词汇吧。她一口喝干了杯子里的威士忌，低声向能势说："走吧。"

两个人站起身。音乐又回到了"P. S. I love you"。能势去吧台付账，帕布莉卡走向门外。

"能势先生，有什么地方不舒服吗？"

阵内有些担心地问，大概是听到了刚才对话的只言片语吧。能势微微有些吃惊，"怎么问这个？"

"刚才那位小姐，是护士吧？"阵内回答。

能势从店里来到大街上，帕布莉卡已经坐在出租车里等他了。到了这个时间，市中心很多出租车都是空车。帕布莉卡已经向司机说明了目的地，于是他们的车向赤坂方向驶去。道路两边高楼鳞次栉比，上层多是高级公寓，基本上都被相当有钱的富人买下作为投资，要么就是被用作大企业高级管理层的公司住宅。

"去我的公寓扫描你的梦吧，设备都在。"帕布莉卡说。

她的气息甘甜芬芳，尽显成熟女性的特质。能势不禁吃了一惊，又一次开始怀疑她的真实年纪。"我的治疗会拖很久吗？"他问出自己最在意的问题。

"海德格尔说过，焦虑乃是人类本当呈现的理想状态，焦虑中的人才更完美。如果您能驯服焦虑，与焦虑共生，或者说学会一些利用焦虑的方法，也就不再需要治疗了。到了那时候，您产生焦虑的根本原因也会同时揭晓的。"

"我可没办法像你说得那么悠闲自得。"

"这我理解。您既有社会生活，也有家庭生活啊。但是不放松可不行。不要着急，一般来说，肯定能治好的，只要抓住机会就行。不管怎么说，您现在已经在谷底了，基本上不会进一步恶化到精神病的状态。"

能势松了一口气。听起来应该不会精神分裂了。

出租车停在信浓町一座十几层高的高级公寓前。岛寅太郎和精神医学研究所的高级职员应该都住在这里。财团拥有其中几层楼面的所有权。看来这位帕布莉卡也是精神医学研究所的高级职员了，因为这幢楼的价格怎么看也不是个人能够承受得起的。不过能势并没有追问帕布莉卡的身份，只是随着她穿过公寓宽敞的大厅，向电梯走去。岛寅太郎严禁他打听身份，询问姓名也是禁止的。

不过能势很快就知道了帕布莉卡的姓。她的住处是在十六层东侧的尽头，门前挂着的金属牌上以细哥特字体铭刻着"604/千叶"几个字。

这是一个相当宽敞的住所，看起来像是专供重要人物居住的。客厅里全是奢华的家具和日用品，八扇落地玻璃门外则是阳台，站在那边可以将延伸至新宿方向的夜景尽收眼底。

"看来你是 VIP 啊。"

连能势也禁不住感叹起来，不过帕布莉卡并没有理会。不过除去卧室厨房之类的地方不算，她真正用到的房间好像只有最里面一间。帕布莉卡把能势引进这间像是诊疗室的昏暗房间，里面除了供患者用的病床之外，还有像是帕布莉卡用的床铺和衣橱。患者的简易病床旁边，贴着墙壁摆放着许多 PT 仪，几台显示器发出淡淡的光芒。房间没有窗户。

"您没有幽闭恐惧症吧？"

"没有。不过有点恐高。"

"记下了。您现在能睡着吗？"

"我一直都是过劳状态，放在平时随便在哪儿都能睡着。"房间里不可思议的状况与氛围让能势龙夫有点不知如何应对，"不过现在有你这样一位可爱的小姐在旁边看着，能不能睡着就难说了。"

"就算我说请您放松点，也没什么用的吧。好吧，不管怎样，先躺下吧。"

能势脱下上衣，递给与自己差不多高的帕布莉卡。她接过衣服，拿衣架挂起来，放进衣橱里。接下来的领带和衬衫也由帕布莉卡一件件收拾起来，动作如专业护士一般娴熟，态度也是全然的工作性质。这也让能势放了心，毫无抗拒感地脱了裤子。

"您很注重仪表呀，衣服都是最高档的。"能势身上只剩下贴身衣物，横躺到床上。帕布莉卡终于将工作表情换成了笑容。"能势先生，您平时也是这样睡觉的吗？"

"我不喜欢穿睡衣，好出汗。"能势回答说，"差不多都是近乎裸睡。"

"如果那样更容易睡着，不妨把汗衫衬裤也脱了。只穿内裤也没关系。"

"不不，不用了。"能势一边笑一边将脚探进床沿冰冷的被褥底下。房间里很凉，枕头很硬，还带着一股上过浆的气味。

借着显示器的光亮，能势看见帕布莉卡走来走去，像是在做什么准备工作。他隐约生出一股似曾相识的感觉。耳朵里传来低低的音乐声，好像是某个电台里放的，是拉莫的"天使的午睡"。

帕布莉卡让能势戴上一只头罩，外形好像女性洗澡时用的浴帽。透明的头罩表面印着犹如地铁线路图一样的电路，后脑的位置上连着电线。能势看到并非他想象的坚固的头盔，松了一口气。

"这就是戈耳工？"①

"您知道得不少呀。不过如今已经不用满脑的电线了，只要一根就够了。再过一阵，大概连头罩都不用了。"

"这是传感器？"

---

① 戈耳工（Gorgon），希腊神话中的蛇发三女妖，此处用作采集器的代号。——译者

"除了高灵敏度脑波传感器之外，也带有与主机通讯的接口。以前单是为了采集大脑皮层的脑电波，就要把采集器插进颅骨，而现在只要戴上这个就行了。"

"这样的东西还没有上市销售吧？"

"这里所有的东西都是尚处在开发阶段的机器，所以房间里才会这么乱。"

是谁开发的呢？如果不是帕布莉卡自己的话，必定就是另外的什么人把这些机器装到房间里来的。既然这些都是开发中的PT仪，那么前来安装的应该就是传闻中的那位据说是诺贝尔奖候选人的科学家了吧。那样的人物怎么会到这种私人住所来装机器？能势心中生出一股不安。他以一种略带讽刺的语气说："原来是最先进的技术啊。"

"是哦。"

帕布莉卡的语气中带着一股"那还用说"的意思。能势终于放了心，将后脑沉进枕头里。"戈耳工既然是这样的东西，我大概也能睡着了吧。"

"是啊，刚刚喝了一点酒，接下来就请尽力睡着吧。如果可能的话，不用催眠术和安眠药才好。"帕布莉卡坐到能势旁边的椅子上，温和地对他说，"您会经常做梦吗？"

"尽是古怪的梦哦。"

"多做梦好，多做梦的人头脑会很聪明。有趣的人做的都是有趣的梦，无聊的人只会做些无聊的梦。不知道能势先生会做些什么样的梦，很期待呀。"

"听说你能在别人的梦里登场？"

"今晚是第一次，暂时还不会那么做。我还没有熟悉您的梦境，而且能势先生也是刚刚结识我不久，突然出现在您的梦里，梦中的您也会感到奇怪的。"

"听起来像是很有趣的治疗啊。"

"您是小病，所以才说得出这种话。有些人可是相当讨厌盗梦侦探的。好了，我还是不留在这里比较好，您一个人更容易入睡吧。"

"嗯，不过倒也想多和你说些话。"帕布莉卡的年纪差不多相当于能势的女儿，这却让能势反过来有点想和她撒娇的意思。

帕布莉卡笑着站了起来。"这可不行。您非得睡着不可。而且我也有点饿了，我要去厨房弄点吃的。"她走出了房间。

她是为了让自己睡着，才故意这么说的吧，能势想。果然是一位优秀的治疗师啊。单靠交谈就能让自己内心平静下来，一颦一笑都透着一股亲近，就连初次见面的人都不禁生出骨肉至亲般的感觉。而且她说的话虽然都带着孩子气，但却与她这个年纪常见的女性不同，绝对不会用那些让人不快的措辞。另外，她虽然年轻美貌，但举止之中却又带有一种仿佛能够抑制男性兴奋的母性，能够将对象包裹在浓浓的安全感之中。能势心满意足地长吁了一口气。在这里，焦虑症应该不会发作吧。

能势每个月总有几天会弄到凌晨四五点钟回家。一心忙着教育儿子的妻子一次也没追问过他回来太晚的事。能势知道自己就算早上七点到家她大概也不会担心。因为她比能势自己还清楚，依他的性格，根本不会有外遇。

"您是小病。"能势想起帕布莉卡的话。在治疗师看来，这大概确实只是个小病吧。但对能势而言，并不是听人说上几句"这种症状不会对于您的社会生活造成什么影响"便可以安心了的。现在正是关键时期，无论如何不能让敌人知道自己得病的事。在消息传出去之前，病必须治好。

从前能势只要一想到公司内外的对手就会睡不着，不过如今他已经身经百战，几乎可以说是带着一种享受的情绪制订作战计划。而且很多时候适度的大脑疲劳反倒更容易让他入睡。啊，快睡着了。意识之间出现了裂缝，仿佛即将化作断片一般。一些无意义的东西开始从裂缝中闪现，慢慢地探出头来。

5

能势龙夫自己睁开了眼睛。或者是他以为自己主动从梦中醒来，而实际上却是帕布莉卡所做的某种操作让他醒了过来的。帕布莉卡将横躺着的能势的脑袋稍稍向右转了一点，让他的脸朝向自己坐的位置。她头上戴着一个头盔模样的东西，正面对着控制台，显示器的光照亮了她的脸庞。那头盔大概就是她说的什么采集器吧。

"几点了？"能势问。

帕布莉卡摘下采集器，笑着对能势说："还不到两点。第一次REM睡眠①刚刚结束。您总是会在这时候醒一次吗？"

"不会。不是你把我弄醒的？"

"不是的，我没有那么做。这么说，还是因为刚才的梦才醒的。您应该还记得刚才的梦吧。"

"嗯，"能势在床上坐起来，然后问，"但是，为什么你知道我还记得？"

"在REM睡眠中醒来的时候，基本上都会记得自己的梦。那么今晚我们就来分析刚才的梦吧，"帕布莉卡取出能势的衣物放在床头，"当然，清晨的梦可能会更有趣一点。"

"刚才的是个很短的梦吧，那么短的东西能分析出什么结果？"能势一边穿衣服一边问。

"当然会有结果。目前这个时间段里做的梦通常都很短，但是其中都凝聚着很多信息，相当于艺术短片一样。清晨的梦则像是一小时长的娱乐大片。"

"哈哈，还有这样的说法吗，很有意思。"

"请坐到这里来。我重放一遍，我们一起欣赏艺术短片吧。"

帕布莉卡拍了拍床头，向穿好了衣服的能势说。能势按照她的示意坐下，抬头便能看见显示器屏幕。屏幕上显示的是一幅静止不动的黑白画面。

"目前的技术水平只能以黑白影像监测梦境吗？"

"没什么必要弄成彩色的吧。"帕布莉卡按下按钮，开始播放。

出现了一间教室。梦中的能势正望着讲台。讲台上有个看起来六十多岁的消瘦男人正在讲话，但是声音很模糊，不知道在讲什么。

"这是哪儿的教室？"

---

① 即快速眼动睡眠，睡眠的一个阶段，伴有眼球的快速运动。这一阶段体内各种代谢功能都明显增加，以保证脑组织蛋白的合成和消耗物质的补充，使神经系统正常发育，并为第二天的活动积蓄能量。梦多发生在此睡眠期中。第一个快速眼动睡眠阶段通常少于 10 分钟，以后持续 15—30 分钟。——译者

"是我上中学时候的教室。"重新经历刚刚做过的梦，这实在让能势感觉有点异样。而且帕布莉卡就在身边，不禁还有些许难堪的情绪，就好像被人看到自己自慰时候留下的痕迹一样。

"不过不知道为什么，在梦里的时候我好像并没觉得这是中学教室，反倒以为是在公司里。"

"为什么？正在说话的是谁？"帕布莉卡暂停画面。

"唔，应该就是因为这家伙，我才会觉得是在公司里吧。这人叫资延，是我们公司的董事。"

"和您关系不好？"

"这个嘛，应该说是对手吧。他害怕我在公司的地位上升，也嫉妒无公害汽车的成功。借口说时机不成熟，和通产省的官员联手阻挠开发。"

"他为什么要这么做？"

"为了下任社长的位子。唔，说起下任社长，那也是很久之后才会有的事了，不过正因为这个，他才更害怕我的年轻。毕竟我比他小十岁。"

"为什么害怕这个？"

"害怕自己死得早啊，要么就是害怕太老了被迫退休什么的吧。"

画面继续播放。资延一边在黑板上写字，一边继续说话。总算能听见几个断断续续的词，"芭蕉"、"《奥之细道》"①等。黑板上写着"百代之过客"几个大字。

"像是在上语文课。"

"是古文。我总学不好的一门课，一直都被语文老师欺负。"

"那个语文老师和这个叫资延的人有什么共同点吗？"画面暂停。

"没有。语文老师经常更换，所以教过我的人很多，男的、女的、老的、少的，他们之间完全没有共同点。硬要说有的话，大概就是我都被他们欺负过。"

继续播放。资延好像在讲台上向能势问了一个什么问题，能势站起来回答。画面静止。

"这件事情实际并没发生过。黑板上的字本来必须念作'HaKuTai No KaKyaKu'②，但是我念成了'HyaKuDai No KaKyaKu'。这个有点奇怪。我最近刚读过《奥之细道》，像'百代'在这里需要念作'HaKuTai'之类的问题，我应该是知道的啊。"

画面上面朝屏幕的资延正在训斥能势。

"嗯，问题是下一个场景哦。"

---

① 《奥之细道》含义为"深处的小径"，是日本诗人松尾芭蕉所著的纪行书，其中有"百代之过客"的句子。——译者
② 即"百代之过客"的日语读音。——译者

"唔。"能势明白接下来会出现什么。

同班同学纷纷嘲笑被训斥的能势。低低的笑声犹如水面的涟漪一样散开。能势的视线扫视整个教室，班上同学的脸全都变成了野兽的面目。熊、虎、狼、野猪、鬣狗。画面暂停。

"为什么大家全是野兽？"

"不知道。"

"这里面有没有熟悉的脸？"

"我可不认识野兽哦。不过这里面的熊倒是有点像竞争对手公司里的一个高管。"

"那个人叫什么名字？"帕布莉卡把能势说的话一一记在笔记本上。

"叫濑川。不过这人我从来没拿他当回事啊。"

"清醒的时候不当回事的人常常都会出现在梦里。如果真正当回事的人出现在梦里，会刺激你醒过来的。"

"原来如此。这么说来我也并不怎么担心资延。不过你可别以为我是故意跟你夸口啊。"

"我知道您不是夸口，您拥有真正的实力。"

"有实力的人也会得焦虑症吗？"

"这可说不准。"帕布莉卡播放画面。

艺术短片切换到下一个场景。

葬礼。鲜花丛中是一张男人的照片。一个身着丧服的女子正朝向画面之外、也就是梦中的能势哭诉着什么。这是个年轻美貌的女人，长得与帕布莉卡也有点相像。

"这个女人是谁？"画面暂停。

"我们公司有个职员叫难波，这女人是他的妻子。不过实际上我一次都没见过他的妻子。"

"那这个女人是不是和谁长得有点像？"

"我认不出来。硬要说的话，和你倒是有点像。"

"照片里的男人呢？"

"他就是难波。"

"就是说他已经死了？"

"啊，不是，他在现实里可是活得好好的，白天的时候我还刚刚见过他。"

"这个人也是你在公司里的对手吗？"

"不是不是。他是无公害汽车开发的核心人物，开发室主任。"

"是你的属下啊。"

"说是属下，其实我也没有拿他真正当成属下。我们的关系既是同事，也是战友，还是辩论的对手。"

帕布莉卡再次启动画面，不过屏幕上的视角刚刚转到出席葬礼的人身上，画面便突然中断了。

"唔，就是在这里醒的吧。虽然是做梦，但是一看到参加葬礼的人，我就禁不住想，哎呀，难波死了呀，紧跟着我就吓醒了。"

帕布莉卡把短短的梦倒回去，又观察了一遍。

"去外面的房间喝杯咖啡吧。"

帕布莉卡站起身提议道，她的模样有些疲惫。

能势当然没有异议，两个人回到客厅。虽然已经过了凌晨两点，但新宿的夜景依然华美绚丽。

"好像有很多白昼残留印象①啊。"帕布莉卡将咖啡杯放到茶几上。

"残留？"

"白天的残留印象，这是弗洛伊德的说法。"

"也就是公司的资延、难波他们吧。"

帕布莉卡把蓝山咖啡倒入能势的杯子。她的手法就好像是一位化学家正把烧瓶里的某种溶液转移到别的容器里一样。

"您刚刚提到语文老师的时候，用了'欺负'这个词呀。"

"是吗？"

"您说了两次。像这种情况的话，一般不会用'欺负'这个词吧？"

"好像是不会这么说，一般应该是说'批评'。我觉得这个可能是拿资延平时在公司里对我的态度做了类比，不自觉地用了这

---

① 即 day residue，一译"白日遗思"，由弗洛伊德提出的一个重要概念。——译者

个说法。"

"您在公司会受那个叫资延的人欺负吗？"

能势端起杯子，仿佛是在自言自语一般："真正说起来，也不是一种被欺负的感觉。更像是'战斗'吧……"灼热的琥珀色液体以胃的贲门为中心，浸透整个胸腔。"这咖啡真不错。"

帕布莉卡陷入了沉思。她捧着咖啡杯，一言不发地望着远处的夜景。

"我说点外行人的看法，行吗？"能势问。

"请。"

"语文老师的提问，我虽然明知正确的答案，但还是给出错误的回答，这个情况其实同我在公司里经常对资延采取的战术一样，是故意露出破绽让他看。所以这个是不是也是所谓'白昼残留印象'呢？同时也表现出了我对资延的优越感？"

"哦，是吗。"帕布莉卡似乎并没有被说服，她点点头微微一笑，"您还想到了什么，都说说看吧。"

"我不知道为什么会梦见难波死了。还有难波的妻子，明明从来没有见过，为什么会出现在梦里。"

"出现在男性梦中的陌生女性，荣格称之为'阿尼玛'①。"

---

① 荣格认为人类的人格中都具有四种主要的原型：阿尼玛（Anima）、阿尼姆斯（Animus）、阴影（Shadow）、面具（Mask）。阿尼玛是男性潜意识中女性意象的具体化。阿尼姆斯是女性潜意识中男性意象的具体化。阴影是我们人格中未知、黑暗和被压抑的部分。面具是我们人格习以为常，为了求生存适应环境的部分。——译者

"那是什么？"

"存在于男性之中的女性遗传基质。出现在女性梦里的男性叫作'阿尼姆斯'。"

"不过她和你有点像哦。"

帕布莉卡第一次红了脸。她用一种带有几分怒气的语调说："我们刚刚见面不久，您只是碰巧把我的形象代入了阿尼玛而已。连白昼残留印象都算不上。"

"这样说来，"能势坦然迎向帕布莉卡的目光，"如果把阿尼玛视作我自身，或者是我自身之中被理想化的女性，那么刚才的梦也就意味着，我潜藏的女性气质对于难波的死怀有忧虑了。"

"难波这个人物，在公司里的情况怎么样？"

"受排挤，很孤立。他有一种工程师……或者说是艺术家的气质吧，固执得要命，不肯听别人的意见。很多时候他并不理解战略上的安排，和我也常常起冲突。"

"这样一个人，你有想要保护他的意思？"

"其实事到如今我也有点犹豫了。虽然他确实是个很关键的人物……"能势注意到帕布莉卡极度疲惫的模样，于是说，"已经很晚了，要不今天先这样？"

"谢谢，真是不好意思。主要是我明天要起一个大早，还有事情要做。"

"那今晚就到这里吧，"能势立刻站起身，"我很期待下一次的检查。"

"我会联系您的。"

"对了，帕布莉卡。"临出门的时候，能势说，"今天晚上的梦，至少后面的部分应该已经分析出来了吧？我想要进一步保护树敌众多的难波，是吧？"

帕布莉卡笑了起来。"如果是荣格，也许会那样解释吧。不过我觉得，能势先生之所以会得焦虑症，根源可能还是在您的中学时代。"

6

千叶敦子来到自己研究室的时候，时间已经过了下午一点。从昨天夜里到今天早晨，她一直都在看各报社的提问便笺，思考该怎样回答。

下午两点有一场记者招待会，便笺是各家报社依照惯例事先送来的问题清单。时田浩作不太擅长言辞，所以连他那部分问题通常都需要敦子事先准备好答案。

每次记者会上都会冒出一些没有写在便笺上的提问，因此敦子还必须自己预想一些很有可能出现的问题及答案。

敦子把答案交给柿本信枝，让她拿去复印两份送给岛寅太郎和时田浩作，然后自己去倒了一杯咖啡。她痛恨记者招待会。每次记者会都是一样，科学部和文化部的新人记者一个个抖擞精神，临时恶补一下这方面的常识，然后翻来覆去尽提些低级得不能再低级的问题。那些都是以往不知道被问过多少次了的，可记者们还是要求敦子当场给他们一个简单明了易于理解的回答。而且这一回已经传出消息说，千叶敦子和时田浩作将是本次诺贝尔生理学奖的有力争夺者，记者会上肯定又会多出一大群社会部的记者。这些人总是会毫不在乎地问一些很敏感甚至是不礼貌的问题，在这样的问题面前保护天真的时田浩作通常也是敦子的任务。

虽然岛所长强调要给社会看到研究所上升的业绩，要让大众认识到这些研究的重要性，但敦子却只能看到记者会上被当作众矢之的的自己。在敦子的感觉里，记者们似乎不能认同年轻美丽的敦子拥有超越他们的智慧。他们不愿意向敦子请教真正的学术问题，只是一个劲想方设法要从敦子身上挖掘出日本女性的传统。真是难为他们了。

差五分钟两点。事务局的职员进来叫人了。记者会安排在会议室，里面已经塞满了记者和摄影师，至少超过了两百人。会议室满是紧张与骚动，已经到了快要沸腾的状态。

主席台的座位安排仍然沿用岛所长的意见，还是像过去一样把千叶敦子的座位放在中间，右边是时田浩作，左边是岛寅太郎。再旁边的位子是会议的主持人，事务局长葛城。身着藏青色套装的敦子就座之后，人就都到齐了。社会部的记者当中有些人是第一次见到千叶敦子，惊讶于她出人意料的美丽，不禁发出"哇"的感叹声。

葛城站起身，宣布招待会开始，并对另外三人作了介绍，随后岛寅太郎站起来潇洒地致辞。他强调了这次记者招待会乃是应各报社的强烈要求而召开，语气中不露痕迹地显露出屈尊俯就之意，同时故意没有提及时田和敦子入围诺贝尔奖的事。然而当他的致辞结束，葛城请记者自由发问之后，立刻就有一个像是社会部记者的男子站起来追问这件事，问两个人各有多大的概率会获奖。这个问题太过滑稽，主席台上的三个人面面相觑，于是那名记者便请敦子回答。

"我想这不该是由我来回答的问题。"敦子说。

"为什么？"

"因为这不该是由我来回答的问题。"

台下有几个人笑了起来。一位熟识的科学部记者起身道歉，说是不该让这位初来研究所的社会部记者一上来就问了个最没水准的问题，然后问时田说："我想请教时田教授。您获得诺贝尔奖提名，我猜想应该是由于您开发了 PT 仪的关系。关于这台机器，之前也曾经问过几次，但一直都没有涉及其中的道理。借着这一次的机会，我想再次向时田教授请教一下，不知道您是否能够为我们简单做个解说，好让我们也能明白原理？"

这个问题事先已经写在了便笺上，而且敦子觉得这个问题只有时田能够回答。有一种说法认为，包括时田在内，整个世界上能够理解 PT 仪原理的人不会超过三个。可是要让天生不善言辞的时田用通俗的语言对记者们作出能使他们理解的回答，却是一件几乎不可能的事。敦子不禁一阵战栗。想来岛寅太郎也是一样。然而时田浩作已经开始回答了。他磕磕绊绊地说着，好像是打算以自己的方式努力解释清楚。可惜通常情况下他的解释一般人只能听懂最初的一点点。

"唔，从一开始的设想说的话，小学的时候，初中的时候，我一直都是……用当时的话说，就是'宅男'……就是一个劲地玩电脑、打游戏，后来慢慢地就开始自己写程序，还有自己弄来半导体元件做些东西。再后来，因为去世的父亲曾经说过想要我当医生，我就去了医学院读精神病理，然后计算机还是一直在弄。后来学到脑电图的时候我就觉得很有趣，所以我就想啊，要是把这个跟这个弄到一起会怎么样呢……这么想来想去的，后来我就想到可以用纤维束来实现无校验狭缝式的浮点式计算机图像处理。用这个东西来检查人脑，除了脑波，还可以把其他很多东西都用图像的形式显示出来。"

"不好意思，我们总是从这里开始就听不明白了，"提问的科学部记者赶紧拦住时田的话，"您说的无校验狭缝式是指什么？"

"这个嘛，该怎么说呢……就是狭缝的电子流传输效率，也就是那个，狭缝的电子流通电极，同那个，无缝的入射电流的那个，平均通过电流的比值，通过离散分形压缩，产生出变换后的数据……然后只要能用纤维束直接把这个数据一般化到相似映射空间里，那就不用再做什么冗余校验了，狭缝和浮点内核也都可以省掉了。"

"啊……对不起，"科学部记者看上去有点焦躁，打断了时田的话，"请允许我一项一项确认。首先是纤维束，这和用在胃镜软管上的东西一样吗？唔，就是捆成一束的纤维吧？"

敦子禁不住叹了一口气。她的动作太过明显，引来了记者们的目光。

"啊，不好意思。"

"千叶小姐之所以叹气是因为……"时田想替敦子解围，笑着说，"刚刚我说的只是 PT 仪原理的最最入门级的知识，要是一个词一个词的解释，整个原理就不知道要花多少小时才能解释清楚了。总之先来说一下纤维束吧，它的基本概念确实就像您说的一样。所以只要先把组成结构群的纤维排成横向缓冲区，再将它们纵向重叠展开，就可以得到无限延伸的域，自然就不需要对输入数据进行校验，没有浮点内核也没什么关系了。"时田似乎认为自己的解释已经非常简单明了。他满意地点了点头。"以上的说明，大家都明白了吧。"

在场的记者面面相觑，看来谁都没听明白。

"我是一点都没听明白。"一个中年记者站起来苦笑着说，"时田教授，真是对不起，要是我们在座的记者都不明白，就写不出能让普通读者明白的报道了。"

"说的也是啊。"时田浩作点点头，脸上满是为难的表情。

"所以……唔，教授您也负有义务，无论如何都得想点办法让我们理解吧。"

"是是……"

"当然，千叶教授一定是已经完全理解的吧？"记者的矛头转向了敦子。

"我是有这个打算。"

"呃，'有这个打算'是指什么意思？"

"PT仪基本上全都是新近刚刚开发出的仪器，包括零部件在内，全都是些连名字都没有确定的东西，其中的原理更是全新的，根本没办法使用现有的科学术语来说明。"敦子回答。

"那就头疼了……"记者深吸一口气，然后换了个语气说，"忘记自我介绍了，请原谅。我是新日文化部的部长。"

这位记者说到这里的时候停了一下，像是要确认自己这个头衔会产生什么样的效果。敦子不失时机地插了一句："您自己是从什么时候开始想起要自我介绍的呢？"

这个玩笑让所有人都笑了，气氛稍稍有所缓解。但那位新日文化部的部长却急得提高了嗓门："哎呀，我知道那是你们的商业机密，但也不能故意把我们搞糊涂吧。"

"好的好的，我们知道，我们知道。"岛寅太郎以响亮的声音制止了那位越说越起劲的文化部部长，"这并不是什么商业机密，时田也发表了详尽的论文。为了让国外的研究者也能读懂，文章都是用英语写的。不管是谁想要利用这项研究成果都没问题。我们会请时田用更容易让大众理解的语言把论文重写一遍，届时会送到各位的手中。"

"本来希望能由时田教授亲自解说……"科学部记者用遗憾的语气应了一句，随即转向下一个问题，"研究所开发的 PT 仪能够访问的不仅仅是患者的意识，那么不知道是否考虑过它被恶意用在一般人身上的可能？且不说对犯罪嫌疑人进行调查取证的情况，假如企业内部用它来改造员工的人格，或者国家机器用它来操纵国民的意识，诸如此类的可能性，能否请时田教授或者千叶教授分析一下？"

时田显然事先没有看过敦子交给他的标准答案，苦着脸发起他一贯的牢骚："每次都是这样……最尖端的科学研究哪有工夫考虑一般人的想法嘛……"

"任何人都有拒绝的权利，只要声明不接受自己的意识被扫描成图像就可以了。"敦子赶紧插话，"擅自访问的行为将构成犯罪。此外，目前能够通过采集器登入①访问对象的仅有几个人，而且也可以从使用者的意识当中探知其使用反射仪的目的，阻止不当访问。"

"我们要求时田新开发的所有 PT 仪都配备该项功能。"岛所长补充说。

---

① 登入，这里指作者虚构的精神分析术语，指通过 PT 仪进入患者梦境。——译者

"那个就像是，喏，阿西莫夫①的机器人三大法则啊。"

时田像个小孩子一般嘟囔了一声。不过谁都没有理会。记者们似乎已经不指望能从他口中听到什么符合普通人常识的话了。

"听说千叶教授参与时田教授的项目已经有好几年了。"一个戴着眼镜的女记者站了起来，她看上去三四十岁，脸上堆出很不自然的笑容，隐匿着一颗低俗的好奇心，"我想以一个女性的兴趣问一下，在这么长的时间里，两位教授之间有没有产生出什么浪漫的感情？"

所有的记者都低低地笑了起来。他们内心都在嘲笑时田肥满笨拙的躯体，以此消除自身在智力方面的自卑情绪。同时，对于不应存于世上的才貌兼具的敦子，他们也希望能挖出一点她与时田之间的丑闻以肆意贬低。

"记者俱乐部预先提给我们的问题仅涉及我是否协助时田开发 PT 仪，所以我先对此进行解答。"敦子平静地回答，"那还是我们都在医学院上学的时候，岛教授找我谈话，说是希望我能和时田共同研究。当时时田还是助手。"

"千叶在那时候就已经是一名优秀的临床医师了。"岛寅太郎补充道。

---

① 美国科普及科幻作家。机器人三大法则包括：一、机器人不得伤害人以及见死不救；二、机器人服从人的一切命令，但不得违反第一法则；三、机器人应保护自身安全但不得违反第一、第二法则。——译者

"当时时田的研究已经接近完成，我只是作为临床医生选择一些患者，采集他们的大脑图像进行分析和解释而已。有时候我们也会把对方当作患者，互相采集大脑图像。最终的结果证实了时田所开发的仪器确实是能够准确探测与记录患者意识的装置，在精神医疗界也必将得到最有效的运用。"

"啊，两位的关系既然都可以相互做那样的事……也就是说，相互都可以看到对方的思想了，那么你们之间应该也有了超出普通男女的更为亲密的关系了吧？"女记者终于等不下去，性急地插嘴问了出来。

7

"唉，一看到丑男和美女，就盼着能有让·科克托①的世界出现，这种人真是到哪儿都有。"

时田浩作突然挺了挺身子，发出压抑已久的感慨。记者们向他投去惊讶的目光。

"要不就是维克多·雨果的世界。到今天我都记得，小时候的我就已经像现在这样又胖又丑了，所以大家总是把我和班上最漂亮的女同学配成对，然后嘲笑我们。不过反过来想想，大概也是因为他们知道自己反正接近不了漂亮女生，最多也就只能这么羞辱她们吧。"

时田噘起他光滑红润的厚嘴唇，像个孩子似的哭丧着脸，发起牢骚来。一阵低低的笑声在记者们中间扩散开来。少年时期的学校里，时田所说的那种情形确实很常见。

"就算是我这样的人，也喜欢漂亮女生啊。可我总是被大家嘲笑，被推倒在女生身上，被硬逼着亲嘴，都是这样的事，这还怎么能喜欢呢，而且实在也对不起那个女生啊。她也恨我恨得要死，恨死我了。从那以后我就讨厌和人交往了，一头钻进电脑游戏里了。"

不知道时田是不是故意演了这么一出戏，他没完没了地继续着充满孩子气的抱怨，直到记者们退却为止。

"好了好了，明白了，明白了。我们的问题太失礼了。"科学部的记者苦笑着起身连连鞠躬，终于止住了时田的抱怨。

自己的提问被同事批评为"失礼"，女记者十分气愤，"啪"的一掌拍在桌上。

"那么请继续吧。"科学部的记者恳求千叶敦子说，"关于PT仪在精神治疗上的应用，是否经历过各种失败呢？"

"最初的时候，我们所做的工作只是记录患者的梦境，探究能指和所指的异常结合方式。比如说您在我的眼里是每日科学部的记者，但在某个患者的眼里，您可能就是某个国家的间谍。但是，患者一听到新闻记者就想到国际间谍的这种联想，并非是像娱乐节目中的联想游戏一样隐瞒了已知的内容，而是因为某种患者自己都没有意识到的暗示。所以，如果能通过患者的梦境帮助他们找出诸如此类的异常结合方式，仅此一点便会对治疗起到很大的帮助作用。"

"仅仅一家医院就有二十名患者进入康复期，临床上称之为缓和期，"岛寅太郎所长带着相当的自豪感插话说，"这是很惊

---

① 让·科克托(Jean Cocteau)，1946 年电影《美女与野兽》的导演、编剧及演员。——译者

人的成就，在当时的精神病理学界引发了一场世界性的轰动。在座的各位当中应该有人对此还有印象吧。"

"之后我们发现通过采集器可以访问患者的梦境、对患者进行治疗。"

敦子正要往下说，科学部的记者却打断了她的话。

"啊，就是这项发现在提交学会之后遭遇了质疑吧？据说是因为太过危险，PT 仪本身也被明确禁止带出研究所之外。"

"对了，"刚才那位新日文化部部长猛然站起来，座椅在他的力度下发出"吱"的一声，"刚好有个传闻也想核实一下。据说在 PT 仪还被禁止的时候，就有人在研究所以外的地方尝试用它来治疗分裂症之外的精神疾病。"

会议室里响起一阵喊喊喳喳的议论。虽然没有公开谈论，但确实也有人点头表示赞同。敦子看出这样的流言已经在记者们中间悄然流传开来了。

文化部长满意地看到自己的发言引来了席间的骚动，带着几分得意望向敦子。"千叶教授，在研究所以外的地方用 PT 仪治疗精神疾病，这算是人体实验了吧……"说到这里，这位文化部长似乎意识到 PT 仪不可能进行人体之外的实验，憋回了后半句话，"呃，有这样的事吗？"

"我也知道存在这样的流言。"岛所长的脸上显出微笑，若无其事地否定了文化部长的说法，"但是纯属空穴来风，没有半点根据。倒是有许多患者和家属都眼巴巴盼着能得到 PT 仪的治疗啊。"

"哈哈，您否认了。"文化部部长略带遗憾地说，但似乎他也没有足以追问下去的确凿证据了，"我们却听说这件事情早已经传得沸沸扬扬了。"

"关于这件事，"一个气质干练肤色白皙的青年记者，竟然没有起身，傲慢地坐在座位上开口说话，"最近有一种近乎传说的流言，说是五六年前 PT 仪还被禁用的时候，有一位年轻女子就已经在用它来给某些颇有社会地位的人物治疗他们不便为外人所知的轻度精神疾病了。我对此做了一些调查，发现似乎是随着 PT 仪的解禁，之前的那些内部机密不知被谁一点点传开了。而且无论哪种版本的流言，其中心人物都是一个绰号叫作帕布莉卡的美少女。在我看来，这是相当有趣的一点。"他眼睛紧盯着千叶敦子，意味深长地说。

"流言、流言而已。"记者说话的时候，岛寅太郎一面笑、一面反复念叨这两个字。他的声音微微开始有些颤抖。对于生性正直善良的他来说，为了掩盖过去的违法行为而撒谎，实在是违背其天性的重荷。这一点敦子也非常明白。"流言而已，完全没有那种事情。"他继续说。

"说起来我也听说过这个流言，"一开始询问获奖几率的社会部记者也插进来说，"据说是有个名叫帕布莉卡的女性，自称为盗梦侦探，会进入男性的梦境里做一些类似性行为的事，以此治疗精神疾病……"

"这个事情我知道。"科学部记者也这么说。到了这时候，已经没人站起来发言了，会议室里的样子好像法院庭审一样。

"据说那个有着童话般名字的'帕布莉卡'是某种暗语，实际上是个十八岁左右的少女，美若天仙，从事的是所谓'盗梦侦探'这种大概只在童话或者科幻小说里才出现的职业。"

"刚才岛所长也说过，千叶敦子教授早在医学院上学的时候就已经是一位优秀的临床医师了，"文化部长以一种类似犬科动物的表情，由斜下方窥视主席台上的敦子，"帕布莉卡的传说我也知道。本以为那只是围绕PT仪的传说故事而已，没想到在这里忽然有了现实的味道，更没想到会和千叶教授有关。"

"千叶教授，能否请您亲口告诉我们，"女记者盛气凌人地高声说道，"那个名叫帕布莉卡的女孩，是否是您本人？"

敦子感到自己快要变得面无血色了。这其中也有一半是对女记者无礼行径的愤怒。不过她还保留着几分自信，相信自己还能勉强压住面色的变化，不让内心的动摇显露在脸上。"如岛所长所言，那个叫什么帕布莉卡的女孩完全是虚构出来的人物。"

"您确定？"女记者想要沿用演艺界记者招待会上常见的那

种追问到底的愚蠢套路。

"我与千叶教授，作为直接管理 PT 仪的仅有的两个人，断言没有那种事。"不管三七二十一，时田浩作先给出了否定的回答。"好了没有？还要问吗？这种事情，除了我和千叶教授之外，还有谁敢说自己知道真相？还要换种说法再来一回么？行啊，我奉陪到底。"他抖着自己的肩膀，摆出一副孩子气十足的挑战架势，扫视台下的记者们。

记者们带着满脸败下阵来的表情，苦笑起来。

"如果说那是十八岁左右的女孩，"敦子轻笑了一声，"可是五六年前我已经二十四岁了。而且，十八岁的话，不是刚刚进入大学嘛，怎么会做精神治疗呢？"

"总而言之，如今只要获得批准就可以合法使用 PT 仪进行治疗，过去的违法行为不做深究也没什么关系吧。"刚刚的那个肤色白皙的青年记者，脸庞就像一副均整的能乐①面具，说话也冷静得出奇，"但是如今的研究所里不是已经出现了更加严重的问题吗？经由 PT 仪访问患者的梦境，与仅仅使用显示器做观察不同，是要与患者同化的吧。这是否会导致医生也感染精神分裂？我得到的消息说，在这个研究所里已经有医生出现了与患者相似的分裂症症状，这是真的吗？"

---

① 能乐，日本传统戏剧的名称。其中主角会戴面具，称为"能面"。——译者

又一股升腾的怒气让敦子头晕目眩。肯定是副理事长乾精次郎、治疗医师小山内那帮人泄露出去的。

"根本没有这样的事。"敦子说。必须要反击这个记者，查明他的消息来源。"我对您的消息很在意，能否解释一下您是从哪里听来的这种无稽之谈？"

记者面不改色，反而挺了挺胸。"消息来源我不能说，但据说是确有其事。"

会议室里顿时又响起交头接耳的嘈杂声音。

敦子决定进一步进攻。"我想研究所的人不可能这样胡说，难道是您身为新闻界的从业人员，却听信了所外人员的胡言乱语么？这真让人难以置信啊。"

在敦子的逼问之下，青年记者的脸上终于出现了怒色。"您这是什么意思？是说我在信口开河吗？"

"因为您的话太荒诞了呀，"敦子笑着环视在场的记者们，"有人会相信这样的话吗？会传染的精神分裂？"

实际上就算不会传染，精神分裂症患者身边的人也有可能受到其妄想的影响，只不过记者们对此显然一无所知。有几个人笑出声来。

"我是从最了解研究所的确切渠道听说这个消息的！"记者愤然吼道。

"对本所'最为了解'的可只有所内人员。"敦子说。

"我可没那么说。"

消息的源头渐渐清晰起来。尽管觉得这个年轻记者有点可怜，敦子还是逼得更紧。"这就是记者的特权么，不必说明消息的来源就能坚持说自己掌握了事实？"

"我并没说那是事实，只是在向您确认。"

"我也想确认啊，我想确认您的消息是否是所里的某个人亲口告诉您的。"

"所以说，我什么也……"

"好了好了，"眼看就要揭晓谜底的时候，老好人岛寅太郎又出来打圆场，给敦子的追问泼上了一盆冷水。"坦白说，治疗医师确实也有可能受到患者的影响，但那仅仅是对经验不足的新人而言。本所的全体医师都相当优秀，完全不可能发生那种事情。至于说因为 PT 仪引发感染，那就更是无稽之谈了。"

"但我确实得到消息说，存在因 PT 仪而感染的实例，消息来源很可靠……"

记者的脸涨得通红。就在他越说越激动的时候，时田浩作扯开嗓门，全然不顾记者的脸面，用一种带有发自内心的厌烦的声音感叹道："啊呀，够了吧。果然不管说多少回都理解不了啊。发生在科技最前沿的事情已经完全不可能再用一般人的感情去理解了。问来问去净是些偏离正题的事情，那些都是技术的副产品好不好？没有一个人问到关键所在。对于我来说，PT 仪这玩意儿已经是快要过时的东西了。这东西有啥了不起的呢？按照如今的技术发展速度来看，它的淘汰已经早晚的事了，没想到你们各位还这么大惊小怪……"

在时田冗长的抱怨中，记者们只有失望地沉默下来。千叶敦子则克制着自己的愤怒，思索着追查研究所内部渎职行为的方法。

8

在分裂症患者的世界里往往有着足以刺入正常者潜意识最深处的隐喻，譬如将水性杨花且生养众多的母亲直接影射为"母狗"之类的诡异联想。若不是看到在厨房忙碌的狗，敦子恐怕还发现不了这个隐喻。在如此奇怪的世界里徘徊到筋疲力尽的敦子，终于摘下了采集器。她会不时登入一些即将康复的患者梦境里进行治疗。透过玻璃门，敦子看了一眼隔壁诊疗室的床上躺着的那个四十多岁的男人。

"这个患者说他经常在五谷神祠的石阶上遇到狗向他打招呼。"柿本信枝从反射器的画面上抬起头，对敦子笑道。

"他的梦境已经接近正常人了。给我杯咖啡。"敦子让柿本信枝单步回放刚刚记录下来的梦境，一边观察画面，一边记下自己想到的事情。反射器的存储装置当中内置了一个程序，可以自动扫描每秒生成的静止图像。"信枝，你先回去吧。"

柿本信枝似乎还不太想回去。她一边倒咖啡一边说："同化成别人或者东西的情况正在减少啊。"

"是啊。"敦子喝着咖啡，注视着显示器。画面上刚好是一条下半身已经被吃掉的烤鱼，可那条烤鱼却正在大声说着什么。敦子想起了时田浩作。时田很喜欢吃烤鱼。突然间，敦子很想去找时田。她删掉了那一秒的画面。

敦子站起身。"我去下时田的研究室。"

脱掉医生的白大褂，露出记者招待会上穿的那一身深藏青色套装。柿本信枝的眼中又露出近乎狂热的眼神。"哇，真美啊。光我一个人看到，真是太可惜了。教授为什么不多上上电视呢？"

被同性用那么露骨的爱慕表情注视，敦子有点被吓到了，赶紧去了走廊。这时候刚过九点，走廊上一个人也没有。

打开研究室开在走廊上的门，首先就是冰室助手的小房间。里面一道门的后面才是时田浩作的空间。仅仅四坪大小的昏暗房间里，贴着墙的架子上堆满了小盒子，里面放的都是各个厂家送来的大规模集成电路和定制芯片，以及尚未上市销售的新型元件和各种零件等。桌上和地上也都是乱七八糟的电子元器件。靠墙边放着一张桌子，勉强能够容纳一人行走的通道两边也排着桌子，每张桌上都堆着裸露在外的显像管，屏幕都还闪烁着，上面显示着各种图形。冰室正在用图像扫描仪输入设计图，看到敦子进来，他显得非常紧张，站起身来说："啊，千叶教授，时田教授正在做实验，您不能进去。"

冰室也和时田一样，是个胖子，不过体型比时田要小一号。和时田站在一起，总让人联想起一对大小狸猫。冰室也是个宅男，自命为时田浩作的护卫，是个极其顽固的家伙。他堵在门前，不让敦子进去。

每次来都是这么一出。应该怎么对付这个家伙，敦子早已经轻车熟路了。她逼近冰室，直到他能感受到她的呼吸为止。敦子直视冰室圆瞪的双眼说："哎哟，这么强硬干吗，又不是要抢走你那位重要的教授啦。"

说着敦子用食指点了点冰室的鼻尖。冰室霎时变得满脸通红，垂下了头，嘴里嘟嘟嚷嚷起来："嗯，那个，就是那个，双极集成电路……"他一边嘟嚷一边坐回到座椅上。

时田浩作的房间里也是同样的状态，只不过更加昏暗。这个房间的面积比外面的大三倍，混乱程度也是三倍。这里的混乱已经超出常识的范围了。螺旋纤维束的一端插在泡面的纸杯里，破碎的显像管上撒着好些方糖，待测试的半导体单片集成电路在咖啡杯里堆成了小山。房间里到处都是时田设计的怪异电子元器件。大概天才的工作间都是这样的吧。然而所有东西的位置都清楚显示出它们乃是疯狂的产物。数十台显示器的画面上正以全彩高清的方式显示着各种图像、图表以及设计图，还有 CAD 图和分形图案。在显示器的光线映照下，时田额头上的汗珠闪闪发光。他正在用小型激光加工器制作什么精细的东西。

一看到敦子，时田就"啊"的一声，把手里的工具扔到桌面上。那动作直让人怀疑他是不是被敦子的突然闯入吓到了。

"没打扰你？"

"没有，我正想去开个窗户。"

时田慢慢站起身，走到窗户旁边，拉开厚厚的窗帘，推开左右窗页。从房间的窗户往外看，可以望见研究所宽敞的庭院以及市中心高楼的灯光。窗外的轻风带着草坪的气息吹了进来。

"我是来谢你的。"时田浩作站在窗边，敦子走到他身后说。

"哦？我又没做什么。"时田有点腼腆，转身背对敦子，望向远处的高楼。

"喂，你就算对着我也看不清我的脸吧？这里这么暗。"敦子笑了起来。

"哦，嗯。"时田顺从地慢慢回过头。

时田的脸也看不清。

"多亏你演了那么一出戏，记者招待会总算没闹出什么大问题。"

"我天生就是喜欢用那么幼稚的口气说话啊。"时田又向庭院望去。

"果然演戏就是要发挥天生的禀性呀。喂，怎么又不看我了？"

"就算周围这么暗，我也能看到你非同一般的美。你的美丽放在这么黑的地方就会变成恶魔啊，我害怕。"

敦子从时田的身后面缓缓抱住他巨大的身躯，将脸颊贴在他的肩胛骨上。"我要谢谢你。如果被那些记者一直追问下去的话，我就没办法回答了，只能保持沉默，那么一来，所有的记者都会确信他们所怀疑的了吧。"

"对了，说到这个，"时田停了一下，慢慢说道，"到底是谁把津村的事泄露给报社了？"

"总之不会是津村自己。他现在怎么样了？"

"听说现在让他在自己的房间里休息了。"

津村和敦子、时田他们都在精神医学研究所的同一座公寓里。那座公寓受到严格保护，禁止外部人员进入。就算有人从外面看到津村，至少表面上看来他都还是正常的。

"津村本来是个很优秀的治疗医师啊，真是奇怪。"

"他没有心理创伤吧？"

"他也是人啊。只要是人，多多少少总会有些隐藏的心理创伤吧。所以我觉得可以从这一点入手。今天过来找你，也是想要讨论这件事。唔，能从津村使用的采集器上找出他的心理创伤吗？"

"这个很简单。调查一下他登入患者梦境的记录就知道了。"

"是吗，那反过来呢？将心理创伤有形化之后的图像伪装成精神分裂症患者的梦境导入他的意识，并且不让戴着采集器的他发现，这种事情……"

"只要写个程序，从精神分裂症患者的梦境里检索出符合有形化心理创伤的图像，再把这些图像间断以潜意识投射的方式传输到他所戴的采集器里，这样就可以了。很简单的。"

"到了你这里，什么东西都很简单啊，"敦子忍不住笑了起来，"我想问的是，除了你之外，还有别人也能做到吗？研究所里的人？"

"只要有图像，单单写程序的话，我这儿的冰室应该也行的吧。那小子是不是帮谁写了一个啊，我去问问看。"

时田说着便朝门口走，敦子赶紧拦住他。"别、别急，我这是在偷偷调查呢。"

"啊，是吗？那我帮你查查看吧。那小子做过的事情都有日志的。"

"那就拜托了。"

"话说回来，把津村搞成那样子，到底是想干什么呢？有什么人能从里面得到好处吗？"

"谁知道啊，应该有吧。研究所出了事情就会有得到好处的人。"

"谁啊？"

"我就是要调查这个啊。"

"真有意思，这一回你是要做现实世界的侦探吗？"

"好傻啊，你。"敦子又笑了起来。

"不过，你说的这个事情啊，我刚好在把代达罗斯①和采集器组合到一起，用这个新东西做起来更方便哦。"代达罗斯是时田最新开发出来的仪器，也就是去掉了电缆的戈耳工。他好像只管开发，一旦完成一个新产品，连测试都不做，就直接扑进下一个产品的开发中去了。

敦子惊讶得不知道说什么才好。

"那东西……"隔了半晌，敦子才问，"做那种东西干什么？能有什么用呢？"

"能有什么用，这不是你考虑的问题吗？像你刚刚说的那种事情也可以做到了呀。善加利用的话，肯定有助于治疗吧。"

"慢着慢着，那东西太危险了吧，太危险了。"

"唔……那是我从小就有的梦想啊，互相进入对方的梦境……"

敦子感觉到自己开始有点头晕了。"你刚刚说是组合到一起？那东西有多大？"

"说到大小，"时田意识到自己吓到敦子了，急得都要嚷嚷起来了，"就跟个计算器一样，只要原理不变，体积可以无限制减小下去。前阵子我到处偷看人家的电脑，想找找有没有什么新

---

① 代达罗斯（Daidalos），希腊神话中的巧匠、建筑师。此处用作新开发的仪器的代号。——译者

东西发明出来，结果闯进了某所大学的生物学教室的电脑。那电脑好像是某个生物学家的，我从里面偷来了一个样例，其中体现出来的想法很让我吃惊，所以就用它的原理做了一个可以进行各种处理的基础元件，结果发现用了这个元件的话，体积就可以想缩多小就缩多小了。"

"你说的那个元件，实际上就是生物化学元件吧？可以进行蛋白质的自动装配。比起现在用的硅芯片，能小多少？"

"一个是 100 埃①，唔……单说存储容量就是硅片的一千万倍吧。"

敦子凝望时田的脸，说："天才啊。如果把这个结果公布出去，肯定又要引起巨大轰动了。"

时田再一次羞怯地转身望向庭院。"唉，其实我不太想公布这个消息。能让你吃惊我就已经很开心了，其他人的评价我并不想听。你看，有不少人一开始做了点东西出来，得到了不错的评价，然后就高兴得整天把这个事情挂在嘴边，结果后来再也做不出别的东西了嘛。"

敦子再一次从后面紧紧抱住了时田。"只有真正的天才才会这么说呀。"

抱着时田站了一会儿，敦子由自己乳房的触感上察觉到时田

---

① 埃(angstrom)，相当于一亿分之一厘米。——译者

的身体绷得很僵硬。他似乎想说什么难以启齿的事。

"怎么了？"敦子问。

"我做助手那会儿，就是还在开发期里，你登入我的梦里的时候，我曾经想过：反正只是个梦，把你那个了也没关系什么的吧。"

敦子笑了。"是有过啊，可你也只是想想而已嘛。"

"其实……后来我常常会做同样的梦。"

"哦？那每次你都会那个我？"

"虽然知道是梦，可还是做不到。那个……怎么说呢，那种抗拒感，是叫作'梦中的理智'吗。"

"不是。知道是梦，所以做了也没关系，这才是'梦中的理智'。压抑自己的欲望，不让自己那么做，这种现象我给它随便起了个名字叫'梦律'，或者叫'德里森'。"

"是因为我喜欢你吗？"

敦子把时田抱得更紧。两条手臂陷进了他腹部柔软的肉里。"是的。所以，清楚地说出来吧，说你喜欢我。"

"说不出来啊。每次一想说的时候就想起美女与野兽了。虽然刚刚已经说了。"

"好吧，反正我们两个就算不说，相互也都明白的。如果要说的话，大概非得由我来说才行吧。要说理智上呢，你知道的吧，我其实很不喜欢你这样子好几百斤的大胖子哦，一点自制力都没有的嘛。不单是讨厌，而且还有点瞧不起。脸长得也不好看。要是结婚的话，长相再怎么不般配，好歹也得有个限度吧。这些事情我都想过。可是我还是喜欢你，喜欢得不得了，这个你也知道的吧。"

"嗯，嗯……"时田用带着哭腔的低哼声回应着敦子的话，终于慢慢回过头来，"我知道的，不过，还是第一次听你亲口这么说啊。"

敦子用双手捧住浩作的脸颊，将自己的唇凑了上去。浩作用颤抖的手搂住了敦子的腰。两个人吻在一起。两片光滑、红润、像个孩子似的厚厚嘴唇，轻柔地张开了。

两个人的唇分开以后，时田有些歉疚似的，又向窗外望去。

"因为暗得看不清我的脸，你才能和我接吻的吧。"

9

　　能势龙夫从宴会的会场中逃出来，进到洗手间里。他用冷水洗了把脸，情绪终于缓和了一些，但是镜中的自己脸色依然苍白。

　　本来只是个汽车零件厂的厂长就职宴，社长也只打算露个脸就走，顺便带了身居营业部部长要职的资延一起出席，可没想到宴会竟然在市中心最高档的酒店里举行，会上还来了很多同行，到处都有人要和社长攀谈，搞得能势和资延想走也走不了。许多人都是很久没见了的，包括能势和资延在内，都要和这些人逐一打过招呼才能脱身。

　　正在这个时候，能势开始感到不安了。或者应该说，正因为是这样的时候才会不安的吧。在这个集中了业界同行的场所，若是自己发作起来，那可如何是好？能势心中生出这样的想法，背脊不禁一阵发凉，身上也冒出了冷汗。继续留在这里的话，肯定会发作的吧——能势对这一点深信不疑，于是从会场逃了出来。

　　自从接受了帕布莉卡的梦境分析以来，能势一次都还没有发作过。但是仅仅那么一次分析显然不可能治好焦虑症。比如说像今晚这样的情况，只要到了特定的时间和场所，就会又生出一种担心发作的焦虑，这一点和以前没有不同。另外，帕布莉卡开给自己的抗焦虑药也已经吃完了。

能势决定不回会场了。他来到外面的接待处，向一个经常来开发室的职员表达了告辞的意思，领了装着纪念品的纸袋，坐到能看见会场出口的黑色真皮沙发上，等着社长和资延出来。在空气流通的大厅里休息了一会儿，能势的情绪终于有些好转。

社长出来了，看来是终于被解放了。"资延还没好？"

"刚刚被青山精密仪器的社长逮住了，说是要跟他解释个什么事情。"

社长在能势对面的扶手椅上坐下来。他是第二代的社长，大约比能势年长十五岁，不过气色很好，看起来很年轻。

"对了，那人叫什么名字来着，帝产的那个常务董事？"

"濑川？"

"对对，就是他，濑川，"社长笑了起来，"他也来了。"

"是啊，他来了。"

社长似乎知道濑川是反对无公害汽车的激进分子。

正说着的时候，濑川和资延一并从会场出来了。资延领了纪念品，濑川没拿。能势听人说过，但凡濑川出席宴会，必定会留到最后才走。

资延看到了能势和社长，样子显得有些慌乱。社长背对着会场出口，没看到资延的模样。濑川没有发现能势对面是社长，他

冲着能势走过来，看样子想要挖苦他几句。濑川是个胖子，脖子
又粗又短。

"哎哟，这不是能势大人嘛。最近没怎么去老地方嘛，是枝
小姐可是寂寞得很哦。"

是枝是通产省的公务员。

社长转过头，濑川吓了一跳。"啊，社长，您这是要回去了
吗？那个什么，唔，啊，哈哈哈。"

濑川慌慌张张去了洗手间，社长望着他的背影，又一次微笑
起来。

"不好意思，让您久等了。"资延的秃头上渗出一层汗珠。他
往扶手椅上一坐，向着能势说，"能势，你跟刚才那个濑川好像
很熟嘛。"

明明是你和他一直说到现在，能势不禁有些哭笑不得地想。
显然资延是在担心自己同竞争公司的重要人物一路交谈走出会场
的场景被社长看在眼里了。这人就是个净会在意些无聊事情的家
伙。社长也苦笑起来。

三个人商量着去酒店里的酒吧喝上一杯再回去，于是便一起
走向位于地下一层的会员制酒吧。资延是那边的会员。酒吧里没
有别的客人，三个人在酒吧最靠里的位子上坐下，说了一会儿闲
话，然后话题转到无公害汽车的销售上。虽说反对，但资延对于
无公害汽车的销售也倾注了不少精力。

忽然间资延开始指责起难波来了。白天的时候他刚刚被难波的固执己见搞得哭笑不得。资延一边抱怨难波的幼稚，一边拐弯抹角地暗示了能势放任难波不管。能势任由资延抱怨，连半句辩解都没有。他心里明白，只要自己开口说话，肯定会掉进资延的圈套。然而能势最擅长的恰恰就是应付这样的局面。出乎对手意料的反击早就准备好了。

资延抱怨的时候，社长也并没有袒护难波，而且时不时还会附和两句。显然资延也是看准了社长对待难波的态度才作如此发难。

白天的时候能势自己也刚刚同难波吵过一架。早些时候能势刚刚被迫做了一些较小的让步，以换取更重要的利益。难波虽然知道整个事情的原委，但就是不能认同能势的做法，在他看来，好像是能势与他人串通好了要找他的麻烦似的。结果两个人的争论最终演变成一场为吵架而吵架的闹剧。能势实在受够了难波。他也在反省自己对难波是不是真的太过纵容，结果这家伙好像总是要不断试探自己的忍耐底线一样。

不过能势也并不打算在背后指责自己的部下。他一向认为这样的上司只能算是缺乏教养。上司本来就掌握了下属的生杀大权，又何必要在背后说自己部下的坏话？

"社长，开发室主任的人选，您看欣市这个人怎么样？"能势故意挑了个资延得意洋洋的时候抛出了这句话。欣市是社长的外甥，出身于公立大学的工学院，已经在总务部工作了很长时间。

社长的神色明显变得愉快起来。他的外甥已经垂涎开发室主任的职位很久了，但是难波的存在事实上断绝了这件事的可能性。

"哦，对啊对啊，不是有欣市嘛。"资延像是突然反应过来似的，大声说道。之前他似乎是被能势的话弄得有点摸不清方向。资延瞥了一眼能势，眼神里隐约带着几分怨恨，仿佛是说"被你小子讨了个便宜"。接着他又意识到自己话里的漏洞，赶忙解释说，"哎呀哎呀，其实我也一直想着欣市这个人选哪。"

实际上他做梦都想不到能势会同意，当然也根本没考虑过社长外甥的事。

"唉，难波的功劳也不小啊。"社长故作姿态地说了一句。看起来他是认为，既然两个高层意见一致，那么接下来的事情就交给这两个人去考虑就行了。他似乎很满意。

"唔，那也是早晚的事儿，是吧。"资延意味深长地向能势点点头。

回家的路上，能势坐在公司租的车里，头脑里想着难波的事。那家伙的技术能力确实很强，但到底胜任不了管理的职位。这一点他自己是不是也有所意识呢？恐怕没有。照他的自我感觉来看，说不定以为自己连社长都能当吧。

　　与那天在帕布莉卡那里分析梦境而得出的结论不同，他意识到自己现在的想法完全相反，根本没有考虑要去保护难波。因为觉得调离难波是早晚的事，所以他利用这个机会给自己争取了主动，同时也使难波的事再也无可挽回。而且能势还觉得这样的结果纯属难波咎由自取，心中没有半点罪恶感。话说回来，更冷血的事情能势也不知道做过多少回了。

　　难波是个自负的人，就算调离了开发室，也不用担心他会一蹶不振。能势把难波的事情放到一边，转而思考资延的问题。那家伙肯定觉得自己抢了他的功劳，提前一步提出让社长的外甥去做开发室主任。那他接下来会有什么动作吗？能势记起资延最后投向自己的那道意味深长的目光。那家伙恐怕已经有了什么打算吧。

　　啊，不好，怎么突然有点心慌？因为难波的事？不对，刚刚已经确定自己对他没有任何内疚了。能势对于这一刻突如其来的发作很愕然。虽然是在想资延的事，但自己从来都没有把这人放在眼里，不可能因为他而产生什么不安。平时和他说话的时候从来也没有半点焦虑，可这一回的发病又是为什么……

　　出汗，心动过速。能势拼命保持冷静，告诉自己这只是焦虑症，完全可以治愈，然而所有的努力都是白费。在无法抗拒的死亡恐惧面前，一切大道理都无济于事。自己的心脏没问题吗？会不会突发脑溢血？自己还能不能活着下车？一阵阵强烈的恐惧向能势袭来，让他浑身都是冷汗。

汽车行驶在回家的路上。车窗外本都是些司空见惯的景色。然而一旦想到这有可能是自己对人世的最后一眼，就连高楼的灯火都成了一种无可替代的眷恋，同时也让人有一股撒娇似的气愤：自己死了以后，它们还是会继续心安理得地亮下去吧。能势在毫无道理的死亡感中惊惶失措，喘不过气。这里距离帕布莉卡的住处还有一段距离。离自己家倒还挺近。

"我……现在……非常……不舒服。"能势拼尽全力才保持声音的平静，"到了以后……你……帮我……把家里人……叫出来。"

司机发现了能势的异样，也紧张起来。"我知道了。"

"这事……别对……任何人说。"能势又挤出几个词，他感觉不停说话能让自己的焦虑稍稍有些舒解，"绝对……不能……告诉……任何人。"

"是，我明白。"

能势家的房子被高级公寓包围在里面。市中心的这个地段十年前就已经是高级住宅区了。虽然能势的家也就是一幢不足一百平方米的房子，但在当今也依然昭示着他非同一般的社会地位。司机下了车，通过门禁系统向能势的家人报告了能势的情况，脸色煞白的妻子以登和儿子寅夫立刻奔了出来。

"怎么了？哪里不舒服？"

司机和寅夫两个人架着能势，把他扶到玄关里面的客厅。一路上妻子不断追问，但能势无法开口说话，他的全部力气都用在了维持呼吸上。

"你说不出话了是吗？喘不了气了是吗？不行是吗？"妻子问。

能势躺到沙发上。寅夫替他解开领带。

"我叫黑伊医生过来。"

黑伊医生夫妻两个都嫉妒能势家的富有，而且这医生自己又是个大嘴巴，让他过来事情就麻烦了。妻子这么说的时候，能势竭尽全力挤出几个字。

"别……叫……"

"啊，可是……"

"不……是……病。是……精神……的……问题。"

"什么？你得精神病了？！"妻子本来在蜷着身子帮能势擦汗，听到这话不禁退了一步，"你为什么一直瞒着我们？"

寅夫刚刚请司机再多等一会儿，这时候听到能势的话不禁问："爸，那该怎么办？"

能势费力地从西装内袋里掏出紧急联络卡片。上面写的是帕布莉卡的电话。

"啊，连这种东西都准备好了。"妻子的眼中噙着泪水。

寅夫去房间的一角打电话。他把过来的路线告诉了电话那头之后回来说："一个女人接的电话，说马上让她过来。"

是说"让她过来"？能势一边剧烈喘息一边想。接电话的不是帕布莉卡？那头不是帕布莉卡的房间？

这时候司机已经走了出去。能势又叫道："给司……机……司机……"

"嗯？司机已经走了啊。车子是公司租的，费用不都是公司付的吗？"

"不……是要……封口。"

"是要给钱？啊，我知道了。"寅夫追着司机出了门。

帕布莉卡坐出租车赶到能势家，是在一个小时之后。那时候能势的发作已经平息了。

10

　　能势龙夫只身一人站在乡间的小道上。从他那副怀念的表情上，能看出这里应该是他的故乡。有个人骑着一辆红色的自行车，从道路的另一方过来。能势心中忽然生出一份不安，就在他要否定那辆红色自行车与那个骑车人的时候，帕布莉卡登入了他的梦境。

　　"那是谁？"

　　能势以少年的语调回答："小毬你不知道吗？那是资延啊。"

　　在梦里的能势眼中，帕布莉卡是一个名叫小毬的女孩。好像是能势幼年时的玩伴。

　　骑自行车的确实是上一次能势梦里出现的那个语文老师没错，但是资延肯定不可能在乡间小道上骑一辆儿童车，所以这里的资延肯定指代着某个人，某个能势少年时候就认识的人，而且小毬应该也认识。

　　"不对，这人不是资延。"

　　帕布莉卡以稚嫩的语气反驳。能势听了心中也生出了疑惑。再仔细看看——帕布莉卡正想这么说，能势却连这一点时间都没给她，切换了梦境的舞台。

能势已经进入了清晨时分最后的 REM 睡眠阶段。帕布莉卡
为了探索能势精神中隐藏在黑暗中的部分，一直等到早晨。

　　接到能势家电话的时候，帕布莉卡刚刚从研究所回到自己的
房间。尽管非常疲惫，帕布莉卡还是决定立刻赶去。不过要改成
帕布莉卡的装扮，到底还要花上一段时间。换发型、改化妆，最
麻烦的是要用小镊子把一颗颗雀斑粘到眼睛下面。这是经过特殊
加工的，粘好之后一般洗脸都不会脱落。如此处理过之后，帕布
莉卡的相貌就会发生巨大的变化。外表变得年轻的同时，她也在
将自己的心态调整到工作状态，所以不能敷衍了事。

　　离开住处的时候也要小心。自从那场记者招待会以后，许多
记者都开始怀疑帕布莉卡的真身就是千叶敦子。虽然基本上没人
会想到风声这么紧的时候她还敢扮成盗梦侦探偷偷出动，但千叶
敦子毕竟是诺贝尔奖的有力竞争者，本身也是话题人物，说不定
会有人躲在什么地方监视她。

　　变身成帕布莉卡的千叶敦子，穿过车库来到大路上。她不敢
通过电话叫车，而是到路上拦了一辆下来。带着能势回到住处的
时候，也是特意走了需要密码与指纹双重验证的后门。保安室负
责监控的管理人员很久之前就知道千叶敦子和帕布莉卡的关系，
但是埋伏在周围的报社记者就很需要提防了。若是被他们发现的
话，连能势都会受到牵连。

进了房间，帕布莉卡先给能势做了一些简单的内科诊察，然后给能势戴上戈耳工，请他入睡。之后帕布莉卡设好时间，也沉沉睡去。到清晨五点的时候，一阵轻微的静电脉冲把她叫醒，她立刻戴上采集器，接入能势的梦境。

这时候能势正漫步在夜色中的海岸。海上有一艘奇形怪状的快艇正在飞驰。

"小心！△●◎％！"

能势好像不想让快艇发现自己。他的身子伏在砂石上，紧握着刚登入他梦中的帕布莉卡的手，用一个外国人的名字叫她。

"那是什么？"

"是@^♯。"能势用他自己都不太明白的词回答帕布莉卡的问题。

半梦半醒的状态下，帕布莉卡有点分不清眼前到底是显示器的画面，还是能势的梦。透过这样的视线，帕布莉卡发现自己在能势的眼中成了一个身穿紧身潜水衣的小毵，只是已经长大了，个子出奇的高，外表看上去像是一个外国女演员。帕布莉卡虽然没有看过这样的电影，但也多少能够判断出这是《007》的一个场景。

发狂般荒诞无稽的冒险开始了。两个人先是跳进一条连着大海的河里，一路潜水溯流而上。上游有什么东西正在靠近，不知道是船还是龙，只见眼球似的照明灯投射出光线，口中喷出火焰。能势与帕布莉卡不得已只能举起自动步枪应战。

"这做的都是什么乱七八糟的梦啊。"

帕布莉卡发现自己如今已经完全变成了乌苏拉·安德丝[①]，她一面惊愕，一面将注意力转向能势的思绪，却发现他正愉快地沉浸在这场梦境之中。

这时候有人从怪兽的头部冒出来，举着一把同样的自动步枪开始朝这边扫射。这个人就是上一次出现在能势梦中的那个照片里受人吊唁的难波。对能势来说，这人是他的下属，也是具有工程师气质的开发室主任。他本该是能势应当尽力保护的人物，但现在能势正全身心地投入在这场与难波的战争游戏之中，既不介意自己打死对方，也不惧怕自己被对方打死。或许能势在同难波辩论的时候就有这样一种欢畅淋漓的感觉吧。

"这电影叫什么名字？"

被帕布莉卡这么一问，能势终于意识到这是在做梦了，好像也觉得自己很傻，于是他叫了一声完全听不懂的"％＄◎"，随后爬上了河岸。

这里是位于宽阔街道旁边的小河岸。远处山岭连亘，山脚下是广阔的农田。几间店铺沿街排开，两个人正站在一家烟酒

---

① 乌苏拉·安德丝（Ursula Andress），20 世纪 60 年代的好莱坞女演员。——译者

店的后门里。然而能势看起来对于自己所站的地方有一股强烈的不安。帕布莉卡随着能势绕到烟酒店的门外，来到公交车站站牌的下面。

"你经常在这儿乘车吗？"

说话的时候，帕布莉卡注意到在能势眼中她自己变回那个长着雀斑的可爱少女形象。能势点点头回答说："嗯，在这里……坐车……学校。"

"那……"帕布莉卡自己也是处在半睡眠的状态，整理不出适当的语言。她想要回到刚才让能势感觉紧张的"烟酒店后门"，但能势已经又一次来到了之前那场梦里的同一间中学教室。这一次站在讲台上的是一个身材矮胖、脖子粗短的男人。他好像是在上数学课。

"他是谁？"和能势坐在一起的帕布莉卡问。

"濑川……"

在帕布莉卡的记忆里，濑川应该是能势竞争对手公司的高层。在上一次的梦里，他是能势班上的一个长着熊脸的人。

"他不是……熊吗？"

"不……那是●◎＄％的……"

教室里的同学们相貌都很模糊，不知道谁是谁。

濑川一边在黑板上潦草地写着公式，一边语无伦次地讲课。"等差数列从 1 开始到 n 的自然数之和是、因为最近没怎么去老地方、奇数的和也是 $1+2+3+\cdots\cdots+n=$ 所以就变得寂寞得很哦、啊，社长，您这是要回去了吗？"

这也是被濑川代替的某个人吗？帕布莉卡决定激发一下能势对濑川的感觉。她站起身子叫道："闭嘴吧你！ 能势快去揍他！"

"好！"能势站起身。

讲台上的濑川露出害怕的神色，随即换成了另一张脸。变成了一个老人的脸。教室也变成了公司的办公室——看起来像是会议室。

老人好像一直在说话，已经说了很久似的。"……之类的事情绝对有问题。尤其是公司的内部斗争等等△□♯的事情，绝对不行。要是受害者……"

"他是谁？"

帕布莉卡的问题没有得到回答。能势已经完全忘记自己身在梦里。他非常害怕这个老人。

"WHO IS HE?"帕布莉卡换成中学生式的英语发音又问了一次。

"HE IS……"能势只说了个开头，说不出剩下的英文了。他小声嘀咕道，"他明明已经死了。"

根据能势的所指，这个正在强烈批判公司内部斗争的老人是公司的前任社长。

"好，停！停！"

突然有人大叫起来。一个帕布莉卡不认识的男人正在导演这场会议的拍摄。摄影师是难波。会议室里的那些脸部模糊不清的男演员们全都放松了紧张的身体，回到了日常的状态。会议室里顿时嘈杂起来。从场景的设置看来，似乎是维斯康提①作品中的某个豪华宴会的现场，但是在场的女性很少，而且客人们的着装让这里看起来就像一场公司内部的宴会。

鸭舌帽、太阳镜、短胡须。导演完全是一副老派电影导演的模样，就像经常出现在画里的那种。但这并非卓别林式的谐谑，帕布莉卡的直觉告诉她，这应该是"投射"，即做梦的人在梦里看到了自己的另一种可能性。这个电影导演，应该就是少年时候怀有导演梦的能势龙夫本人吧？

"你做过电影导演？"

为了确定自己的推测，帕布莉卡追问了一句。刹那之间，梦境化作电影导演的视角。变成了电影导演的能势对着帕布莉卡叫道："轮到%■@，好，准备！"

在能势叫出"开始"之前，帕布莉卡先叫了起来。"摄影师是谁？"——因为显然不可能是难波。

---

① 卢基诺·维斯康提（Luchino Visconti, 1906—1976），意大利导演。——译者

能势似乎吓了一跳。他嘟囔了一句"△＾＊●……",随后就醒了过来。盗梦侦探虽然失败了,不过帕布莉卡感到自己已经接近了问题的核心。

"对不起,把你弄醒了。"

能势翻了个身子,侧躺在床上,睡眼惺忪地望着帕布莉卡。

"怎么样,再睡一会儿?"

"啊,帕布莉卡,"能势并没有回答帕布莉卡的问题,赞叹般地说,"你出现在我的梦里了啊。太厉害了,真是太厉害了!"

太激动了会影响治疗,帕布莉卡心里想。她向能势说:"那你就这样躺着吧,我有几个问题要问你。"

"好的。"能势的回答含混不清,好像还在梦里一样。

帕布莉卡开始按照理论回溯梦境。"你当过电影导演?"

能势显得有些不好意思。"唔……少年时候的梦想,谁都会有的吧。"

帕布莉卡把显示器的画面倒回去,跳过难波的那段,停在之前的一个镜头。"这位第一代的社长,很赏识你?"

"嗯,算是吧。大概六年前去世了。不过前社长可不是喜欢把员工召集到一起训话的人啊。"

"你很尊敬他?"

"差不多吧。我总在想，要是他还能多教我一点东西就好了。他以前倒确实常常批判公司内部斗争。"

"也就是一位'老智者'①了？"

"老智者？"

"荣格所说的原型的一种。这位出现在你梦里的老人，是教过你一些东西的人吧。他应该是你潜意识中的智慧拟人化之后的形象。"

"是告诫我说不要搞公司内部斗争？"

"不是，是别的事情。刚才你说到'受害者'几个字了吗？"

"说到了。"能势皱起眉头，努力回忆了一下。"不明白他为什么说这个。"

敦子开始倒带。"濑川的那堂乱七八糟的数学课……"

"啊，昨天晚上我们刚在宴会上见过。"能势笑了，"这就是'白昼残留印象'吧？"

"是有影响，不过为什么是数学？"

"这个嘛，因为他很会算计。"能势说。

"他和你中学时候的数学老师很像？"

"倒也不像。"

---

① 老智者（old wise man），荣格理论中的原型之一，救世主、宗师、精神力的化身，代表了智识、反思、洞察力、智慧、聪明和直觉，另一方面也代表道德品质，比如慈悲和乐善好施。——译者

"那这个人到底是谁呢。你再想想看，初中时候还有谁数学又好，长得又像熊？"

"有个叫高尾的人，数学非常好，长得又矮又胖。不过我和他基本上没打过什么交道。"

高尾如果真是无关紧要的普通同学，直接出现在梦里应该也没关系才对。现在既然特意用濑川代替他，就表示他终究是能势不愿回忆起来的一个人物。

继续回溯录像。"这里是烟酒店啊。"

"啊，是啊。这里有个公交车站。从家里走过来大概要十二三分钟。"能势的话突然多了起来，仿佛是想掩饰什么。

"这家烟酒店的后门，小河岸，这里发生过什么？"

能势低低哼了一声。"唔……在那儿经常有人打架。"

"谁打架？那个叫高尾的孩子？"

"嗯，高尾也打过。"

"你也打过？"

"不，我不打架。"能势的头上冒出了豆大的汗珠。

11

"看来很难受啊。"帕布莉卡说。逼得太紧有可能引发心理防御机制，会有延误治疗的可能。

烟酒店后面的空地是激发能势焦虑的一处场景。如果没有帕布莉卡参与他的梦境，可能一睁眼睛能势就会压抑自己，让自己忘记这一段了。

"啊，满头都是汗。"

"其实我身上的汗更多。"能势又一次显出难堪的神情，"床单都弄湿了，真不好意思。"

"那就去冲个澡吧。"

"好的。"能势正要起身，脸上却又显出犹豫的神色。毕竟这里不是医院，而是帕布莉卡的私人住所。"这个……在一个妙龄少女家里洗澡，还真有点……"

"又来了，"帕布莉卡笑了起来，故意带点讽刺的口气说，"一直都这么介意么？真是绅士啊。"

能势洗澡的时间里，帕布莉卡换了一条床单，然后开始准备早餐。腊肉、鸡蛋、面包、咖啡。蔬菜都吃完了，做不了沙拉，帕布莉卡就开了一盒芦笋罐头。她期待着与能势共进早餐，不禁哼起了歌。正是那首"P. S. I love you"。她对能势的为人颇有好感，随着治疗的深入，好感更进一步加深。

"在这儿边吃边继续吧。"帕布莉卡对身穿浴袍走出来的能势说。

能势还是第一次从客厅里观赏阳光下的都市景色。他发出一声欢呼："好美的景色！ 真是优雅啊。"他的心里再度涌起疑问：这里到底是不是帕布莉卡的住所？不过他没有问出口。

"可惜早晨的时候阳光照不进客厅，这边是朝西的。"

帕布莉卡与能势面对面坐在餐桌的两边。能势已经换上了衬衫。"这里的早餐像在自己家里的一样。"能势说。你夫人也不做蔬菜沙拉的吗，帕布莉卡心想。

"我们刚刚并肩作战的呀，还记得吗？"帕布莉卡莞尔一笑，问。

"是007吧，我记着呢，"能势有些腼腆，"那部电影叫作《诺博士》①，是007系列的开山之作。"

"你是什么时候看的？"

"还在中学的时候吧。我一个人去镇上看的。太有意思了，我还看了两遍，差点赶不上回家的公交车。"能势顺便说了说他自己的家乡，那是山梨县关东山地一处山脚下的小村。他生在名

---

① 《诺博士》 (Dr. No, 1962) 。——译者

门，父亲是医生。

帕布莉卡把话题拉回007。"难波也出现了啊。"

"还跟他打了一仗吧，白昼残留印象。"

真是不该教他这个词啊，帕布莉卡暗自苦笑。要是一切都简单归结于"白昼残留印象"的话，那就没办法分析了。

"对了，之前小毯出现过一会儿，那也是你吧？"能势问。

"是的，你还记得那辆红色的自行车吗？"

"嗯，记得很清楚。鲜艳的红色。"

"看来还是有必要把反射仪做成彩色的。虽然看到过画面，但没看出自行车是红色的。"帕布莉卡说。

"是啊。再来点咖啡行吗？"

"请。骑车的人是资延，不过你记得中学时候有谁是骑红色自行车的吗？"

能势挺直了身子，凝望着新宿高楼林立的街道。"有个人从来不坐公交车，总是骑车上学。是我的同班同学。那人叫……唔，对了，叫秋重。"

"你们关系很好吗？"

"怎么可能。他是班上的老大，混世魔王，整天欺负人。"

"这么说来，资延是在这点上和他的形象重叠在一起了，是吧？所以上一回的梦里，你说到那个语文老师资延的时候，也用了'欺负'这个词，而不是一般通常的'批评'。"

能势目不转睛地盯着帕布莉卡。"原来如此。所谓梦境分析，就是这么做的吗？"

"是啊。"

"刚才你说濑川是高尾的替身？"

"嗯。"

"那难波……难波也不是他本人了？"

"当然。"

能势陷入了沉思。"那会是谁呢？"

"高尾被那个叫秋重的人欺负过吗？"

"没有。高尾这小子狡猾得很。他数学很好，本来最容易被秋重找麻烦，但他主动投靠秋重，当了他的跟班。"

"那你被欺负过？"

"嗯，但是印象当中好像都不严重……不，也有过。"能势的表情显得很痛苦，他的额头上又开始渗出泛光的汗珠。

"分析之前那场梦的时候，你曾经说过，与其说你是在被资延欺负，还是说你和他在'战斗'更合适。说不定，你和那个叫秋重的真的战斗过吧。"

"不，不记得……等一下，好像是战斗过。"能势的声音开始嘶哑起来。

"你不要逼自己去想。你的潜意识为了掩盖不愿想起来的事情，说不定会构造出一些虚假的记忆。总之我们应该已经接近问题的核心了。还要面包吗？福尚①的这种果酱很好吃哦。"

"不用了，已经吃饱了。"

"嗯，能势先生，下次什么时候在这里过夜？"

对于这个突如其来的问题，能势不禁喜形于色。"啊，这个，什么时候都可以啊，今晚就行。"

"夫人不会担心吗？"

"我到了公司就会给她打电话，告诉她我在治疗，不会担心的。"

"是吗，那你今晚就过来吧。"帕布莉卡热情地说，"你现在正试图回想起你曾经的痛楚，也就是心灵上的创伤。但同时你对它的压抑也很强烈。两股力量在你心中相持不下，所以焦虑也就越来越严重，弄不好还有发病的危险。现在这个阶段距离你想起所有事情只有一步之遥了，只要想起来，你的焦虑就会消失。而且有过两次熟悉过程，现在的你差不多也习惯我的梦中侦探了。今天晚上就算我出现在你的梦里，你也应该不会太惊讶了。"

"是吗？"能势的眼中闪烁着光芒，"真让人高兴啊。"

"还有更让你高兴的事呢。我会在半睡半醒的状态下登入你的梦境，你也能像我一样知道自己是在梦里，能在梦境里行动自如。"

---

① 福尚（fauchon），法国品牌。——译者

"和你一起？"

"和我一起。"

"真是让人期待啊。"能势开心地沉吟着，又重复了一句，"真让人期待。习惯了之后随便谁都能这样吗？"

"只要意志力坚强、症状也比较轻的人，一般都能做到。话说回来，我受理的基本上也都是意志力坚强的轻度患者。"

"我以为神经症的治疗会非常痛苦。"能势凝视着帕布莉卡，"岛寅太郎该羡慕死我了吧。那你的患者是不是都对你难以忘怀呢？"

"这个谁知道呢。我的原则是治愈之后就不再和他们见面了。"

能势颇显遗憾地说："是因为都是知名人物的关系？"

"嗯，一旦被人知道他们与精神医师有来往，难免会惹出什么事情。"

"不过总能再见我一回吧，就当庆祝我的痊愈？唔，我们不是约好了另找个时间到 Radio Club 好好再喝几杯的吗？"

"约过吗？"

"约过的。"能势一本正经地断言。

帕布莉卡忍住笑起身去药柜。"你的药已经吃完了吧？我再拿点给你今天吃。"只要今天一天的量应该就够了，帕布莉卡心中想。她对今晚的治疗很有自信。

"对了，你和那个叫小毯的女孩关系很好？"能势正要回去的时候，帕布莉卡问道。她想起关于小毯自己还什么都没问过。

"啊，你说小毯啊。"能势望向远处，眼神中带着怀念，"她是邻村的女孩，非常可爱，我曾经很仰慕她。但也是因为太喜欢了，我一次都没敢和她说话。连在梦里说话，今天也都是头一次。"能势微笑着望向帕布莉卡，"不过那其实是你啊。"

能势离开之后，帕布莉卡卸了妆，又睡了一小会儿。她的睡眠功夫已经炉火纯青了。只要累了，不管什么时候都能立刻睡着。

千叶敦子十点钟起床，化了一点淡妆。时间用的不长，只有装扮帕布莉卡所花时间的五分之一。她穿着平时最常穿的杏黄色套装来到地下车库，进到自己的车里。她的车是辆深绿色的马基诺。

一进研究所，敦子就看见大楼下面的员工停车场入口处的玻璃门前，有个人站在阴影里，鬼鬼祟祟地不想让人看到自己的面孔。敦子认出他就是之前记者招待会的时候问了那个敏感问题的年轻记者。他看见敦子，脸上勉强挤出一点笑容，像是道歉似的稍稍鞠了一躬。"那天的提问真的非常冒昧。"

"嗯，找我有事？"敦子微笑着回应道。她的神情语气都很亲切，任谁看到了都会情不自禁地放下戒心，"您还有什么问题吗？"

"唔……或许应该说是有事情要告诉您……"年轻记者瞅了瞅周围，"也可以说是对于之前我的失礼行为表示道歉……"

这个人肯定遇上了什么事情，对自己的看法才会有这么大的转变，敦子想。这么年轻，不至于能有如此高超的演技吧。

"您想说什么呢？不是研究所的员工不能进去，所以只能站着说了，抱歉。"

"您愿意听我说？"年轻记者似乎本以为会遭到冷遇，这时候他显出感激的神色，递出自己的名片，"非常感谢，我是大朝社会部的松兼。然后，那个，其实……是关于帕布莉卡的事情。"虽然敦子的神情没有半点变化，但年轻记者还是急急地澄清说："不不不，之前我也说过，我完全没有继续追究帕布莉卡真实身份的打算，只不过现在各家报社——也包括敝社在内——社会部记者中间有一条消息传得沸沸扬扬，说是帕布莉卡又在六本木出现了。所以，我就是想说，您还是小心一点才好，对于这件事情。"

"这个呀，"敦子嗤嗤地笑了，"我又不是帕布莉卡，您对我说这个也……"

"是是是，话是这么说。"年轻记者苦笑着抬头望了望停车场的顶棚，"总而言之，唔，万一您认识帕布莉卡的话，请转告她一定要小心。我想说的就是这个意思。"

"您的好意我心领了。不过,您为什么不惜背叛同事特意跑来告诉我这个呢?"

年轻记者的表情严肃起来。"就像我刚才说的,是为了之前的事情道歉。然后,还有……"他停住了口。

"还有?"敦子微笑着追问了一句,"是研究所里的什么人,把那些风言风语透露给您的呢?能告诉我他的名字吗?"

"这个啊,"松兼看起来好像想要鼓起勇气说出真相,但是又犹豫起来。他垂下头看了看自己的鞋子,"在我调查清楚以后,会告诉您的。所以……"这位长相英俊的记者直直地站着,正面凝视着敦子的脸,充满正义感地说道,"请务必小心。"

"嗯,小心?您是指什么?"

"我会再来的,我还会再来的。"年轻记者看到后面又有汽车开进来,于是稍稍鞠了一躬,沿着墙边向出口走去。

这个记者似乎是要自己提高警惕。他到底得到了什么消息?千叶敦子一边揣测各种可能,一边按开了玻璃门。

12

研究室里，一个名叫桥本的年轻男子正在和柿本信枝谈论着什么。他的年纪与小山内和津村差不多，皮肤黝黑。两个人的话题似乎涉及敦子。看到她进来，桥本露出一丝慌张的神色，不过到底是个职业精神医师，很快就掩饰住了，若无其事地站起身来。

"打扰了。"

"哪里的话，你们继续聊。"

"不了，我正好要去查房了。"桥本看看手表，离开了研究室。

柿本信枝望着身穿医师服的敦子，脸上有一股很罕见的责难神情。"教授，听说津村不仅看了反射器，也用了采集器，是吗？"

"好像是吧。"

"其他研究室的人都能用采集器，为什么教授单单不让我用？"

"呀，你是刚刚受了桥本的鼓动吧。津村之所以变成那个样子，就是因为没有经过正规训练，擅自用了采集器。为什么大家都那么想用呢？"

"教授，您不信任我。"

"这不是信任不信任的问题。"

柿本信枝沉默了一会儿，随后换了个话题。"我看了之前那场记者招待会的新闻。我在想，我能不能扮成帕布莉卡出去转一圈。"

信枝似乎有什么打算。敦子看了她一会儿，问："为什么？"

"为了澄清他们对您的怀疑啊。现在媒体都怀疑教授您就是帕布莉卡，我想要澄清这一点。"

这个女孩想要变成帕布莉卡啊，敦子强忍住笑意。"原来帕布莉卡是你——问题是你觉得大家会相信吗？"

"可是我也被人跟踪了呀，说明确实有人认为我就是帕布莉卡。教授觉得我这样子是'大材小用'了吗？"

信枝故意用了"大材小用"这个词，显然是在说反话。她死死盯着敦子的脸。

敦子迎向信枝的视线。恐怕真有报社记者会怀疑所有研究所里的女性职员，但要说专门盯上信枝，这基本上是不可能发生的事。倒有可能是信枝患上了被跟踪妄想症，她说话的内容和方式都有点怪异，敦子不禁有些担心。是有人在这个女孩的反射器上也做了什么手脚吗？危险近在咫尺，必须对自己的反射器和存储卡都做一次紧急检查。

敦子决定先安抚信枝。她拿了些论文底稿，让她立刻拿去复印装订。这应该能把她从反射器旁边支开三四个小时。

　　敦子在小卖部买了三明治和咖啡，然后去了理事室。时田浩作已经吃完了午饭，板着脸坐在那边喝茶。"这里的茶永远都是这么难喝。"

　　"信枝有点不对劲。"敦子忍不住把自己的不安告诉给时田。

　　"这回是柿本了吗？"就连情绪一向不受外界影响的时田也皱起眉头，"津村的心理创伤是以一种相当复杂的方式巧妙投射到他的潜意识中的，每三分钟一次，时长二十分之一秒，而且是一种独裁者妄想。"

　　"谁干的？真是冰室？"

　　"数据是从那小子的分区里找到的，肯定是他干的。不过干这种事情对他自己并没有什么好处，所以应该有人在背后指使。逼问一下就能问出来。"

　　"现在先别问。打草惊蛇的话，天晓得敌人还会干出什么事情。"

　　"行啊，反正需要的时候随时都可以问。"时田浩作似乎很想好好"逼问"那个和自己一样肥胖的徒弟，"那小子立刻就会招供的。"

　　"先别去。"

　　"嗯。对了，前几天跟你说的那个'迷你DC'，昨天夜里搞好了。"

时田的语气就像写完了一篇日记一样轻松。DC 应该是代达罗斯和采集器的缩写吧。说着，时田从口袋里掏出一个圆锥形的物体，放在敦子的桌角。那东西底座直径六七毫米，高度大约一厘米。

"就是这个东西？连接线在哪里？"

"不用连接线。和代达罗斯一样。"

"啊，"敦子赞叹了一声，"终于实现了呀。"

"嗯，因为是要在两边大脑之间双向传送梦的内容，纤维束派不上用场。而且本来用的就是生化材料，还不如直接利用人体能级的自然幅度，运用突触传导通讯方式更好。"

"不好意思，问个低级问题。你是说，这个东西用的是生物电流？"

"对对对，用的就是生物电流的诱导性电涌所产生的非线性波动。因为生物电流可以通过调解 BTU[①] 的输出来产生新的突触传导型通讯方式。"

"那，这个东西在没有导线的情况下，有效范围是多少？"

"唔，这个还不清楚。我想就算有障碍物挡着，一百米肯定也是没问题的。而且随着使用频率的增加，说不定会产生过敏反

---

① BTU（British Thermal Unit），英制热量单位。——译者

应吧。"

"过敏反应？是指与免疫相反的过敏？那就是说，使用得越多，有效范围还会随之扩大了。怎么戴到头上呢？"

"直接戴上就行了。"

"所以我问怎么戴啊。"

"把尖的一头吸附在头皮上。唔，其实不用吸附也行吧。插到头发里就行了。"

"秃顶的人呢？"

"用胶带粘上。"

"是叫'迷你DC'吧。今天的理事会上，你打算宣布这件事？"敦子想起下午一点的理事会。

"怎么，不能宣布？"时田有点不高兴地问。

"还是先过一阵子比较好，我觉得。"

敦子正要向时田解释自己的想法，名叫大和田的非常任理事走进了理事室。敦子赶紧把桌上的迷你DC收进自己的口袋。大和田既是日本内科学会会长，又是大和田综合医院的院长。他进来之后，并没有去他自己那张总是空着的桌子，而是径直走到敦子的桌前。"帕布莉卡的事，岛所长打算怎么处理？"

"他说当然要瞒着媒体。"

"是啊，不然就麻烦了。"六年前，当时的农林水产省大臣患了神经衰弱，大和田曾经帮他找过帕布莉卡治疗。在理事们当中，他是属于理事长一派的。"不过乾副理事长说，只有请千叶你辞掉理事，才能彻底隐瞒这件事。"

"这话算是怎么说的。"时田有点生气，"禁用的那阵子，倒是一个个争先恐后地跑来求她给自己朋友治疗。"

"所以千叶你要给他们点颜色瞧瞧。要是你辞掉了理事，就等于对外宣布你就是帕布莉卡。这件事情一旦公开，唯一不受影响的只有从来没找过你的乾副理事长。"

敦子摇摇头。"我可不想那么干。"

"事情要闹大了啊。"时田似乎觉得很有意思，他噘起下唇，又露出那种带着明显孩子气的笑容。

应该称之为副理事长心腹的小山内走了进来，白白的额头泛着亮光。"啊，大和田先生，您果然在这儿啊。乾副理事长请您去副理事长办公室。"

"马上就去。"

"可别被收买了啊。"敦子对着正要离开的大和田说。

退出门外的小山内回头一笑，眼神中有什么东西一闪而逝。

眼看就是下午一点。余下的两位非常任理事也已经到了，所有人都在会议室里。正席上坐着理事长兼所长岛寅太郎，旁边是事务局长葛城。其他人都是随意就座。大和田、时田浩作、千叶敦子排成一排坐在一侧，剩下三位坐在另一侧，恰好形成理事长一派与副理事长一派的对峙场面。时田对面就是副理事长乾精次郎，这个人同时还是日本精神病理学会的会长，身材精瘦，头发花白，留着山羊胡。单从外表上看，他似乎是个清高的人，具有林肯一般近乎狂热的正义感。

"唔，通知上并没有写这一次会议的议题啊……"

兼任常务理事的事务局长葛城刚一开口，乾精次郎便插了进来，"应该说写不了才对吧。"他的声音让人想起金属的钝光。

坐在乾精次郎右边的爱和银行行长堀田讨好般地笑了起来。

"好了好了，话是这么说。"岛寅太郎也笑了起来，"为什么写不了，我想大家都能理解。而且今天之所以开这个理事会，也是应多数人的要求。议题大家都很清楚，所以也没必要写了。"

"但是决议事项需要向文部省汇报，该怎么写也是个问题啊，呵呵。"葛城苦笑了一声。

"真叫人不快，"乾精次郎说话的时候依然是那副严肃的表情，"召开理事会讨论这种鬼鬼祟祟的事情，不羞耻吗？"

"大家请帕布莉卡出手的时候倒没人觉得羞耻。"大和田说，"我记得当时在座的各位都很想知道 PT 仪的治疗效果到底如何，一个个都热衷得很哪。"

"陈年旧事就不说了吧。"插话的石中是研究所大额固定资产的指定捐赠方、石中房地产的会长。研究所的广阔地皮和职员所住的高级公寓都是这位石中提供的。看起来他有点不高兴。

"正因为千叶教授现在成了诺贝尔医学生理学奖的第一候选人，以前那些帕布莉卡的违法行为才会变成媒体的话题。"

"这么说，石中先生也认为有必要向外界公布帕布莉卡的真实身份？"岛理事长面露难色，"千叶是理事，公开这段经历会在她履历上留下瑕疵，研究所的声誉也会受到影响啊。"

"嗯，说的也是。"石中也显得有些为难，"我也不知道该怎么办。"

"理事长，"乾精次郎转过身面向岛寅太郎说，"一旦开始隐瞒一件事情，就会有越来越多的事情需要隐瞒。津村的事也是这样，如果 PT 仪存在隐患，就应该立即公布其危险性，不然的话，您有可能要承担责任。"

"PT 仪没有危险。"见时田浩作一直沉默不语，敦子沉不住气了，"我认为津村发病另有原因。"

"帕布莉卡这件事情，"堀田行长揪字酌句地说，"唔，当时千叶教授还不是理事，所以，就是说，只是一个普通职员的违法行为吧。"说到这里，堀田停了下来。那意思好像是说，接下来你们自己考虑吧。

"您的意思是让我辞去理事的职务？"敦子紧盯着堀田的脸问。你怎么有脸说这种话，她心想。

"我是说，等帕布莉卡的风波过了再说。"堀田有些慌乱，"权宜之计，权宜之计。只要千叶教授不是理事，就算被人发现了帕布莉卡的真身，对研究所也没有什么负面影响。唔，刚好千叶教授也是第三年了，任期也满了嘛。"

"你们有没有想过帕布莉卡给研究所带来过多少好处？"时田浩作终于忍耐不住，开口说话了，"正因为接受了帕布莉卡的治疗，那些痊愈的政经界要人才提供了莫大的捐赠，研究所才得以发展，PT 仪也有所进步。这些科学的进步发展背后，必然会有触犯一般民众情感的科学冒险与实验……"

"啊，又来了。"乾精次郎瞪着时田浩作，眼睛里仿佛都要喷出怒火，"你从来只会说这种话。刚刚千叶说的无条件信任 PT 仪安全性的话也是一样。身为科学家，对于科学技术的自主性没有半点反思，天天只知道沾沾自喜，为自己能够游走于技术最前沿而得意。对于一个科学工作者来说，这一点实在很可耻啊。"

13

"好了好了，乾副理事长。"岛寅太郎所长对于乾精次郎狂热的科学伦理观颇为无奈，竭力挤出笑容说，"那个什么，也是我的责任。是我逼着时田和千叶一个接一个地搞开发啊、研究什么的。"

"乾副理事长刚刚提到科学技术的自主性，"大和田一脸不满地说，"但是，时田教授和千叶教授并没有一味沉湎在开发之中，做出什么失控的事吧？反而正是他们首次给那些被认定为无法治疗的精神分裂症带去了曙光，也正因为如此，他们才成为诺贝尔医学生理学奖的有力竞争……"

"问题就在这里，大和田理事。"一听到诺贝尔三个字，乾精次郎的脸色顿时变了。嘴角扬起，鼻孔大张，仿佛突然变成了恶魔一般，让人清楚看到他对诺贝尔奖的憎恶。"之前也和你说过，就算是分裂症患者，也是有人的尊严的。像这种径直闯入人类心灵深处、并且是要适用于一般人群的治疗技术，必须从医学伦理的立场出发，对所涉及的一切方面都进行充分周到的讨论。而且，不管怎么声称PT仪的效果如何如何，实际上并没有任何一位患者真正被治愈了。然而时田不等最终结果出现，便已经抽身投入到下一项新仪器的开发当中了，是吧？还耗费巨额开发经费。"

"什么？巨额经费？不可能……"时田的表情非常惊讶，似乎完全没有想到会受这样的指责，"没有用很多吧？"

"副理事长，之前的理事会上，你应该也看过收支损益表吧。"岛寅太郎疑惑地说，"后来那份文档已经通过了监事的监察，已经被文部省承认了。"

"不是。我们不明白的是，之后听山边说，从东京电子工业技术研究所购买 LSI 的量大得不正常。"山边是与乾精次郎关系密切的监事，同时也是医疗器械行业协会的顾问。

"前期我并没用很多 LSI 啊。"时田低头嘟囔起来。他好像也不确定自己到底用了多少，"后来突然用多了？那以后就不向东京技研下单了。"

"订单怎么能说取消就取消。"事务局长葛城挠着头苦笑道，"此前的交情，还有今后的生意怎么办……"

"我看过上次那个记者招待会的报道，说的那个新仪器到底是什么东西？"石中问。他和银行的堀田对于技术开发持有赞同的态度，在这一点上他们两个与乾精次郎不同。"你别净说些我们听不懂的科学术语，我就想知道，那东西能有什么用？"

"现在还没到解释的时候。"因为敦子事先提醒过，所以这时候时田一口回绝，"而且说不说都一样，反正乾副理事长还是会怪罪我们净搞些不敬鬼神的东西。”

“既然不能对我们这些理事说，”堀田行长故意摆出一副为难的表情，“理事长，您应该是知道的吧。不是说凡是研究所里不管研究什么，都要向理事长汇报的吗？”

“哎呀哎呀，对于时田嘛，放手让他去干，他才会干出惊人的事吧。当然啦，我是听说他去掉了戈耳工的连接线，做成了无线的代达罗斯。总而言之，天才都是这样，抓住偶然的机遇，搞出惊人的发明。”

岛寅太郎开始夸耀自己的门生，乾精次郎的脸色愈发难看。“不管做什么，都请不要忘记加上防止科技被用来危害社会的功能。”

乾精次郎的话让敦子心里“咯噔”一下。时田浩作的迷你DC有没有加上限制访问的功能？按他的性格来说，根本不会考虑到这些细枝末节的问题，看来是不可能具备的。身边的时田听到这话也僵了一下，敦子由此推测答案是否定的。她比时田还要了解他自己。这实在太像他会犯的错误了。

“对了，还有四个月任期到期的不只千叶教授一个人……”堀田故意用一种轻松的语气说，“当然没有人反对岛所长的连任，只不过从刚才乾教授的发言看来，很明显带有对目前研究所方针的不满，那么该如何解决呢？我想，为了避免研究所的业务受影响，是不是请岛所长先休息一段时间，暂时先由乾教授，唔,接替理事长的职务……"堀田这段突兀的发言,显然是预先就准备好的。

敦子本来就担心这个问题,现在听到对方提出,不禁连嗓音都尖锐起来。"理事长的任免必须由文部大臣决定。"

"话是这么说,但是之前也可以由理事内部推选,"石中以含混的声音说,"碰到这种时候,文部大臣也就是走走过场,直接盖个章而已。"

"或者我个人提出辞职也行。"老好人岛寅太郎依旧面带笑容。

"您的这个意思开会之前并没有向理事长提出过吧?"敦子紧盯着堀田,"如果是这样的话,我认为您的提议未免太草率了。"

"啊,是啊,是有点草率,本来我也没仔细想过。哎呀,我也是因为刚刚听了乾教授的发言,说说自己的想法而已。不好意思,我都没有征求过乾教授的意见。"堀田故作慌乱,"总而言之,我只是提出来请大家考虑考虑下一次理事会的时候是不是要做内部推选而已。"

大概是为了明哲保身,大和田沉默不语。

"如果岛所长辞去理事长的职务,那我也辞职了吧。"时田浩作不紧不慢地说。

"我也辞职。"敦子紧接着说。

"为什么?"乾精次郎语气平静,脸色却像是在恫吓,"能说说辞职的理由吗?"乾精次郎又转向岛寅太郎,厉声说,"你怎么能容许这种任性的行为?我现在算是知道你平时怎么纵容这些人的了。说是要辞掉理事,也就是打算离开研究所吧。如今的年轻人都是这个德行。大把大把花着研究所的预算,一有什么不顺心的事情就撒手不干,带着研究成果跑去别处。"

岛寅太郎吃了一惊,探出身子说:"时田和千叶都不是那种人。"

"开发的东西,包括 PT 仪,我都会留下的。"时田脸上现出笑意。

他的从容神态似乎更惹恼了乾精次郎。"时田,不要这么盛气凌人。留下研究成果本来就是理所当然的事。你可能觉得那都是你一个人开发出来的东西,实际上这种想法本身就已经太狂妄了。事实并非如此。有提供资金的人,有提供设备的人,还有所有做测试的临床医师,还有研究助手,甚至包括打扫卫生的清洁工在内,你的开发得到了这座研究所里全体员工的协助。这不是你个人的成果,是研究所的成果。如果要辞职,你必须交出所有的东西,包括尚在开发中的阶段性成果。"乾精次郎越说越激动。

"好了好了,"好像连石中都被乾精次郎吓到了,赶忙出声阻止,"事情还没有发展到那一步。"

"两位现在不能辞职。"堀田也换上了严肃的表情，开始劝解时田和敦子，"内部推选的事情只是个提案，又没有定下来，你们两位也不要这么着急作决定嘛。这事态发展得太快了点吧。"

"啊呀，对不起对不起，是我失控了。"乾精次郎对自己刚刚的激烈言辞尴尬一笑，向两人道歉，"唉，真是白活了这么一大把年纪啊。"

"乾副理事长也都是为了研究所着想才说了这些话。"岛寅太郎也帮忙解释，"好了，不用往心里去。"

"理事长，那现在怎么办？"葛城满脑子都是要向文部省提交报告的事，他往岛寅太郎身边凑了凑，"好歹得拿个什么决议出来才行啊……"

于是在座诸人把刚才讨论的议题，包括帕布莉卡的事情在内，全都搁到一边，转而讨论山边提出的因为年龄关系辞去总务一职的申请，然后又讨论了一下下一任总务的人选。乾精次郎说他已经有预定的人选了，于是这件事情就交给他全权办理。当然最终人选还是要由七十位评议员召开会议评选。

"总务那件事情，"会议结束以后，千叶敦子和时田浩作一起在走廊上走着的时候，敦子说，"要是又换上乾精次郎的人就麻烦了。"

"为什么？"

"你没觉得奇怪吗？不是说东京电子工业技术研究所的购入经费大得惊人吗？"

"嗯，所以我说不再下单了啊。"

"然后葛城就慌了。"

"是吗？"

"我觉得这个当中有什么猫腻。说不定他们是在利用你粗枝大叶的性格玩什么把戏，搞一个大量购入的手段，好把你扳倒。"

"还有这种事吗……"

"要找个可靠的人来做一次审计才行。我去和所长商量一下，让他找个信得过的人。"

"我倒是觉得，乾副理事长的反应更奇怪。其他人都明白少了我们两个研究就做不下去，所以一个个才会那么着急，可唯独副理事长，看起来不单单想让理事长辞职，连我们都想一脚踢开。就算他再怎么反思科学的负面效应，天天干这种事情的话，研究所怎么可能撑得下去啊。"

"我说，"通向各个研究室的岔道里，只有医务室门前有块稍显宽敞的地方。两个人就站在这处走廊的拐角。络绎不绝经过这里的医生和护士们都好奇地注视他们。敦子小声说，"乾副理事长以前不是得到过诺贝尔奖的提名吗？"

"啊，对了，"时田瞪圆眼睛，抬头望向天花板上的日光灯，

"我也听说过。好像是很久以前的事情，那时候我们都还是小孩子吧。"

"他让你交出所有的东西，包括尚在开发中的阶段性成果啊。"

"他是要揽成自己的功劳吗……怎么可能，不会的。"时田禁不住声音大了一点，他望了望四周，苦笑了一下，"呃，这件事情回头再说吧。"

"嗯，再说吧。"

回自己研究室的路上，敦子忽然想起自己没有向时田确认他到底有没有给迷你 DC 加上限制访问的功能，懊悔不已。回到研究室，却看见柿本信枝正在重放自己昨天实施治疗的时候采集的重症患者的梦境，论文稿一篇都没复印。

"你不能看这个病人的梦，对你来说太危险了。"敦子赶紧过去关掉显示器的画面，"你这是怎么了，论文等着要交的啊。"

一直低着头的信枝突然站起身，狠狠一巴掌打在因为信任而毫无防备的敦子的脸颊上。她好像已经疯了，用的力道大得要命。

"别以为长得漂亮就能嚣张了！"

14

帕布莉卡好像事先通知过公寓管理员，能势龙夫一到，管理员立刻就给他开了门。这时候已经过了晚上十一点。能势穿过大厅，乘上会客室深处的电梯。

刚按下十六层的按钮，一个胖得几乎进不了电梯门的男人跟着挤了进来，让能势吃了一惊。这个人肯定就是那位开发出 PT 仪的天才科学家。报纸上的照片分辨率不够，没给能势留下什么印象，但报道中多次提及这个人上百公斤的体型，令能势印象深刻。这个胖子按下了十五层的按钮，随后以一种怀疑的眼神打量能势。

能势脸上露出微笑，那意思是说"我知道你"，同时也是以目光示礼，然后开口说："我叫能势，由岛所长介绍来接受帕布莉卡的治疗。"

胖男人似乎有点吃惊，"帕布莉卡？她又开始了？不妙啊。"接着他便愉快地笑了起来，巨大的身躯也跟着摇晃，看不出半点"不妙"的意思。

这个人不但胖到如此不知收敛的地步，而且说起话来也像个不懂人情的小孩。作为一个经营企业的重要人物，最当避免的就是与这类人扯上什么关系。但在这时候，就算不考虑事先知道他是"天才"，能势心中还是对他不自觉地产生出好感。无论如何，这个人的眼睛异常清澈，一尘不染。

能势不明白为什么这个人说了一声"不妙"之后自己又笑起来。帕布莉卡的事情仅是限于记者圈中的传言，能势平日里看的报纸上没有提到过半个字，周刊之类的小道新闻上虽然会写，但能势对周刊的了解仅限于上下班路上看到的广告。

十五楼到了。这个人连声招呼都没打就下了电梯。好像是在思考什么问题。真是个天真无邪的人哪，能势以一副阅人无数的眼睛给他加上了这个标签。

十六楼的一角，装着猫眼的1604室门前，能势稍候了一会儿，等帕布莉卡打开门的时候，能势看到她的脸，不由自主叫出了声。那语气简直像是一位父亲在训斥自己女儿的不良行径。

"眼睛怎么了？"

"一点小麻烦，没事。"

能势推测她是被患者打到了。"看起来不轻啊。"

"是吗？"

左眼周围乌青一片。半只眼球都是充血状态。

"咖啡要吗？"

能势跟着帕布莉卡走进客厅，犹豫了一下说："唔……这次不用睡觉吗？"

"说的也是，那么喝点酒吧。"帕布莉卡从移动台上拿起一瓶杰克丹尼①威士忌，一边倒酒加冰块一边说，"我还是在清晨的时候接入梦境。你喝点酒没关系。我今天也有点累，想睡一会儿，也陪你喝一杯吧。"

"啊，太好了。"今天的帕布莉卡很少见地随便穿着一身家居服，现在又说出这样的话，不禁让能势有点喜不自胜。然而一触到帕布莉卡似乎带有些许责备意味的眼神，能势一下子又有些惴惴不安，赶紧垂下了头。说起来自己已经很多年没有这样紧张过了。这也让他意识到自己不能再拿她当小姑娘看了。"当然，你肯定不会喝多的。"

"唔，多喝点也没关系。"

隔着玻璃桌，两个人对面而坐，慢慢喝完了加冰的威士忌。夜景在帕布莉卡的身后舒展。不知是不是因为她穿着家居服的关系，房间里充满了家庭的气息。能势不禁有些陶醉。可是帕布莉卡的情绪却很消沉，谈话也相当平淡，常常会有欲言又止的模样。能势虽然想问，但也不知到底该不该问出口。

帕布莉卡放下只剩冰块的杯子，站起身。不管困扰她的是什

---

① 杰克丹尼（Jack Daniels），世界十大名酒之一。——译者

么，看来她似乎决定不说了。"你今天也起得很早吧，累了吗？早点睡吧。"

能势也跟着想要起身，但又不知道怎么做才好，抬起的屁股又落了下去，含糊地点点头。"唔，是啊。"

"那去洗个澡吧。我记得你不喜欢睡衣。浴室里有浴袍。"

"好，好。"作为一个绅士，在这种场合也许应该先于女士入睡才好。能势赶紧把杯子里的酒一饮而尽，站了起来。

真是奇怪的气氛。医患、父女、夫妻，甚至还有情人，种种关系混杂在一起，酿成了这一种不可思议的氛围。既不同于医院，也称不上是家庭，当然更不是外遇。能势从浴室里出来，走进兼做诊疗用的卧室，借着显示器屏幕上发出的室内唯一的亮光，在淡淡的黑暗中脱下浴袍，只穿着内衣躺到了床上。等穿着睡袍的帕布莉卡进来，给他戴上戈耳工的帽子。

能势怎么也睡不着……真想在这淡淡的黑暗中尽情欣赏帕布莉卡穿着睡袍的身姿啊——听着隐约传来的流水声，能势怎么也甩不开脑中这股不可理喻的想法。

帕布莉卡进来的时候，能势正闭着眼睛胡思乱想。他微微睁开眼，却看见帕布莉卡正站在床边，脸带笑容，俯视着自己。由下往上看，帕布莉卡显得十分高大，背后照过来的蓝色亮光让她性感的乳房在睡袍中若隐若现。由这个角度看不到她眼睛上的肿胀，帕布莉卡的整个人就仿佛一座观音的雕像，又仿佛是维纳斯，又或者是鬼子母神。①

在能势目不转睛的注视下，帕布莉卡低低说了一声："哎呀，真不好意思。"随即躺到能势旁边的床上，给能势留下一双小麦色的小腿肚。她侧身以一种别扭的姿势把软盘插进枕边的机器，又在手腕上套了一个什么东西，然后用被子遮住了自己的半张脸。

也许是因为上了年纪的缘故，真的见到了让自己辗转反侧的形象之后，能势反而能静下心了。当耳边传来帕布莉卡睡眠中的呼吸声时，能势也很快陷入睡梦之中。他做了几个短暂的梦，中途醒了一次，摘下戈耳工去了一趟厕所，回来之后又细细打量了一番帕布莉卡美丽的睡颜。在他的想象中，自己脸上一定正浮现着愚蠢的傻笑。能势对自己苦笑了一下，带着难以言喻的满足感再一次沉沉睡去。这一次是睡熟了。

又和上次一样，是一场荒诞无稽的冒险。能势在进行到一半的时候意识到自己身在梦里。他经常在梦里经历类似的冒险。最近很少看电影，倒是借了儿子的影碟《守护星剑士》来看，看完之后不禁对冒险电影的进步感到有些震惊，一股自少年时代便有的电影狂热也因此而苏醒，而且显然一直延续到了梦里。

---

① 鬼子母神：佛经中出现的一种鬼神，原本是捕食人类小孩的恶鬼，但因佛的教化而改邪归正，在日本被奉为安产和保护幼儿的神灵。——译者

能势走在密林里。冒险还在继续。自己身上的衣服破破烂烂的，好像是《丛林吉姆》中约翰尼·韦斯穆勒①穿的衣服。闷热的密林中，有人在前方的灌木丛里四处穿梭，看上去隐约像是几个裹着破布的乞丐。而能势扮演的角色必须要抓住其中的某个人。

能势向其中逃往灌木丛深处的一个追去。他跳进灌木丛，却感到半点力气都用不上，一股空虚感揪在心口。对面那个人的脸，既像是野猪，又像是狗熊。

能势把兽人按倒在地。这家伙弱得一点也不像他长的那张兽脸。啊，这家伙是濑川，能势想。"不对，不是濑川。那他是谁？是谁呢？"已经把昨天晚上做的梦 $ ‰◎了，应该明白了吧？

"对，他是高尾呀。"帕布莉卡的声音像是在鼓励。

啊，濑川原来是高尾，我在做梦。我"必须抓住"梦里的那个△■＊。是帕布莉卡让我这么做的。我的紧张正来自此。那个人被按倒在地上。他的脸开始变化成模糊记忆中高尾的脸。少年以童声介绍自己说："我，是高尾。"

能势继续行走在密林里。这一次帕布莉卡也在身边。她身穿着一贯的红 T 恤和牛仔裤，也就是能势所认为的帕布莉卡的"工作服"。这个帕布莉卡到底是本来就存在于自己梦中的，还是由

---

① 约翰尼·韦斯穆勒（Johnny Weissmuller），《人猿泰山》的主演。——译者

外部侵入而来的，能势分不出来。

"不好意思，现在已经登入了。"帕布莉卡笑起来。

啊，没关系，不用道歉，你能来我的梦里，我十分荣幸。能势嘟囔着说，或者是他以为自己在说，其实只是脑海中的意识。不管是哪一种，都即时传给了帕布莉卡。两个人走在没过脖子的茂密草丛中，只露出脑袋。周围都是长着熊、虎、猪、狼、鬣狗的脸的兽人，对他们两个虎视眈眈。

"这些都是什么，"帕布莉卡带着厌恶的语气说，"这也是《007》电影里的吗？"

"不是，这不是《007》，这是《◎●˜‰》。"虽然记得片名，但在梦里怎么也无法组织语言。

"什么？"坐在身边的帕布莉卡追问了一句。

两个人不知什么时候已经坐在电影院的座位上。银幕上播放的似乎是他们两个主演的电影。

"这部电影叫《莫罗博士岛》①，我一个人去看的电影就是这部。"

"那就是说，你是把《诺博士》和《莫罗博士岛》混在一起了吧。"

帕布莉卡的尖锐分析就像是辣椒一样刺激着能势龙夫的胃

---

① 又译《拦截人魔岛》（The Island of Dr. Moreau），美国电影。——译者

囊。帕布莉卡①这个名字就是这样来的吗？

"你一个人看的要是这部电影的话，那《诺博士》就不是你一个人去看的了吧？"

能势叫起来。原本盯着大屏幕的他的脸，转过来扭向了身边的座位。那个座位上似乎有个什么他不想看到的东西。而事实也正如他的预感所示，帕布莉卡的脸变成了虎脸。

窗外是一片广阔的田野。能势正从某个日式旅馆的房间向窗外眺望。田野仿佛是能势故乡的景色。田地里有一个男子正在向许多游客兜售地里的作物。

"那是谁？"

能势回头一看，帕布莉卡正站在身后。她已经不是刚才那张老虎脸了。帕布莉卡走近能势身边，在窗边的藤椅上坐下去。

"那个人怎么看怎么像难波。"能势不明白难波为什么会在田里卖菜。

房间外面的走廊上喧闹起来。帕布莉卡苦笑着说："说是有老虎闯进来了，全都慌了。"

"好像是啊。"能势意识到自己正把双眼瞪得溜圆，"老虎进了旅馆可就糟了。"

"会到这儿来吗？"

_____

① 帕布莉卡是红辣椒的音译。——译者

终究会来的吧。已经不想再像小孩子一样打架了，能势厌倦地想。

"对了，为什么我是老虎？"

能势无法回答帕布莉卡的问题。他觉得自己的舌头僵住了。

四五岁大的儿子拉开门走了进来。他身上穿着浴衣①。这是全家一起去温泉旅行的记忆。

"这孩子真是你的儿子？"帕布莉卡惊讶地站起身，"就是前面给我打电话的那位？"

"啊，就是他。这是十年前的样子。"能势想起一件重要的事。"说起来，这孩子的名字叫寅夫，虽然不是虎字②。"

四五岁的寅夫转眼就不见了踪影。帕布莉卡坐回藤椅上，陷入沉思。场景又自顾自地跳转了。

这次是一处大厦的一楼大厅。一个人也没有。这是能势公司的大厦。大门是自动玻璃门。能势站在大厅里，身边的帕布莉卡正在不断提问。两个人正注视着自动门。

"为什么会给孩子取名寅夫？"

"我觉得这个名字挺不错。因为，也就是说……"

---

① 浴衣是一种夏天用的日式传统服装，样子类似长睡袍。——译者
② 日语中，"寅"与"虎"的读音相同。——译者

门开了。资延骑着红色自行车进来了。

"嗯，这人不是资延，不是资延。"

"对。"帕布莉卡说，"他是秋重吧，那个经常欺负人的混世魔王。"

资延变成了那个让人印象深刻的混世魔王秋重。他在大厅的一角停下自行车，开始和站在那边的另一个孩子说话。

"那是谁？"

"筱原，秋重的一个跟班。"能势一边回答一边迈开腿，"唔，刚才问的那个问题，我以前有个很要好的朋友，名字叫虎竹，我想我大概就是照着他的名字给儿子取名寅夫的。"

不知道什么缘故，能势匆忙走出了大厦。好像是不想让帕布莉卡看见某个场景，借口有什么重要的事情而离开现场一样。帕布莉卡当然也感觉到了，不过她装作不知道。能势也明白这一点。他的语速越来越快，完全不像是在梦里，倒有点像是想要早点睁开眼睛似的。恐怕他也就快醒了吧，不然也没办法说得这么清晰。

"那个虎竹经常和我一起看电影。《诺博士》也是和他一起去看的。他们家里经营着一家大旅馆，虎竹自己对电影很热衷。我们彼此都会说自己的梦想。我想做电影导演，他想当摄影师。我们约好以后一起拍电影。"

帕布莉卡像是很早就知道这些事情一样，和能势并排走出大厦，沿着人行道左转，一边走，一边打量着周围的景色。忽然，她停在大厦拐角靠近十字路口的地方，指着大厦的拐角大声说，"烟酒店就在这里。刚才秋重和筱原说话的地方就在这个后面，也就是'烟酒店的后门'，对吧？"

场景立刻又切换到昨夜梦里看到的小河岸旁了。就是那家烟酒店后门面前的小片空地。

"＊＾△！"能势喊出了一个自己都听不懂的词，变换了场景，一个平日最能带给他平静的地方。那是大学时候常去的一家日式铁板烧店。虽然自己喜欢赖在铁板烧店角落里的事情让人知道了有些难堪，但事关紧急，顾不得这许多了。

可是帕布莉卡作为出现在同一梦境中的人物，拒绝了这次场景变换。

肯定是她在半睡半醒之间用手指敲下了返回键，场景又回到了烟酒店的后门。"混世魔王"秋重正和高尾、筱原一起欺负难波。难波倒在地上，三个欺负人的孩子正在用力踢他。

"那不是难波，对吧？那是谁？"

帕布莉卡毫不容情的质问让能势悲号起来。他又逃去了铁板烧店。

又一次返回。

烟酒店的后门。这次被欺负的是能势的儿子。四五岁大的寅夫倒在地上，三个人当中的筱原骑在他身上，掐住了他的脖子。

"住手!"能势大喊道,冲上去想要揍筱原,"啊,怎么不是寅夫,是虎竹。"

能势龙夫醒了,他在床上坐起来。头上满是汗珠。他哭了。向着面朝采集器画面的帕布莉卡,他说:"是的,虎竹死了。杀死他的人,是我。"

15

"抱歉让你这么痛苦。"帕布莉卡帮能势摘下戈耳工，"你快醒了，我就多问了些，想让你多记起一点。虎竹不是你杀的，对吧。"

能势喘着粗气。帕布莉卡胸口散出的淡淡香气沁入他的鼻孔。她身上依旧穿着睡袍，能势被她抱在怀里，意识的剧烈起伏稍稍舒缓了一些。他大口呼吸着。

"他是自杀的，但和我杀的也没什么区别。"

"这种事情没人能想到，是你自己太当真了。"帕布莉卡劝解着能势，话语中有一种早已知道真相的语气，"好了好了，先去洗个澡吧，然后是美味的早餐。我们边吃边来慢慢分析梦境吧。"

帕布莉卡说话的方式犹如中年男性所渴望的保姆一般。她与昨天晚上判若两人，带着一脸愉快的笑容，将能势赶进了浴室。

想起来了，所有的一切都想起来了。能势泡在热水里，心中一片平静，他甚至对自己之前始终未能抑制焦虑而感到诧异。一股安心感包裹着他。在复杂的人际关系中游刃有余的自己，却一度恐惧得要死。当初还怀疑有可能是大脑的器质性病变，幸好不是这样。

"你和虎竹的关系很好吧？"餐桌另一边，帕布莉卡开始提问。但她也在躲避能势的视线，似乎不想让他看到自己浮肿的眼睛。

"是的，他父母经营着一家旅馆，名字就叫虎竹旅馆，所以刚才梦里也出现了日式旅馆。不是还有一段骚动说是老虎来了吗。"不知怎的，面前这份没放色拉酱的色拉异常美味，之前从来没有感觉到过。能势觉得很奇妙。

"那梦里出现的所有老虎都是因为虎竹了吧。在电影院的时候，我的脸变成老虎脸，也是因为梦境想要告诉我，经常和你一起去看电影的是虎竹，对吧？"

"梦从一开始就想告诉我虎竹的事吧。"能势感觉到今天早上帕布莉卡是想让自己对梦境做分析，于是接着她的话说，"起初在那间教室的时候，同班同学全都是野兽，其中也有老虎。难波的葬礼也是在暗示虎竹的死。啊，还有化身为诺博士的难波，还有我变成007用自动步枪扫射，全都暗示着我和虎竹良好的关系。为什么我和他那么好的关系，偏偏一直想不起他来呢？真是奇怪啊，我一点都想不通。说起来，以前我好像就是一直在做关于老虎的梦。嗯，对了，现在终于想起来了，当时每次梦到老虎，都有一种既恐惧又怀念的感觉。情绪很不稳定。"

"长得像熊一样的高尾，你倒是一下子就想起来了。"

"嗯,那个高尾也是化成濑川出现的。"能势渐渐进入了状态,"梦境向我展示了资延、濑川、我以及难波四个人的构图,这是想让我记起中学时候同学间的人物关系吗?"

"是的,不过梦境想让你记起的应该不止这么一些。你再想想。我觉得现在学到了很多啊。"弄清真相简直是一种莫大的快乐,帕布莉卡的脸上泛起一片红晕。的确,对于一名精神医师而言,解开梦境之谜,确实是一种无与伦比的快乐。

"电影院那段,还有我做导演、难波做摄影师的那段,全都是在暗示虎竹。烟酒店的后门也是。那边就是秋重他们虐待别人的地方。秋重是老大,再加上筱原和高尾,三个人看到谁不顺眼,就会把他带到那边去狠狠教训一顿。秋重最看不惯的就是虎竹,因为他学习很好。所以秋重让我把虎竹带到烟酒店后门去。我知道我要是不带的话,自己肯定就要挨打,于是我就把虎竹带过去了。三个人对着虎竹拳打脚踢的时候,我就站在一边傻愣愣地看……"能势痛苦地叫起来,"真该死,那个场面太可怕了。每一次回想起来我都恨不得缩成一团。直到最近,一直都是。"

"公司出了难波的问题,压迫到你了吧。"

"嗯,有这个可能,情况太相似了。"能势把咖啡杯举到嘴边,抬眼望向帕布莉卡,"我的焦虑症就是由这个压迫引起的吗?"

"是啊。当然不单单是这一件事,不过应该是很重要的原因。那，那个虎竹就因为这件事情自杀了？"

"虎竹挨打之后浑身是血，我把他送回了家。他明知我背叛了他，但是一句怪罪的话都没说，我也没脸说什么。但从那之后，虎竹和我就再不是朋友了。我想，对于虎竹来说，我的背叛应该是一个相当大的打击吧。"能势的目光越过帕布莉卡，望向她的身后，"也许给孩子取名寅夫，也是打算借此赎罪吧。"

"可是，难道因为这点原因，虎竹就自杀了吗？"帕布莉卡浮肿的左眼让她的表情带上了更加浓重的怀疑气息。她望着能势，又追问道，"你有没有用你如今的眼光重新审视过这件事情？"

"嗯？"帕布莉卡的问题让能势怔住了，"什么意思？"

"少年时代信以为真的事情，不管再怎么奇怪，长大了也会继续信以为真的，不是么？"

"但是，自从那一次在烟酒店后门被打之后，虎竹一直都被他们三个欺负啊。"

"每次你都在现场？"

"不，我没看到。"能势也开始怀疑自己的记忆了。本来完美无缺的记忆，在帕布莉卡的追问之下出现了裂痕。那些自己认定发生过的事情真的发生过吗？

"你说虎竹自杀了，那你去参加过他的葬礼吗？"

"啊，我不记得自己去过。"能势的视线又一次在半空中游走。

"是吧，用你今天的常识回过头去想想，确实有点奇怪吧？"

"可是筱原确实这么告诉我的。对了，筱原曾经打电话通知我说要搞一个老同学的聚会，就是那时候对我说的。"

"老同学的聚会？"帕布莉卡惊讶地复述了一遍。

"是啊……唔，既然如此，那虎竹的死就是中学毕业以后的事了……"能势越说越轻，声音中再没了自信，"自打初中毕业以后，直到我上了大学，才第一次收到同学聚会的通知。因为班上的同学大都是在同村上的高中，只有我一个人举家搬来了东京，所以高中时候他们都没有专门搞什么聚会。"

"筱原在电话里都说了些什么？"

"他问我知不知道虎竹自杀了。"

"真是这么说的吗？"帕布莉卡的语气中充满了怀疑。

"我记得很清楚，当时还大吃了一惊。"

"为什么？就算他自杀了，也是中学之后的事情，不是已经和你无关了吗？"

能势黯然。"是啊，为什么我一直认为是我自己的错呢？"

"那是因为你压抑了自己对虎竹的爱。"帕布莉卡一边收拾培根煎蛋的盘子一边说。看起来她是为了不给能势造成冲击，故意做出一副若无其事的模样，"也是为了压抑对难波的爱吧。这些感情受到压制的时候，情愫的能量就会转化成焦虑了。"

"情愫？"能势觉得一阵眩晕，"就是那种，和同性恋一样的？"

"嗯，这种东西，谁都多少会有一点。"帕布莉卡轻描淡写地说，"再加点咖啡？"

能势陷入了沉默。帕布莉卡不禁笑了起来。她的笑容就像是一位母亲看着自己刚刚接受了初次性教育的儿子。

"啊呀，好像很受打击的样子嘛。不过呢，刚刚用的是弗洛伊德的解释，其实焦虑症的原因并没有这么简单。分析方法有很多，看选用哪一种而已。"帕布莉卡摆弄着手里的汤勺，想了一会儿，又对着能势说，"站在你的立场上看，或许是文化学派的观点更容易理解。这种观点是以人际关系理论为框架，焦虑也被放在这个框架之内解释。在幼儿期，人只有痛感和恐惧感；只有到了人生初期，也就是少年时期，焦虑才会作为第三种不愉快的体验出现。你在人生初期遇见了那个名叫虎竹的重要人物，却又遭到了他的拒绝。而到了成年期，那个你一直恐惧的、拒绝了你的形象，就不再是少年时期的重要人物，而是转成了其他人，抑或是某种抽象的社会规范等等。总之，所谓焦虑，就是产生于人际关系之中的、并在这一维度中不断发展与消灭的感情。"

能势沉思了一会儿，问道："在难波葬礼的那个梦里，出现了他的夫人。实际上我根本没见过他夫人，你把这个叫作阿尼玛？"

"是啊。"

"那个女性也是我？也就是爱着难波的那个我？"

"对，是存在于你潜意识中的女性。"帕布莉卡说。

"原来如此。再给我点咖啡吧。难波的事情还是得好好考虑一下。"

"等等、等等，你对难波的爱觉醒了？"帕布莉卡笑着给能势又倒上一杯蓝山咖啡。

能势苦笑起来。"这怎么可能。只不过我想起来资延可能会让那孩子受不少罪。"能势把前天晚上在酒吧里和资延之间的对话告诉了帕布莉卡。还有当时社长也在的情况，以及他怀疑资延有所图谋的预感。

帕布莉卡意味深长地一笑。"这答案似乎也在梦里啊。"

"对了，我已经完全治好了吗？"

"嗯，治疗结束了。"

帕布莉卡如此宣布的时候，眼中闪过一丝不舍的留恋。这一道眼神没有逃过能势的眼睛。虽然迄今为止他也有过不少被年轻女性爱慕的经历，但还是觉得那道眼神只是自己的一厢情愿罢了。

"治得这么快，全怪你的意志和理性。"帕布莉卡说，"不过还剩下一点事情希望你能处理好。一个是现实中的人际关系问题，这件事就不多说了；另一个是虎竹死亡的真相。这一点很重要，不能丢下不管。你能做到吧？"

"嗯，我会再给筱原打个电话看看。那家伙如今好像挺喜欢我，给我打过好几个电话，要我回去参加同学聚会，哪怕一次也行。"

"受欺负的孩子会永远记得当年的经历，可欺负人的孩子却忘得干干净净。这种事情很常见。"

离开帕布莉卡房间的时候，能势再也无法抑制对她的不舍。他在门前回过头，恰与帕布莉卡的眼神撞上。

"不管怎样，我都不会忘记你的。"

"这种现象叫作'感情融通'（rapport），是患者对医生产生的爱恋情感。"能势的外衣上，胸口部位粘着一个线头，帕布莉卡帮他取下来，接着说，"不过这样的现象同样有可能发生在医生身上。我也忘不了你的个性。"说话的时候，她的视线一直落在能势的胸口。

"唔……眼睛肿成这样，我自己也知道很难看，不过既然就要分别了，能不能最后给我一个吻呢？"

16

"能势竟然送了一千万过来。"

千叶敦子一走进所长室，就听见岛所长的声音从桌子后面传来。他刚放下电话听筒，脸上满是笑容。

"啊，那么多。"

"是资本家嘛。这么说治疗很顺利了？"岛所长站起身，让敦子坐在会客用的扶手椅上，自己还是像往常一样窝进了沙发的一角。

"我想差不多应该痊愈了吧。"

"难怪能势那么高兴。话说回来，能在这么短的时间里治好他，真不愧是帕布莉卡啊。"岛所长拉扯了一会儿闲话，还是拐弯抹角地问到了最关心的问题，"你是怎么给他治疗的？唔，作为个人而言，我还真是挺想知道的。"

"这个嘛，"敦子笑了，她明白岛的兴趣所在，"治疗过程中我们的关系还不错，他患的是焦虑症，所以只是做了梦境分析，并没有像理事长那时候一样，您不用担心。不过，道别时有过一次轻轻的亲吻，一次而已。"

"哦……你说的亲吻。"岛寅太郎低沉的声音里透着懊恼，

"那个，和我那时候一样，是在梦里的吧？"

"不，是在现实里。能势先生很有魅力，让我有了一点小小的逆向'感情融通'。"

"哎呀，真是岂有此理。"

"对不起。"

两个人对视了一眼，随即同时笑了起来。只是岛寅太郎的笑声并不能掩盖他表情中的嫉妒。

"理事长，"敦子换了个姿势，"前几天理事会上的事……"

"啊，"岛寅太郎的表情也顿时变得凝重起来，他自下而上抱歉地斜望向敦子的脸，"让你和时田不开心了。我自己也没想到事态已经到了那种地步。的确像你说的一样，早该开一个理事会了。"

岛所长似乎不太愿意触及这个话题。他打心底排斥这些复杂的人际关系。

"我知道您不喜欢这类话题。"敦子用抱歉的语气说，"但是不管怎么样，还是要想个善后的办法。"

"是的是的，我知道。不单单是津村，连柿本都变成那样了。乾副理事长和其他理事当然也都应该知道了。"

"非常对不起。"

柿本信枝精神错乱，开始在研究所里大闹，以至于不得不把她拘禁在医院的一个单间里。而且柿本又是自己的助手，敦子责无旁贷。下次理事会上肯定会有人追究她监督不严的责任。

"联系过她的家人了吗？"

"这……"敦子有点过意不去地低下了头，"我想这只是暂时的精神错乱，没说她发病，只说是过于疲劳，需要休养。"

柿本信枝一个人寄宿在狛江，她的家人都在青森。

敦子抬起头补充了一句："我来给她治疗。很快就会恢复的。"

"嗯，交给你了。"岛寅太郎诚恳地望着敦子，"我不想看到你被理事们指责。"

"我一定治好给他们看。"敦子想到等一下需要去找时田浩作，柿本信枝用过的反射仪里还保存着数据，要让他赶紧对里面的图像做个分析，"还有一件事，理事长。关于接任山边先生总务一职的人选……"

"哦，那件事情不是已经全权交给乾副理事长去处理了吗？"

"我还是希望由理事长来决定人选。对于副理事长，我始终无法信任。"

"是啊，"岛寅太郎深深地皱起眉头，显出额上的川字纹，"他好像不单单想要让我下台，还想把你和时田也一起赶出研究所，实在叫人难以理解。到底是为什么呢？你和时田很可能拿到诺贝尔奖，这对研究所而言也是至关重要的时刻……"

"岛教授，"敦子用上了从前的称呼，身体向岛所长的方向倾了一下，说，"乾先生曾经也是诺贝尔奖的候选人吧？"

"嗯，那已经是快二十年前的事了。当时像是集中爆发一样，出现了大量罹患心身疾病①的病人，正是他确立了非常有效的治疗方法，这一功绩也使他成为最有竞争力的候补人选。可惜的是，那时候的医学界对精神医学远远缺乏理解，最后一个英国的内科医生把他的方法引入自己的理论当中，结果获了奖……"说着说着，岛寅太郎似乎也开始渐渐领会了敦子的言下之意，"是啊，从那时候开始，乾副理事长就变得越来越偏执，对人也越来越刻薄……对了，他还开始主张正义啊、医德什么的，还有科研人员的职业道德等等，简直都像是狂热的宗教信徒了。"整个人几乎都横在沙发上的岛寅太郎终于坐起了身，"好像这种倾向尤其强烈，唔……不过也可能是因为你们成了诺贝尔奖候选人的事情被大家传得沸沸扬扬，让他倍感打击吧。"

岛所长说的这些，敦子早已经想到了。她继续把脸靠近岛寅太郎，后者此时已经因为他自己的话而瞪圆了双眼。敦子自觉地运用起自身的美貌和毒药②的芳香，同时以一种教诲般的声音说："乾先生的狂热正义感非常危险，而且他现在充满嫉妒。他的

---

① 心身疾病(Psychosomatic disorders)，是指以心理、社会因素为重要病因引起的某些躯体疾病，如神经性呕吐、偏头痛等，但与神经症等是有区别的。——译者

② 毒药(Poison)，克里斯汀·迪奥公司的香水系列。——译者

人格已扭曲到什么地步，您是看得出来的吧？"

"是啊，是啊。"岛寅太郎简直像是被催眠了一样，眼神呆滞地望着敦子，只知道随着敦子的话点头，"最近他的脸看起来就跟恶魔一样。"

"时田从技研购入的 LSI 明明很少，可是葛城偏偏说'量大得不正常'，这件事情背后肯定也有问题。"

"嗯，嗯。"岛寅太郎再一次随着敦子的话点头，仰天朝后倒了下去，"难道说连葛城……"

"肯定也是同谋，目的就是为了陷害时田。我看，需要请一个信得过的人查查账目。"

岛寅太郎陷入沉思。

善良的岛所长本来有一颗平静的心，然而自己强行灌输给他的疑惑却硬生生在他心里掀起了滔天巨浪，敦子对此感到很是内疚。她整理了一下情绪，找回自己刚刚来到所长室的时候带有的热情，"显然所里有人在搞阴谋。我怀疑津村和柿本都是牺牲品。我们也正在调查反射器和收集器是不是被人动过手脚。"敦子将手放在岛的大腿上，"岛教授，和我们一起战斗吧。"

"嗯，好，好。"岛寅太郎站起身后，步履蹒跚地走向窗边，看起来有点心不在焉，"让我好好想想，唔，是啊，好好想想。"

岛寅太郎反复絮叨着，望向窗外。敦子行了个礼，"那么我就先告辞了，有什么进展我会及时向您汇报。"

"嗯，嗯。"

岛寅太郎回过身，带着一丝微笑向敦子点了点头，随即便朝着所长室隔壁的小房间走去。那个房间里有张小床，每当他太过疲惫，或者遇上什么烦心事情的时候，都会悄悄钻进去打个盹。这种习惯带有一点逃避现实的孩子气，但却也是他自己的精神安定法。从理论上分析，确实也很符合他的性格。

然而对于敦子来说，岛寅太郎的性格太过温厚，简直可以说是懦弱，作为一同战斗的伙伴而言，实在太让人难以放心。敦子一面沿着走廊走向病房楼，一面暗自思索如果岛所长无法战斗又该怎么办。从刚刚的表现看来，岛所长实在不是个可以依靠的战士。

医院与研究所之间有一条短短的游廊相连。敦子乘电梯上到五楼，一出电梯门，便可以看见面朝大厅的护士站窗口。敦子来到窗边，五楼的护士长向她点头示意，走了过来。

"千叶医生？"

"羽村小姐，我想看看柿本的情况。"

"哎呀。"穿着一身白衣、体型微胖的护士长面露难色，"小山内医生吩咐过，不能让她见任何人。"

"嗯？他说的不只是探视的人？"

"是的，特别强调了包括其他医生在内。"

敦子哑然。

"怎么回事？谁让小山内担任柿本的主治医师的？"

"不知道，不过这一层的负责人本来就是小山内医生。"

借着前去探查柿本信枝病情的机会，把她转移到五楼的病房，这肯定是在柿本发病之前就计划好的。也是敦子失策了。

"不管怎么说，柿本是我的助手，理应由我负责治疗。"

"您这么说，我们会很为难……"护士长的脸有些发红，好像马上就要哭出来了一样。然而敦子听说过她和小山内之间有着不正当关系的传闻。她比敦子大两三岁，也算是个美女。

"您应该知道，我有权诊断医院里面所有的病人。"

"是的，但是小山内医生说，这一次例外。他说尤其不能见千叶医生，不然病情会恶化。"

小山内的目的是要让护士们相信完全是敦子导致了柿本信枝的发病。一阵愤怒让敦子感到有些眩晕，但她还是保持住表面的平静，微笑着说："这里面好像有什么误会。柿本发病的原因并不在我。算了，我直接和小山内说。电话请借用一下。"

小山内不在研究室里。敦子放下了听筒，心想，还好不在。护士长和另外四个护士都在场，要是在电话里和小山内争执起来，只会导致敦子在医院里的权威下降。

回到研究所，敦子又向时田浩作的研究室走去。不知怎的，她觉得自己好像是搁下了研究的事，转而去追求诺贝尔奖的荣誉，更为了毫无异议的政治四处奔走。这算是本末倒置了吧。乾精次郎的批判或许也并非毫无道理。敦子一边想着，一边苦笑起来。好吧，至少自己还能笑得出来。敦子自我安慰着，走进了时田浩作大门敞开的研究室。然而里面的情况却让敦子的笑凝固在了脸上。

冰室不在房间里。显示器依旧闪烁着暗淡的光，到处都是散乱的容器、小盒子，连地上都堆满了芯片之类的玩意儿，就好像有人在找什么东西、把房间翻得乱七八糟，又像是这里刚刚发生过一场打斗似的。通向里屋的门也大开着。一进去就看见时田浩作蓬头散发地瘫在椅子上喘粗气。这个房间的样子也和外面差不多。

"怎么了？"敦子胆战心惊地问。肯定出了什么极其糟糕的事。

"迷你 DC 不见了。"敦子还是第一次看到时田浩作的眼睛这么红。是他自己把房间翻成这样的吗？

"一定是被偷了！"敦子的尖叫和哭喊一起发出，"肯定是被偷了，再怎么找也没用了。一共有几个？"

"五个……不对，是六个。有一个很久以前就找不到了。"

"你做了几个？一共就六个？"

时田无力地点点头。

"那怎么办？！"敦子发出自己平时最为痛恨的带着哭腔的

声音，就是那种女性向男性求助时的声音，"冰室呢？"

"不知道。早上来的时候就不在。我找过他，但是哪儿都没找到。"时田以一种无能为力的眼神望向敦子，点着头说，"他失踪了。"

17

早晨的董事会上，资延提出议案，调难波担任无公害汽车第三营业部的部长。除了能势之外，其他所有与会人员都赞成这个提案，能势龙夫只能带着郁闷的心情回到自己的办公室。社长特别叮嘱能势，要他以直属上司的身份来和难波沟通。能势仿佛已经看到难波脸上愤慨的表情了。

这就是资延的报复吧？能势一边心中嘀咕，一边透过窗户俯瞰下面道路两旁的房屋。时至正午，天色晴朗，然而能势却不得不苦笑起来。这样的报复确实很符合资延一贯的作风。董事会上，老奸巨猾的资延还提出要让社长的外甥担任开发室主任的职务，那口气就好像这个提案完全是他自己想出来的一样。而且，依照难波的性格来说，本来谁也不可能认为他能胜任销售工作，但这个不合情理的调职案也得到了绝大多数的赞同，显然是资延事先做过了手脚。他之所以没有与能势商讨，当然就是要追求一种心理上的报复感吧。说起来资延还真是孩子气得很哪。

资延心里很清楚，能势不可能强烈反对这项调动，因为向社长提出"开发室主任的人选，欣市这个人怎么样"的正是能势。虽然社长应该也知道难波不能胜任营业部长一职，但想到能让外甥就任开发室主任，他当然也不会表示反对。至于难波是不是愿意接受这种调动，反正会有能势处理，社长基本也没放在心上。

其实能势自己也觉得这是自作自受。自己实在太过轻率了。仅仅为了应对资延的攻击，未加仔细考虑便做出了那样的反击。不过，他当初说那句话的时候，事先也是知道社长的外甥很快就会调到生产领域，如此一来，难波在开发部势难立足。这一步与公司今后的发展关系重大，而且除了开发部之外，能让难波一展才华的部门依然数不胜数。

只是没想到资延会把难波调去做营业部部长。这家伙想的还真周到。开发室主任是副职，营业部部长是正职，看起来还是升职。既然是你自主研发的无公害汽车，那就交给你自己销售吧，而且又是升职，你还有什么可抱怨的？——原来如此。其实对于无公害汽车的销售方法，难波一直都在提出自己的建议。能势继续望着下面的道路，摇头苦笑。

能势想起了几天前在帕布莉卡的房子里见过的梦境。那时候难波是在卖菜。现在看来，那个梦应该是在预示难波将会被调去营业部门。诚如帕布莉卡所言，自己对于资延会做何种报复还是有些在意的，所以梦境便将答案展示给自己看了吧。在梦里，难波卖的蔬菜是他自己种出来的，那么答案自然就是让难波负责他自己开发的无公害汽车了。

能势忽然挺起身子，放声大笑。说起来，无公害汽车的昵称正是"蔬菜"啊。他为梦境、也就是潜意识的不可思议轻叹了一声，然后再次摇了摇头。

总不能一直这么感叹下去。不管再怎么拖，该办的事还是要办。能势回想起帕布莉卡曾经让自己处理好"现实中的人际关系问题"，于是让秘书找难波过来。

不管难波如何顽固、如何具有工程师气质，他毕竟也是开发室的主任，若是连一些最基本的礼仪都不遵守的话，这个位置绝对坐不下去。因此，难波一改往日身处开发室的时候那种不修边幅的装扮，好歹梳理了一下头发，换了一身正经的西服来了。

"专务董事找我有什么事？"

"唔，今天的董事会上，讨论了一下人员安排的事。决定调你去做第三营业部的部长。来，坐。"

能势迅速说完，赶紧伸手指向会客沙发。一直到与难波面对面坐下，他都故意避开难波的脸不看。等两个人都坐下来之后，他才小心翼翼地打量起对方的表情。只见难波眼中闪烁着说不清的光芒，眼球正在滴溜溜乱转。看来好像心中有些迷惑，不知道如何应对才是。

"是专务推荐的吗？"难波的语气似乎有些生硬。

"算是吧，虽然也不能说心甘情愿。"能势不愿落下一个推卸责任的印象，含糊应了一句。

"非常感谢。"难波脸上显出的笑容看起来阴森可怕。他微微垂首施了一礼。

这种隐藏在冷静言辞背后的讽刺，在平时的难波身上真可谓难得一见。能势不禁仔细端详了一下他那张棱角分明的脸。

"这件事还是很久以前拜托您的，而且说的也不甚明确，我一直在想您是不是早就忘了。"难波忽然又开口说话，语调一变，充满了愉悦。"虽然说，要进营业部，还是在无公害汽车刚刚完成的时候过去更好，不过我也知道，升职总是要花时间的。或者应该说，为了让我升职，您应该花费了很多时间吧。总而言之，这是我求之不得的好事，专务在其中所费的工夫，我也铭记在心。其实说起来很有些不好意思，我曾经有一阵子还以为专务您忘记了我的请求了。过去的半年里，为了让您记起这个请求，我做了好些让您不快的事，实在是非常抱歉。因为这件事关乎我的未来，反而不方便对您当面直说，只能采取那种很是别扭的方式来表达自己的心情。"

难波滔滔不绝地说着，仿佛是一个资深的技术骨干在解释只有他一个人理解的复杂系统。

听着听着，能势禁不住心中窃笑。他想起早在开发的初期，难波便曾经隐约流露出一些想法，似乎是在暗示，对于无公害汽车该如何投入实际运用，他有自己的一套销售策略。那意思显然是想调去营业部。那时候的能势以为那只是他的一时冲动，也就没有当作一件正经的请求对待。如今看来，后来难波之所以处处与自己顶撞，还对营业方针横加指责，应该都是由于他的自身愿望无法得到满足而产生的不满情绪吧。

"专务觉得有这么好笑吗？"难波嘴上指责，自己也跟着笑了起来，"天生不是干销售的材料，居然也当上了营业部长，这还真是件滑稽的事——您是这么想的吧？事实可能也是这样吧。在久经沙场的专务看来，我来当这个营业部长，肯定是既荒唐又危险的。"

"哎呀，不会不会。"

"专务就不要安慰我了。我好歹还知道自己的分量。只不过有一点，专务董事，就算是像我这么蠢的人，对于自己的将来，也还是会有各种各样的考虑呀。"

这家伙并不像自己之前以为的那么简单啊，能势想。他不是单纯的技术人员，而是有着更加聪敏的头脑和更加强烈的成名欲。他也认为自己不应该一辈子只做个小小的主任。这样的人若是当上了营业部长，以他一心搞研发时的那种求实态度，带着想要成为业务专家的那种强烈信念去探索业务方针和销售方法，再加上有意识地运用自身能说会道的特点去锻炼身为营业部长必须具备的人际关系处理能力，也许他会出人意料地成长为一个相当了不起的业务人才啊。

难波的眼睛因为喜悦、安心和希望的光芒熠熠生辉，在那里兴奋地说个不停，他的脸庞，与能势记忆中的虎竹的脸相重合，不禁让能势感到了一股颇为强烈的怀念。

"接替我职位的是欣市先生吧？"

"是啊，连这个你都猜到了啊。"

"这个，我也不是傻子嘛。"

难波再度笑了起来。似乎很久以前他便已经预料到自己开发室主任的职位会被社长的外甥抢走，所以早就做好了转向新工作的思想准备了。

难波曾经告诉能势说，他想销售自己开发的——也就是种植的——无公害汽车——也就是蔬菜。而那个梦似乎也是在提醒他注意这一点。直到难波离开之后，能势才第一次真正领会到梦境的真实含义，不禁再度赞叹了起来。原来在梦中，所有一切都已经解决了啊。能势摆脱了罪恶感，顿时觉得神清气爽。

"太好了。"能势低声自语。

这样看来，接下来就该给筱原打电话了。虽然帕布莉卡也曾经提过这件事，但能势心中一直有着隐隐的恐惧，害怕得知什么不愉快的真相，一直犹豫着不敢给筱原打电话。

他回到家，翻出中学同学会名册，册子上写着筱原的电话号码。上次和筱原通电话已经是半年前的事了。故乡的村落已经变成了小镇，筱原他们在小镇上的饭馆办了场老同学的聚会。那一次的电话就是为了通知自己出席的，虽然最后自己并没有去。

筱原好像继承了父亲的五金商店。他接到能势电话的时候，声音里充满了惊喜。"哎呀，真是难得，大家可都很想你啊。"

"一直都没空回去看望大家，非常抱歉。"对于曾经一直欺负自己的筱原，能势也终于可以平静对待了。"对了，有件事情想要问你。"

"嗯，什么？"

"虎竹死了几年了？"

"虎竹什么？"

能势提高了音量。"我们是最要好的朋友，你知道的吧。最近我一直想起那家伙，所以想去祭拜一下……"

"等一下等一下。你这家伙在说什么呢？虎竹还活着啊。他身子骨结实得很，现在在做旅馆老板哪。"

"真的吗？"能势哑然。

筱原笑了起来："竟然说虎竹死了，这也太荒唐了吧。你到底是打哪儿听说的这个消息啊。"

"咦？不是你之前打电话告诉我的吗？"

"我什么时候打过那种电话？你上大学的那会儿我倒是给你打过一个电话，不过那时候是通知你同学聚会的事儿，顺带还说了高尾死的消息。"

能势哑口无言。整整三十年，他一直都把"高尾"和"贵夫"弄错了①。这时候，他终于想起来虎竹的全名是叫虎竹贵夫。当年他们关系很好的时候，彼此之间一直以"贵夫"和"龙夫"相称。

"能势，是你搞错了吧？"

能势避开话筒，轻轻长吁了一口气。"噢，是我弄错了。"

"虎竹听到了会生气的哦。那家伙一直很想见你来着。"

这么说，贵夫对于自己当年的那场背叛应该已经释怀了吧。孤身一人背井离乡的能势心中，一直束缚着他的那些隔阂，在已经发展为城镇的故乡里、在故乡的那些老朋友中，似乎早已经被解开，消散在故乡的共同体所包含的新的人际关系中了。

"高尾怎么死的？"

"啊，他啊，他很惨的，破伤风。"

看起来，自己以为的自杀，大概也是自己给自己灌输的盲信吧。恐怕筱原本来也没跟他说过高尾的死因。

筱原逼着能势答应下次一定要来参加同学聚会，这才让能势挂了电话。能势也终于明白，虎竹的死完全是自己的臆想。而他的梦境其实早就揭示了这一点：虎竹旅馆走廊上的那只老虎，象征的不正是活生生的虎竹贵夫吗？而且儿子寅夫所象征的贵夫不也进了房间吗？

---

① 日语中"高尾"和"贵夫"发音相同。——译者

今年同学聚会的时候就能见到贵夫了啊。刹那之间，能势的心情仿佛一下子回到了少年时代，脸上绽开了笑容。他很想找一个人来分享自己的喜悦，显然，这个人只能是帕布莉卡。自从分别以来，能势一直期盼着能有机会再见帕布莉卡一次、再与帕布莉卡说一次话。他带着些许愧疚的心情，安慰自己说，这只是一次非常单纯的情况汇报，然后向帕布莉卡的住处拨了一个电话。

这时候还是白天。正如能势所预料的，帕布莉卡并不在家。

　　这个人太善良了，他的善良简直都要成为一种罪恶了。小山内守雄端详着沉睡在床头昏黄灯光下的岛寅太郎的侧脸，又一次这样想。他刚刚悄悄潜入了所长室里的休息间。性格坦诚的岛寅太郎从不锁门，就连小睡的时候，所长室和休息间的门都是不上锁的，小山内就这样轻而易举潜了进来。

　　作为打工一族，最无法体现自身价值的莫过于碰上一个毫无原则的领导。小山内十分痛恨这个但求万事太平的所长。这个略微显出上了些年纪的男人，在沉睡中发出平稳的呼吸，室内弥漫着他的气味，略带温暖却又令人厌恶。望着岛寅太郎安详得直如撒娇一般的睡容，小山内的心中不禁涌出一股足以让身体颤抖的愤怒。如此迟钝的废物，竟然也能算是精神医生？！

　　既然是以不设防的心态自豪，那就尝尝你自己种下的恶果吧。只有如此，你才能看清唯有你自己才正是万恶的根源。你只不过碰巧收到了两个优秀的学生，差不多完全依靠他们的功绩，你才坐上了所长的位置，而今天更是坐享他们获得诺贝尔提名的荣誉，并且恣意放纵他们恶魔般的背离逻辑与道德的独断专行。你的目光之短浅，于此可见一斑；而你的心智之愚钝，更体现在无论他人如何规劝也置若罔闻的行为之中。

小山内完全无法接受眼前这个人的一切，自他的本质开始，至他所有的侧面。小山内从口袋里掏出被乾精次郎称为恶魔之源的迷你DC。

你连自己支持的是什么都不知道，就鼓励这个恶魔之源的开发。你看不出这是一种如何反人道的器械。既然如此，你就自我牺牲一下吧。

小山内秉承继承自乾精次郎处的信念，心中毫无愧疚，将枇杷核大小的迷你DC插入了熟睡的岛寅太郎的头发。他已经从冰室的口中问明了迷你DC的用法、功能，甚至连这些机器尚未附加限制访问的开关都摸得一清二楚。岛寅太郎的头发已经有些稀疏了，迷你DC勉强卡在他的头发里。

小山内退回到所长室，把自己带来的本用于查房的采集器接到办公桌边的电脑主机上，接入了熟睡中的岛寅太郎的意识。岛寅太郎曾经有过焦虑症的病史，很容易受到分裂症患者妄想内容的影响，不过要想让他也像柿本信枝和津村那样慢慢显露异常状态，反倒需要花费更多的功夫，不然很容易遭人怀疑。所以来之前小山内就已经让冰室做了一张磁盘，目前要做的就是用这张磁盘，对岛寅太郎间歇性投射专门为他制作的轻度分裂症患者的梦境。

小山内设置好之后，出了所长室，锁好门，来到走廊上。所长室的门钥匙一直放在所长办公室的抽屉里积灰。就算有员工对这扇门忽然上锁感到诧异，但也不会单纯因为奇怪就强行闯入吧。

穿过走廊回医院的路上，小山内想起了千叶敦子。他已经知道千叶和时田曾经一起拼命寻找失踪的冰室和迷你DC。当然是找不到的。但是每当他想到敦子和时田之间有着如此亲密的精神联系，他的心情就禁不住烦躁起来。最近这段时间，小山内心中对于千叶敦子的爱恋愈发强烈，差不多已经到了苦闷的地步。但同时，他也因为自己无法将这份感情宣之于口而懊恼。对于千叶敦子来说，自己只是副理事长的心腹，是敌对一方的走狗而已吧。所以，不管自己对她的爱有多炽烈，在千叶的眼中，那份爱必然会被扭曲成别有用心的行为，譬如说是为了利用诺贝尔奖而做的表演吧。

小山内看到时田在医务室里。他没有停步，径直走了过去。在他的眼里，时田浩作只是个由自卑感堆积起来的巨大肉块而已。时田之所以搞出那么多稀奇古怪的器械，归根结底不过是为了消除他心中的自卑感罢了——至少小山内一直都是这么想的。正因为那是一种扭曲的能量，所以才会无视道德伦理的制约，一个接一个地生产出无视人性的机器。

精神分析决不能受科技的污染。这正是小山内与他的恩师所共有的信念。

从根本上说，想要以科技的手段去治疗那些因为科技文明而发病的现代精神疾病，这本身就是违反伦理的错误想法。当然，小山内并没有抹杀 PT 仪的应用价值，他也遵从研究所的方针，在医疗中使用 PT 仪。同时，他也认为，像千叶敦子那样毫无节制地潜入患者内心进行粗暴治疗的方式，乃是违背精神医师行医准则的非人道的行为。这样的行为若是获得了诺贝尔奖，那就意味着精神科学彻底沦为技术性的学科，所有的患者都将被当作"东西"来对待，小山内辛苦学到的那些充满人性化的温暖的精神分析治疗手段，都会像古代炼金术或者巫术一样逐渐失去理论根基，不再被人们视作医学。因此，除非人们能够重新审视 PT 仪的效用，将之限制在合理运用的范围之内，否则的话，他将不惜一切代价阻止目前的事态发展，不让时田浩作与千叶敦子之流领取诺贝尔奖。小山内的这份信念，便如乾精次郎想要将研究所的方针拉回到正途一样坚定。

不过，相比于时田浩作来说，小山内好歹还是能原谅千叶敦子的行为。不为别的，就因为她是女人。女人没有信念，所以对于时田搞出来的 PT 仪，她满脑子所想的只会是它们的使用价值和应用范围等等。所谓女科学家，无非就是这么一回事罢了。不能对她们太过苛求。这当然不是在贬低女性。只是资质如此，强求不来的。

然而越是如此想，小山内越是无法抵抗千叶敦子作为女性的魅力。啊——那小麦色的肌肤，虽然无缘得见她的裸体，但那一定是紧致而健康的肉体吧！小山内几乎可以想象得出，当自己把她紧拥在怀的时候会有的欣喜之情。小山内根据自己迄今为止的人生经历断定，只要自己认真向她表白自己的爱意并提出肉体要求，她便一定会充满欢喜地做出回应吧。不管怎么说，他的美貌甚至连男性都为之目眩神迷。那是一种充满了不可动摇的智慧的美，绝非空洞而浅薄的浮华可比，丝毫不会引人厌恶。二十九岁的女子，正是具有旺盛性欲的时候，加上表白的又是小山内，千叶敦子怎么可能不陶醉在他的怀抱之中？

小山内一想到这里，就禁不住由此想到接下来必然会发生的一些场景，于是又会感觉到自己的爱意愈发亢奋。他喜欢一边想象着自己把敦子揽在怀里的感觉一边自慰。那双充满知性的、闪烁着清澈鲜明目光的明眸，饱含着灼热的爱欲；微微开启的两片朱唇，勾勒出充满欣喜的曲线；充满智慧的自我，在被紧拥的快感与性爱的最高潮之中彻底崩溃。

同河马一般的时田浩作在一起，敦子能干什么？最多也就是通过 PT 仪共享一下感觉而已吧。但是和我在一起的话，得到的可是完全不同的感觉哦，那会是一种近乎疯狂的快乐。小山内心中暗想。对自己来说，与抱着羽村操子那个皮肤苍白、有些松弛的肉体相比，何尝不也是一种全新的体验呢？

只要小山内有需要，五楼的护士长羽村操子必然随时候命。

而且只要小山内一声令下，她也会去陪伴单身且性欲旺盛的乾精次郎。乾精次郎的交合对象本是小山内，然而他的欲望强烈得连小山内都无法承受，哪怕后者发自内心地敬爱着乾精次郎。所以迫不得已，小山内只得献出自己的情人，分担一些自己身上的负荷。不过羽村操子的加入并未对乾精次郎与小山内之间身心交错的爱情造成丝毫损害，他们相互的爱恋本来始于师徒关系，并且随着越来越多地拥有共同的秘密，他们之间的感情也变得愈发炽烈。

进了医院大楼，小山内一边警惕是否有人跟踪，一边从厨房内部的楼梯下到地下二层。这里有几间早已废弃的拘禁室。那是过去的时代留下的遗迹，曾经用来拘禁凶暴的患者。大部分研究所成员都不知道有这种地方。小山内掏出钥匙，打开拘禁室锁在楼层最外面的巨大铁门，穿过冰冷的走廊，向里面走去，一直走到拘禁冰室的房间门前。那是一间只有 3 个平方的小屋，冰室身上穿着工作服，躺在连床垫都没有的铁床上，床边的桌上放着采集器。此时的冰室正因为安眠药的作用沉睡不醒，头发里插着迷你 DC，正被投射着分裂症患者的梦境，不过从屏幕上可以看出，他正拼命想要潜回到自己舒适的梦里去。

小山内压抑着恶心的感觉，仔细端详冰室肥大的脸和躯体。虽然是为了拉拢他背叛时田，但一想到自己把身体给了这样一头猪，让他享受到那种近乎背伦的快乐，小山内就感到非常郁闷。

自己这辈子都摆脱不了有这家伙出场的噩梦了吧。真是该死。就让我把你自己制作的程序投射到你的潜意识中吧，混蛋！ 然后你就会忘了和我一起的事了。什么事都会忘了。

小山内看了看显示器，冰室此刻显然是在他自己的梦里，正在同一个差不多相当于真人大小的日本人偶娃娃玩耍。设置在采集器内存里的看起来应该是以前用在津村和柿本身上的那套潜意识投射程序。那两个人是桥本根据小山内的命令，用了反射器和采集器投射的。

"单这样还不够。"

小山内撇了撇嘴。

让冰室偷出迷你 DC 的正是小山内。他把冰室诱到自己的房间，让冰室以为又可以享用沙发上快感的嘉奖，骗他喝下安眠药，然后喊来桥本，把昏昏睡去的冰室一起运到了这里，再命令桥本对冰室也进行潜意识投射，就如同当初对津村和柿本做的一样。只不过津村和柿本接受的是每三分钟一次二十分之一秒长度的投射，其效果仅仅是造成津村等人的心理创伤，最多只会导致他们产生关系妄想，并不会引起人格上的巨变。不管怎么说，津村和柿本只是崇拜千叶敦子的精神医师而已，只要让他们染上关系妄想症，成为研究所负面消息的来源就行了，没必要做得太过分。但眼前这个冰室却不一样，他参与了小山内的计划，熟知小山内的一切阴谋，这种人，当然不能留下。

　　小山内从反射器里取出存储卡，那里面保存的都是重度分裂症患者的梦。他决定直接投射这些内容。把这些东西埋进潜意识的最深处，让冰室再也无可以逃避的地方。他的人格必然会崩溃的吧。

　　投射开始之前，小山内再一次检查了冰室全身上下的口袋。迷你DC一共应该有六只，冰室却说只有五只。小山内怀疑他是不是自己偷偷藏了一只。可是只有工作服口袋里放着一块啃了一半的巧克力，其他口袋里什么都没有。冰室总不可能把迷你DC藏在巧克力里吧。

　　重度分裂症患者的梦境极度可怕，就连小山内自己都不太敢直视显示器。他开始对冰室的意识进行直接投射之后，冰室立刻变得四肢僵直，表情狰狞，孱弱的尖叫声之中夹带着呻吟。这种状态持续了大约两分钟，冰室突然睁开眼睛，对着小山内咆哮起来，好像是受到了极大的冲击似的。那副惊恐的表情和恐惧的声音，仿佛是意识到自己正身临绝境，而想要杀死自己的人正站在自己眼前一样。小山内的身子不禁颤抖了一下。冰室扭动躯体，不停嚎叫，直到最后才终于闭上眼睛，嚎叫也逐渐转为抽泣。他的神情渐渐变得痴呆起来，看上去意识似乎已经被强行拖入了潜意识的深渊之中，又在那里被可怕的梦境慢慢异化一般。再过一会儿，冰室的脸上显出天真的笑容，仿佛已经接触到了最本质的快感。那是快乐这一感情的最为根本的实质，绝非那种经过文明的洗礼而变得索然无味的东西。虽然那种快乐必然是邪恶的，但只要见识过它，无论是谁都会觉得，现实原来是如此的枯燥乏味。冰室开始发出低沉的诡异笑声。

"嘿嘿……嘻嘻……嘿嘿嘿……嘻嘻……"

19

"粉川，喂，粉川！"

能势龙夫照例在业界聚会上露个脸就想抽身，结果在沿着酒店走廊去向门厅的时候，忽然看到粉川利美从旁边一处宴会厅的门里出来，立刻出声招呼。

粉川是能势大学时候的挚友。个头很高，身体健硕，十多年前就开始蓄小胡子。

能势发现他和自己两年前见到他的时候相比瘦了许多，不禁感到很惊讶。

"最近怎么样？很没精神嘛。"

粉川抬头微笑回应的时候，能势问。两个人的交情早已深得不用在乎一切客套了。

"是啊，"粉川苦笑起来，抬头望着天花板，"果然瞒不过你的眼睛啊。"

"废话，你都瘦成这样了。今天来这儿干什么？还穿着难得的便装。"

粉川利美是警视厅的高级官员，也就是俗话说的特权阶级的精英之一。他和能势同一年毕业，通过了高级国家公务员考试，在见习警部补①的位置上干了半年，然后依次升任警部、警视，再被调去警视厅任警视正，现在已经是警视长了。这也是精英们通常的发展路线。

"警视总监②让贤了。"粉川似乎有什么难言之隐，垂下头，压低了声音说，"警视厅内部开了个欢送会，就在这儿。"

"哦，就是那个众议院的候选人吗，欢送会开完了？"

"唔……"粉川吞吞吐吐地说，"他们还要拉我去喝下一场，我推掉了。"

他好像很是消沉，连能势的脸都不敢直视。这家伙病了吧？能势想。

"走，咱们去 Radio Club，"能势以不容分辩的语气说，"我也是刚从酒桌上逃出来。"

不能这么扔下粉川不管，能势心中暗想。上大学的时候，能势很喜欢和一帮朋友泡夜店，经常喝得烂醉，隔三差五就会跟无赖地痞干架。那时候多亏有这位剑道四段的粉川在身边，化解了一次次的危机。要是没他的话，自己恐怕早就连胳膊腿都保不住

---

① 警部补位列日本警察九级官阶的第七位，负责担任警察实务与现场监督的工作。警部（第六位）、警视（第五位）、警视正（第四位）、警视长（第三位）、警视监（第二位）和警视总监（第一位）均为日本警察官阶。另外，官阶与职务不同，简单来说，前者是虚职，后者是实职。——译者

② 警视总监是日本警察官阶中的最高一级，是警视厅的最高权力者，仅有一人。——译者

了。现在回想起来，能势常常还会有不寒而栗的感觉。

"还是算了……"

粉川似乎没什么兴致。按理说，能势的邀请他应该不会拒绝才对。然而面对这位本可以推心置腹的好友，粉川却几乎一言不发，能势感到其中很不正常。

"哎呀，难得遇上，就坐一会儿，行吧？我叫的车正在外头等着呢，咱们坐车过去。阵内和玖珂也很想你啊。"

"是吗……那好吧……"

在去六本木的路上，能势从沉默寡言的粉川口中得知他在半年前已经升任警视监了。

"哟，已经变成三星了吗？那可要恭喜你了。下回就该是警视总监了吧。"

这位昔日好友正在向社会上层攀登，甚至可以说是正在步向巅峰。对于能势而言，心中禁不住生出一种欲哭无泪的感慨。

就在这时候，粉川叹息了一声。那声音有着异样的深沉，能势不禁觉得像是出自粉川的心底，并且带出了无尽的悲哀和悔恨，甚至还有埋藏在内心深处的绝望和拒绝。能势的直觉告诉他，这应该是有关晋升的烦恼。他感到自己需要倾听粉川的倾诉，想办法挽救这位对自己来说无可替代的朋友，同时也是即将屹立于社会顶峰的重要人物。

Radio Club 播放的依然还是"Laura"、"Fool"一类充满了

怀旧气息的乐曲。柚木装饰的室内保持着令人怀念的暗红色氛围。这里没有一位客人，寂静得一如既往。

"您……"玖珂看见粉川，脸上显出犹如佛像一般的笑容，重重点了点头，"粉川先生，好久不见了。"

"我们一直恭候您的再度光临。"吧台后面的阵内也招呼道。浅黑色的脸上露出洁白得引人注目的牙齿。

平日里两个人喜欢坐在吧台前，带上阵内一起边喝边聊，然而今夜只想两个人促膝长谈。直觉很准的玖珂一看两个人的模样就猜中了几分，直接将他们带去了靠里的座位。整个酒吧只有那里才有点包厢的样子。

"好了，怎么回事？"十二年陈的野火鸡威士忌加冰端上来之后，能势单刀直入地问。

"也没什么……就是晚上睡不着。"粉川的脸上始终带着浅浅的笑，然而笑容一直都没有变化，反倒让能势觉得那是一张毫无表情的脸。

"我就是问你睡不着的原因。"

粉川显出诧异的神色说："没有啊。"

"咦，找不到原因吗？"

粉川沉默了一会儿，像是在咀嚼能势话里的意思，然后挺直身子，慢慢摇了摇头，"没什么找得到找不到的，根本就没有原因啊。"

能势当初患有焦虑症的时候曾经查阅过大量精神病理学相关的书籍，听到此刻粉川这么说，他脑海里当即出现了"抑郁症"三个字。不过，单凭找不到原因这一点就断定粉川得了抑郁症，显然为时过早，而且能势还记得精神医学上的一大禁忌乃是不得将病名告诉患者。

"感觉怎么样，都还好吧？"

"身体吗？"粉川反问了一句，斟字酌句地说，"每年都有一次定期体检……"他点点头，像是显示自己对此很有自信一般，"没什么不对劲的地方。"

"那倒也是。"能势知道粉川是个近乎禁欲的家伙。

"我怎么觉得你像是在审讯我啊。"

能势放声大笑，然而粉川脸上依然只挂着浅浅的微笑。

"睡不着觉可不好办啊。"

粉川也终于难得地显出悲哀的神色，点头附和说："是啊，很头疼。睡觉完全找不到规律，也没有什么食欲。"

"食欲也没有吗？"能势终于明白粉川为什么瘦成这样了，"那可连工作都会受影响了啊。"

"是啊，"粉川用自嘲般的语气说，"幸亏我通过了公务员考试，只要不犯什么大错，总能按照固定的程序升迁。"

"是吗……"能势静静地望着粉川。他知道警视厅绝对不是像粉川说得那么轻松自在的一个地方。如果不是非常优秀的人物，很容易就会犯下粉川口中的"大错"。

两个人默默喝干了杯中的酒，玖珂无声地捧上第二杯加冰威士忌，脸上洋溢着幸福的笑容。

"工作还顺利吧？"

"一般吧。"粉川的脸上显出不愿多说这个话题的意思，但还是勉强开口说，"警视总监在任的时候有很多政府的人脉关系，可是接任他的副警视总监为人就很粗俗，而且还不会说话，所以很多厅里厅外的应酬就会让我去，多了很多事。"

"因为你一表人才嘛。"粉川相貌堂堂，很有男子气概，恰是所谓日本好男儿的形象。能势打量着他的模样问，"你很头疼这些吗？"

"唔，妨碍我的本职工作了啊。"粉川说，"而且我也算不上会说话的人。"

"那恰恰是你的优点啊。"能势笑了起来，"不会夸夸其谈，甚至有点沉默寡言。警视厅要的正是这样的人嘛。"

粉川没有搭话。很明显，他对自己并不满意。

过了一会儿，粉川开口说："要是在本职工作上能干出点成绩倒也罢了……"

"咦，你不是有成绩的么？"能势有点惊讶，他试图回想自己这位好友昔日的丰功伟绩，"上北沢的那起连续枪击杀人案什么的。"

"破案的只有那一件。"粉川苦笑着说，"翻来覆去能说的只有那一件事，这个也挺让我尴尬的。"

"我说你这家伙，对自己要求也太高了一点吧？你自己不是刚刚才说过，什么都不用做也能升官的吗？"

粉川再度陷入沉默。能势感觉到单靠自己对付不了粉川的病症，他小心挑选措辞向粉川问道："难以入睡、食欲不振，这些应该是由于精神紧张导致的，你自己也知道的吧？"

"好像是吧。"粉川无精打采地点头同意。

"那，你没打算找个地方看一下？"

"是啊，一直这么下去是挺难受的……"对于能势的热情，粉川的眼中泛起一丝戒备。

"既然如此，交给我来安排如何？"

"帮我找精神科医生吗？"粉川感到事情蹊跷，打量了能势一下，摇摇头说，"还是打算给我做个精神分析什么的？不行哟。我要是去那种地方的话，一旦被人知道……"

"我明白，我明白。"能势重重点了点头，"恰恰就是因为我明白，所以我才说交给我来安排。难不成你以为我就是随便这么一说，根本不考虑你的立场吗？放心吧，我保证绝对不会让人知道。你哪怕就当作被我骗了一回，去见一次我给你安排的人如何？"

"你说得倒是很有信心嘛，"粉川笑了起来，似乎放下了戒心，"是谁啊？"

"是个精神医师。"能势倚在桌子上，凑近粉川，"帕布莉卡，这个名字听说过吗？"

"好奇怪的名字，没听说过。"粉川又恢复了漠不关心的模样，摇了摇头。

看起来他没听说过在社会上层人士中这个口口相传的流言。

"那你有没有听说过一家名叫精神医学研究所的财团法人？"

"啊，那个我知道。"粉川略略显出一点兴趣，看着能势说，"那家研究所好像有个附属精神病院，技术能力在日本首屈一指，其中还有两个医生是争夺诺贝尔奖的热门人选。"

"对，就是那个。你知道那家研究所的所长岛寅太郎吗？他是我高中时候的好友，大学时候念的是医学院。"

"我可没有医学院的朋友。"粉川说。

"那个叫帕布莉卡的姑娘，就是岛寅太郎一手培养起来的。她可是个很优秀的精神医师啊。"

"姑娘？"粉川脸上顿时露出明显不放心的表情。能势知道粉川一直都对女性抱有不信任的态度。

"我的病就是她治好的。岛寅太郎介绍我认识的。"

粉川"嗯？"了一声，似乎又被激起了兴趣，随后又一脸严肃地问能势，"你得过病？精神病？"

"不用担心，只是很轻微的焦虑症。"

能势开始向粉川说明事情的原委。

20

　　晚上十点半，千叶敦子疲惫不堪地回到公寓。她和时田浩作一直在找迷你DC和冰室的下落。冰室和他的父母一起住在千叶县，时田给他家里打了电话，也没找到他人。敦子认为他肯定是被囚禁起来了，但尽管她也从值班室偷偷拿了备用钥匙潜进别的研究员的房间搜索，却还是没能找到冰室的下落。而时田又确定迷你DC上并没有加入限制访问的功能，两个人都明白一旦外界得知如此危险的器械被弄丢了会引起多大的骚动，所以他们只能靠自己的力量四处寻找。

　　如果明天还找不到，那只能去找岛所长商量了。虽然所长不是很靠得住，但他至少也能明白其中的严重性吧，而且他肯定也不会泄露秘密。如果能有他的命令，今天被拦着不让进的五楼各病房应该也能进去搜查了。敦子一边想，一边把时田塞进自己的马基诺的副驾驶座，载着他开回了公寓。

　　时田浩作和他的母亲一同住在十五楼视野最好的套房里，差不多刚好位于敦子房间的正下方。

　　敦子泡在浴缸里，心里一直想着冰室的下落。她忽然觉得冰室也许就被关在这幢公寓的某个房间里。小山内、桥本，或者乾精次郎的其他心腹，都可以把他带回到自己的房间。小山内和桥本都是单身，一个住在十五楼，一个住在十四楼。只不过入住公寓的高级职员之间存在着一种相互尊重隐私的默契，一般都不会去别人的住所拜访。敦子和岛寅太郎也只是在研究所的时候会在一起谈话交流，从来没有去过位于十五楼的岛所长的房间。

其实真正说起来，遇上这样的事情，敦子眼下最想见的并非岛寅太郎，而是能势龙夫。此刻的敦子所能想到的最可靠的人只有能势。这当然不是因为敦子对能势心生爱意的缘故，她一直在想请能势来做监察，让他调查研究所的账目。虽然敦子不清楚要担任财团法人的监察需要怎样的资格，但她已经打算好了，明天就向岛所长提出建议。对于能势来说，查找账目中的非法勾当，一定是轻而易举的事吧。

至于眼下，敦子也很想找能势好好倾吐一番自己脑海中盘桓不去的所有烦恼，借用他的智慧帮自己斟酌。他应该会很愿意把他的智慧借给自己，帮自己快刀斩乱麻地解决研究所及理事会中那些纠缠不清的拉帮结派、明争暗斗的无聊事情吧。至于原因，敦子非常清楚——能势爱着自己。他一定会仔细倾听自己的陈述，也一定会伸出援助之手的。

但是不行。

敦子猛然用力摇头。

恰恰因为这个原因，自己才不能找他求助。这么多年了，我不是一直都自己一个人坚持过来了吗？我怎么能去找自己过去的患者帮忙？这多丢人啊！ 能势有能势自己的烦恼，我不去帮他分担也就算了，怎么可以利用他的好意要他伸出援手？那样的话，我和如今那些利用女性身份，只想着不劳而获的女生又有什么区别？

其实，在敦子的内心，还有另一层更深的担心。若是再次见到能势的话……天知道自己会和他发展出什么关系。敦子下定决心，要彻底断绝对能势的一切幻想。

客厅里的电话响了。在这个时候打电话来的，只有媒体相关的人。他们白天打给研究所的电话会被总台挡住，只有在晚上趁自己回家的时候骚扰。敦子裹上浴巾，穿着拖鞋来到客厅接起电话。

"我是千叶，您是哪位？"

"我是能势。"

出乎意料。刚被自己赶出脑海的能势龙夫竟然打来了电话，就好像不甘心被自己遗忘似的。幸好刚刚敦子的声音因为极度疲惫而显得如老太婆一般嘶哑不堪，能势没听出接电话的就是敦子本人。

"您是找帕布莉卡吗？请稍等，我去叫她来接。"

敦子将计就计，愈加嘶哑着嗓子应了一句，回到浴室匆匆擦干身体，换上家居服。刚刚能势没听出帕布莉卡的声音，那他把自己当成谁了呢？敦子一想到这一点，就禁不住生出一股难以言喻的欢喜。能势应该看到过门口铭牌上写着的"千叶"两个字，应该能猜出帕布莉卡就姓千叶，那他对于帕布莉卡和诺贝尔奖候选人千叶敦子之间的关系又会如何推测呢？他不知道千叶敦子就是研究所的员工吧？或者说他已经什么都知道了吗？

敦子强忍着笑拿起听筒。

"您好，我是帕布莉卡。"

敦子一改扮成帕布莉卡，声音也随之自然而然提高了半度。加之能势意料之外的电话带给她的喜悦，更让敦子的声音显得开朗。"刚才那位是谁？"——敦子猜想能势肯定会这么问，她已经准备好搪塞他说是自己的母亲，不过能势很谨慎，什么也没有问。

"帕布莉卡，接下来我要说的事情可能要花点时间，现在方便吗？"

"方便啊，我正好没什么事。"

敦子虽然想问他现在在哪儿，不过还是学他忍住了没有问。电话那一头，听不到音乐声，也没有说话声，可能是在自己家的书房之类的地方打来的吧。

"那太好了，我有个问题想要向你请教，另外还想麻烦你一件事。"

"啊，什么事？"

"嗯,说正事之前,先得要谢谢你。我的病好像已经全好了,公司的人际关系也融洽了,另外啊,之前说过的那个虎竹,也还活着。"

"是吗?"变身为帕布莉卡的敦子感觉到能势话语中传来的喜悦之情。她不禁也受到感染,仿佛身在梦幻之中一样,"果然是能势先生过虑了呀。"

"是啊,是啊。"能势没有把时间浪费在进一步描述获知真相的经过上,直接切入了正题,"我有个很要好的朋友,现在的社会地位也相当高,我想请你给他治疗。"

能势好像认定她是个专门使用 PT 仪从事精神分析的职业医师了。敦子本来就打算以帕布莉卡的身份与他打交道,他会产生这样的想法也无可厚非。可是,眼下的敦子没有余暇去接受个人性质的委托,这一点让敦子心生犹豫。

不过盗梦侦探的性格与千叶敦子截然不同。身为帕布莉卡,她没有理由拒绝能势的请求。

"什么情况?"不妨先问一下看看,也许病人的症状不需要出动帕布莉卡。

"据本人说是睡眠不足、食欲不振,但按照我的观察,也许情况没有那么简单。他非常忧郁,沉默寡言,交谈的时候表情也没有什么变化。"

"你试过激励他吗?"

"我拉着他一起喝酒，然后又问他有什么烦心事，也试过激励他，但都没有什么反应。他说他并没有什么烦心的地方。"

这是典型的抑郁症表现。抑郁症一旦发作，就会对外界的安慰、鼓励，以及喝酒、消遣等等变得无动于衷，甚至对劝说和威胁都没有任何反应。

"那您认为是有什么原因引起您那位朋友的变化吗？"

"是的。依照我的业余眼光来看，他的升职可能就是原因之一。"

"升职？"

"是啊，最近刚刚升迁到一个重要的位置上。"

抑郁症的发病一般都是毫无理由的，要么是一些日常琐事，要么是升职这类本该高兴的事。

"帕布莉卡，你觉得这是抑郁症吗？"能势在电话里问。

能势果然掌握了不少精神疾病相关的知识啊，敦子心想。他的解释和自己的太吻合了。

"我也觉得是，不过你对他本人说了吗？"敦子问。

"没有，我知道不能说。"

"那就好。不过我还是要见到本人才能确诊。"

敦子知道在公司里，尤其是中层干部当中，近年来有许多未携家眷单身赴外地上任的管理者常常会产生抑郁症。她怕能势看多了这类人，先入为主地夸大了他那位朋友的表现。

"我也是这么想，还是你亲自见一见他的好。不过……帕布莉卡你不是很忙的吗？"

卸下坚强的敦子面具的帕布莉卡，因为能势这温柔的一问，差一点哭了出来。

"怎么了？"

"啊，没什么。你这个电话还真是打对了。真要是抑郁症的话，可不能掉以轻心。说不定什么时候就会自杀的。"

电话那一头的能势倒吸了一口冷气。

"那就麻烦你把他介绍给我吧。"

到时候也能见到能势吧。敦子感到自己不正常了。不久之前刚刚还在拼命否定那个想要向能势求助的自己，现在却想把一切都告诉对方。这大概是因为能势主动打来了电话，不用她再为自己是不是给他打电话而纠结的缘故吧。

"明天晚上怎么样？和我那时候一样，晚上十一点，老地方Radio Club？"

一想到 Radio Club 的舒适环境，敦子就感觉那里好像是自己唯一的避难所一样。

"好呀。您那位朋友叫什么名字？"

"粉川利美。警视厅的警视监。"

这回轮到敦子倒吸一口冷气了。

"警视监？"

"嗯，仅次于警视总监的位置。据他说现在都是在代理警视总监的工作。"

"很大的官吧？"

"刚才我不是说了吗？"

敦子的腿有点发软。在这种人面前，怎么能向能势倾诉研究所的内讧？那些事情说严重点都是涉及犯罪的啊。至于迷你DC的丢失这种事，基本上更是刑事案件了。不行，不能说。原本连帕布莉卡的存在本身就是违法的。

"能势先生，我其实是精神医学研究所的正式员工。"

"哦，这个我猜到了啊。"

"那您也应该知道，个人性质的治疗，本来是属于被禁止的行为。"

能势笑了起来。

"啊哈哈，你在担心这件事啊。放心吧，粉川那小子可没有耿直到这种地步。说起来，粉川自己也不想让人知道他在接受你的治疗啊。"

"话是这么说……他真的不是那种死脑筋的人？"

"他有丰富的社会经验，平易近人，待人处事相当温和，是个很不错的人。我在上大学的时候受过他不少照顾。他当了警察以后，我也找他帮我解决过不少乱七八糟的事。"

"哦，是这样的人啊。"

敦子虽然稍稍放了一点心，但戒备之情还是挥之不去。不管多么通情达理，如果被他知道了诸如迷你 DC 的丢失这一类会造成严重社会恐慌的事，身为警察，他怎么也不会听之任之吧。

21

帕布莉卡到达 Radio Club 的时间是晚上十点四十分。

那个名叫松兼的记者曾经告诫过她，媒体圈里已经在流传帕布莉卡会在六本木出没的传闻了，所以她在来的路上相当小心。不过，虽然明知道大红 T 恤和牛仔裤是非常显眼的标志性服装，但她总觉得不穿这一套就找不到变身帕布莉卡的感觉，因此还是穿在了身上。幸好这一次不像之前为了找 Radio Club 徘徊许久，进来的时候倒也没引起什么人的注意。

"哎呀，"玖珂对帕布莉卡还留有印象，他挺起大肚子，毕恭毕敬行了一礼，"好久不见了。"

"欢迎光临。"吧台里的阵内也对她微笑示意。

吧台前面坐着一个男子，他回头看到一身打扮与酒店氛围格格不入的帕布莉卡很是吃惊，向阵内打听起来。

"粉川先生还没到。"玖珂一边说一边将帕布莉卡领到上次的雅座上，"另外，能势先生刚刚打来电话说他今晚有事不能过来，粉川先生的事情就拜托您了。"

帕布莉卡略微感到有些失望。她心里暗想，这大概正是能势龙夫的慎重之处吧。也可能是他有点小自尊，不愿意借用粉川这个机会来同帕布莉卡见面。帕布莉卡恰恰就喜欢这样的能势。而且有警视监粉川在场，她本来也没办法找能势商量事情。

玖珂的脸上浮现出微笑，就像微微闭着双眼的佛像。他站在一边，亲切地垂眼望着帕布莉卡，帕布莉卡也报以微笑。不知怎的，这家店虽然只来过一次，却很意外的有一种怀念的感觉。店里放的背景音乐是"Satin Doll"。

帕布莉卡说想喝点好酒，玖珂便在吧台的阵内与帕布莉卡之间往来传话，一副心甘情愿的模样，这似乎也让吧台前面坐着的客人很惊讶。

帕布莉卡找到了名为"Black Jagg"的极为罕见的十七年陈百龄坛。玖珂加上冰块端上来之后，帕布莉卡便眯起眼睛细细品尝起来。就在她喝酒的时候，酒吧的门打开了，进来一个男子。帕布莉卡一眼看出他应该就是能势所说的那位粉川利美。从玖珂和阵内对他的态度看来，他应该是这里的常客。

"您好，我是帕布莉卡。"

帕布莉卡站起身，恭谨地开口说。这个人显然与能势不同，不喜欢年轻女孩表现得太过亲密。

"你好，我是粉川。"

见到帕布莉卡的粉川，也没有露出一般男性常有的惊艳神色，他同样恭谨地回了一礼。帕布莉卡决定用敬语与他对话。其实对于年长的男性，本来也是用敬语更符合她的习惯。

两个人面对面坐下，帕布莉卡这才注意到粉川身上的男性气概。她之前就听能势说过，警视厅经常会让粉川作为警视总监的代理出席各种场合。难怪如此，帕布莉卡也不禁深有同感。粉川体格矫健，瘦削的脸庞微微泛黑，嘴唇上的胡须留得恰到好处——凭借这副男子汉形象，就算跑去欧美电影里当主角也不足为奇。帕布莉卡虽然接触过许多男性，但心中不禁也生出了一丝飘忽的感觉。尤其是眼前这位警官虽然患病，眼神依旧锐利无比，被他的眼睛一扫，帕布莉卡更有点坐立不安了。

"唔……能势先生有事不能来了。"

"是吗。"粉川脸上的表情毫无变化。他看了帕布莉卡一会儿，随即似乎失去了兴趣，转头与玖珂讨论起要喝什么。

粉川最终点了与帕布莉卡一样的威士忌。帕布莉卡趁他停下来的机会，立刻问道："您的工作很忙吧？"

"还好。"粉川苦笑了一下说。

"嗯，当然这种事情不问也是知道的，不过请不要认为我是在问些愚蠢的问题，这与警察的例行问讯不一样。"

"有道理。"粉川重新打量了帕布莉卡几眼，稍稍坐正了一些。

"我对您的了解仅限于能势先生对我说过的内容，所以……"

粉川有点疑惑了。帕布莉卡的措辞与她的打扮截然不同，非常得体。粉川不禁对她的年龄产生了怀疑。

"那就请随意问吧。"

帕布莉卡发现粉川的言语并不自然，似乎并不想说话，而只是勉强回答一样。而且，精神医师为了让患者放松心情的一些常用花招看来也没办法用到粉川身上。帕布莉卡不禁感觉有些棘手。她还是第一次遇到具有这种身份的患者。

她定了定神，尽力撇开对粉川的畏惧。如果他真的患有抑郁症的话，那他就应该具有很强的自负心理，同时也很依赖他人对自己的评价。

"我还是第一次有幸能与警视监面谈，而且还是要为您做诊断，这可真是很有难度啊。"帕布莉卡说。

粉川终于露出了一丝微笑。

"是吗？"

"是啊。"

粉川的酒端上来了。两个人沉默下来，静静地品了一会儿威士忌。

"你做的也是挺有意义的工作啊。"粉川第一次主动开口说，"精神治疗什么的。"

粉川似乎是想让帕布莉卡安心。像他这样的男子，竟然会表现出对她工作的关心，实在是很少见。由此看来，他大概认为他自己的工作不是"有意义的工作"吧——帕布莉卡推测。

"您的工作不也是……"

粉川又一次苦笑了起来。帕布莉卡确定自己的判断没错。来这里之前，她已经做了一番调查：警视监这个官阶并不是像警视总监那样官阶与职务合一的名称。①由此可以推断，粉川很可能被迫处理一些并非本人愿意去做的事。

"我听说您很少能好好休息，"帕布莉卡切入了主题，"您对此很头疼是吗？"

"是的，的确。"

"第一次接受治疗？"

"第一次。"

"另外我还听说，你没有食欲？"

"是的，没有食欲。"

"您缺乏睡眠或者没有食欲之类的表现，具体来说，如何影响到您的工作呢？"

粉川沉思良久。他并非是在思考该说什么，而是在思考如何表达。

"我……"粉川终于开口说，"本人是个不太爱说话的人，不擅长言辞。但是作为警视总监的代理，职责所在，不得不在人前发言。但恰恰因为缺乏睡眠，发言的时候很难会有机敏的表现，

---

① 警视总监是日本警察法中规定的警察官阶的最高一级，但同时也是警视厅本部长的职务名称。——译者

更谈不上随机应变了。而这些本都是大家对我的期待……"

粉川又沉默了。

"唔，发言这种事情，您本来也不是……"

"喜不喜欢和胜不胜任是两回事。"

粉川用力瞪了帕布莉卡一眼。

完美主义。这是很容易引发抑郁症的典型性格。对自己提出过高的要求，制定了完全无法实现的目标，然后又因为未能完成而深感内疚。不管有多少工作，对于其中的每件事情都要求自己做到尽善尽美。哪怕就算有人指出说这样不行，他也完全听不进去。作为完美主义者，他只会认为，不管什么工作，既然自己在做了，那就一定要做到尽善尽美才行。

"那么，为什么难以入睡，您自己清楚原因吗？"

"嗯，总有些很无聊的事情一直在脑子里转来转去。"

"您说的所谓很无聊的事，能举个例子吗？"

"就是很无聊的事啊。"粉川笑了起来，"很无聊很无聊，连说一说都会显得很无聊的事。"

原来如此。像粉川这样的男性，当然不可能把那些无聊的事情宣之于口的。帕布莉卡曾经诊治过别的抑郁症患者，根据以前的经验来看，所谓"很无聊的事"，就是比如说躺到床上以后，忽然传来什么声音，然后就会一直想着那个声音下一次什么时候会再出现，于是就怎么也睡不着了之类。

对于粉川的私生活，帕布莉卡一无所知。但是要想从这个沉默寡言的人嘴里问出点什么东西，那就必须多提问才行。这样的话，诊断就会演变得像审讯一样。她想了想，决定还是暂且先问一个看看。

"粉川先生，您住在哪里？"

"警视厅的房子，是间公寓……"粉川说到这里，沉默了一会儿，随后似乎是感觉到帕布莉卡不方便追问，主动补充说，"我和妻子一起住。儿子在大学旁边租了个房。"

子女独立。抑郁症发作前经常会有这一类家庭成员的变动。粉川的抑郁症基本上可以确诊了。然而帕布莉卡却更感到为难。抑郁症的治疗通常都需要耗费一定的时间，但是眼下的自己正陷在研究所的种种纠葛里，更不用说千叶敦子本来也有千叶敦子自己的工作，怎么能腾得出时间给他治疗？

但是话说回来，置之不理总是不行的。

"一般来说，对您最为有效的治疗方法是……"说到这里，帕布莉卡停顿了一下。

"是什么？"粉川的眼中充满了对专家意见的期待。

"好好休息几个月。"

"这样啊……"粉川流露出明显的失望，眼睛望向帕布莉卡头顶上方。

"不行吗？"

"不行啊,这个。"

"其实,要和失眠作战,正面硬碰是不行的,还是要从繁忙的日常生活中抽身出来比较有效。不过既然您说这个不行……"帕布莉卡陷入了沉思。

上班摸鱼这种事情,对于粉川这样的人物,显然是不可能的。本来就是因为不会摸鱼才得了病。帕布莉卡终于决定,只有给粉川治疗了。

"那只有请盗梦侦探出场了。能势先生应该对您说过吧,被称作盗梦侦探的精神分析治疗法?"

"嗯。"粉川的回答中带有明显的无奈与灰心。显然他完全不相信盗梦侦探的效果。

"我会辅以药物治疗,确保尽早见效。"

"药物?"粉川对服药似乎也很反感。

"使用药物辅助治疗精神疾病,可能会使您感觉不快,但像您这样的症状,单靠精神分析治疗很难起效,所以在传统上都是依靠全面的药物治疗。"

"药物是说安眠药吗?"

"是抗抑郁药。"

"哦?我得的果然是抑郁症吗?"

"是的。"

粉川显然受到了打击。帕布莉卡故意没有使用一些安慰性的语言，她是将重点放在消除粉川对于治疗的不安上。

"因为会有盗梦侦探的协助，我会尽量少用抗抑郁药的。"

"那，你的药吃了会有什么反应吗？"

帕布莉卡用充满信心的笑脸望着粉川。她凝视着他的眼睛，开始对他进行充满理性的陈述。这也正是她最为擅长的领域。

"药物有许多种，每一种药物的效果如今也已经区分得非常清楚。"在开发 PT 仪的过程中，通过扫描患者的精神内容，便可以准确把握药物所起的效果。"药物在神经突触间隙发挥作用，当刺激由一个突触传导至另一个突触时，需要一种叫做单胺氧化酶的物质。大多数抗抑郁药就是对这种单胺氧化酶起抑制作用的……"

22

抑郁症是一种很难在短期内治愈的精神疾病，最好的方法莫过于休息。抑郁症的病因历来都是一大难题，即使对患者进行精神分析，往往也找不出合理的解释。弗洛伊德认为抑郁症源自患者对于口唇期的胶着，皮埃尔·雅内①认为原因在于生物心理学上的性心理能量衰退。在这两种学说之外还有各种各样的理论，然而无论哪一种理论，都不能做出充分的解释。

帕布莉卡采用自己特有的方式，使用 PT 仪对抑郁症进行治疗，在一定程度上提高了抑郁症的治愈率。她的办法是，首先通过精神分析确定抑郁症患者在发病前处于怎样的生存状态，再找出由于内源指向性状态引发内源波动的时间点，也就是发病的时间点，然后针对这一点注入内源式的能量。所谓内源，指的是既非压力刺激之类的心理因素、亦非感冒患病之类生理因素的第三类因素。抑郁症也因此被称作内源性抑郁症。内源意指颇为玄妙的宇宙间生生不息的自然机理，这种机理在人体上的表现便是所谓的内源。所以，抑郁症也有叫作宇宙内源抑郁症的。

当天晚上，粉川利美因为要去帕布莉卡的公寓接受她使用 PT 仪给自己进行盗梦侦探的治疗，整个晚上不能回家，便借用了 Radio Club 的无绳电话，当着帕布莉卡的面给自己的夫人打了个电话，然而电话里说的也仅仅只有"今天晚上不回去了"。不过粉川还没挂上电话的时候，听筒里好像就已经传来了夫人挂断的声音。虽然说粉川是个沉默寡言的人，但作为夫妻也未免太过冷淡了。帕布莉卡不难想象他们之间冰冷的关系。可是，看粉川的样子，似乎他一点也没有这样觉得。

这时候坐在吧台前面的那位客人已经不见了踪影。两个人正要离开 Radio Club 的时候，阵内轻轻向帕布莉卡说了一声"粉川先生就拜托您了"。与此同时，玖珂对粉川说的一句"请多保重"也飘进了帕布莉卡的耳朵。能势龙夫不是那种会随便泄露帕布莉卡职业的人，看起来是他们两个人凭自己的直觉察觉到帕布莉卡是医生吧，虽说他们不大可能猜到她是精神医师。帕布莉卡不禁松了一口气。她一直担心自己会不会被看成一个在成年男性之间相互介绍的援交少女。

在 Radio Club 门前，帕布莉卡拦了一辆出租车，带着粉川一同去自己的公寓。司机从他们交谈的语气当中听出两个人并非父女，言谈之间不禁对粉川开始冷嘲热讽。"哟，这个小姑娘是买来的还是拐来的啊？"——然而粉川对于司机的话无动于衷，看起来简直好像没有任何喜怒哀乐的情感一样。容易罹患抑郁症的

---

① 皮埃尔·雅内（Pierre Janet），法国心理学家、精神病学家。——译者

正是这种性格：屈从于规则，回避与人的争斗，在即将发生冲突时采取退让的懦弱态度，如此等等。帕布莉卡不禁怀疑他怎么能胜任警察职务的。不过也许遇到罪犯的时候会换一副面貌吧。

到了帕布莉卡的公寓，对于房间里的豪华景象，粉川也并没有露出特别吃惊的神色。那副一无所觉的冷漠态度仿佛是在说：你说你能治好我的病，那我就让你治治看吧。不过，帕布莉卡知道，粉川心中其实连这种赌气般的想法都不存在。她知道粉川不可能马上睡着，但还是让他躺到了床上。

对于帕布莉卡让自己脱得只剩内衣的要求，一向注重服装整洁的粉川似乎犹豫了一下。不过当帕布莉卡以一贯的态度将各个方面都安排好之后，他也就放下了心，冲了一个澡，乖乖地只穿着内衣躺到了床上。

帕布莉卡把采集器的记录时间设置为八小时。患有失眠症的粉川在入睡之前本来就要经历漫长的煎熬，加之又是第一次来到年轻女性的住所，更不可能轻易入睡。不过一旦他睡着了，记录装置就会自动开启，把他的梦境记录到采集器里。反过来说，在清醒的时候，不管医生怎么向患者保证说自己只会将梦境记录用在正当的地方，实际上患者的潜意识中还是会有强烈的抵触，最终记录到的只会是一些不知所云的图像。

"我知道您很难入睡，但还是请您无论如何想办法睡一觉。"

一边这样说着，帕布莉卡一边将戈耳工戴在了粉川的头上。

粉川没有表现出像能势那样问东问西的兴致，而是听凭帕布莉卡的摆布。服用安眠药的话，就算睡着了也不会做梦，所以也不能吃药。帕布莉卡一边祈祷着粉川千万别干耗一个晚上都睡不着，一边自己去了客厅的沙发上睡下，留下粉川一个人在卧室，好让他安心睡觉。

然而帕布莉卡自己却怎么也睡不着。该吃安眠药的是我啊，她颇为自嘲地想。作为千叶敦子的自己，在研究所里一直没有找到冰室，更不用说该写的论文没有半点进展。卧室里很安静。帕布莉卡觉得他应该是在强迫自己忍受无法入睡的痛苦，坚持着一动不动，不发出半点声音吧。她觉得这种彬彬有礼的行为很是可爱，不禁开始比较起能势龙夫与粉川利美这两个成年男性的魅力之间有什么不同点了。就在比较的过程中，她终于睡了过去。

醒来的时候，粉川已经穿戴整齐坐在客厅的餐桌前了。帕布莉卡意识到之前他可能都在注视自己睡着的模样，不禁羞得面红耳赤。

"啊……那个，您已经洗过澡了吗？"

帕布莉卡一边说，一边手忙脚乱地起身穿衣服。

这时候是早上七点半。

"您睡着了吗？"

"嗯。"

"那……做梦了吗？"

"不知道。"

也许是对做梦毫无兴趣，也许是做了梦又忘记了。

"您喝咖啡吗？"

"嗯。"

帕布莉卡泡好咖啡，端着杯子走向卧室，放在卧室里的桌子上。粉川也帮忙把糖罐和奶罐拿了进来。

"那我现在就重放您的梦了。"

一边说着，帕布莉卡一边调出了采集器里存储的影像。

从显示器下方显示的数字来看，粉川是在凌晨四点二十分开始做梦的。恐怕之前他一直都没睡着吧。两个人喝着咖啡看了一会儿画面，粉川渐渐显示出兴趣。

巨大的机舱。像是在大型喷气式飞机的内部。机体左右大幅摇晃了几次。乘客没有一个惊慌，全都安稳地坐着。帕布莉卡觉得，像这种大型客机，一般来说不管倾斜到什么程度，乘客都不太能感觉得到吧。

接着画面切换到室内，昏暗的日本式住宅内部。穿过走廊，来到两扇隔板之间的厨房，一个中年女性正在那里洗东西。帕布莉卡把画面暂停下来。

"咦？还可以暂停呀！"

粉川有些惊讶。

"这是哪里的房子？"

"不知道。"

"那这位女子是谁？"

"不清楚啊……"

"有谁长得和她比较相像吗？"

"唔……"

"您能想出有谁会在这种旧式房子里做饭吗？"

"这……"粉川想了一会儿，"可能还是我母亲那一辈吧……"

他似乎想说"但这并不是我的母亲"。

"是个美人啊。"帕布莉卡说。

"是吗。"

帕布莉卡觉得，粉川并不认为这个女子美丽。也许是他的妻子换了一个模样在这里登场了吧，不过眼下并不需要弄清楚她和这个女子是否相似。帕布莉卡继续播放画面。

某处的庭院。出现了一条狗，但立刻又消失了。西洋风格的房间内部，有人倒在地上。血流到走廊里。好像视角又来到房子外部，这栋房子着火了。

这里好像是案件现场。但粉川没有给出任何解释。帕布莉卡感到有些棘手，不过这种事情其实她也经历过许多次了。

一处豪华的大厅。厅里正在举办宴会，粉川想要进去，可是门口的守卫不肯放行。

画面暂停。

"这是谁?"

"这个我记得。是某个大使馆,馆里被人装了炸弹,我要进去排弹,但是这个守卫不放,他认为是我想混进宴会。"

"真的发生过这样的事?"

"没有,"粉川的话渐渐多了起来,"对了,我当时又正好穿着赴宴的礼服。"

"为什么呢?"

"因为我是受到邀请的啊。但是我忘记带邀请函了。"

"也就是说,这个守卫认为您没有邀请函,故意找了个借口想要溜进去?"

"但是,装了炸弹的事情是真的。"

粉川看起来有点不满。

下一个画面。守卫看起来大吃了一惊,怔了半天。

"这是怎么回事?"

粉川笑了。

"因为我告诉他,装炸弹的就是我。"

下一个画面。粉川好像被放进大厅了。眼前是宴会现场。但是会场却放着许多图书,简直像在举办一场图书展会。

突然,画面上出现了一个人脸的特写。帕布莉卡看到这张特写,大吃一惊。毫无疑问,那是乾精次郎的脸。

"这是谁?!"她大叫起来。

粉川不明白她为什么这么大声音，怔怔地看了她一眼。

"不知道啊。"

"为什么这个人会出现在这里？"

"我也是才想起来这张脸刚刚曾经在我梦里出现。但是我一点都不认识这个人。硬要说的话，他长得和我父亲有点像，但是我父亲没有他这种胡须。"

为什么乾精次郎的脸部图像会混入粉川利美的梦里？

是从别的患者处采集来的梦境记录溢出了？就 PT 仪的构造而言，这种可能性可以说完全不存在。而且帕布莉卡并没有登入，她的意识也不可能显示在粉川的梦里。

"怎么了？"粉川对于帕布莉卡的困惑感到有些奇怪，问了一句。

"请稍等一下。"

帕布莉卡把占满了整个屏幕的乾精次郎的脸打印了出来。

"呵，打印也可以啊……"粉川再一次赞叹道。

"往下看吧。"帕布莉卡继续播放画面。

不过看起来粉川对于自己的梦里突然出现了与自己父亲相似的乾精次郎的脸也感到很吃惊，梦在这里就中断了。似乎是醒了。接下来的只有偶尔闪烁的破碎画面。

"您几乎没怎么睡啊。"帕布莉卡叹了口气，"您很辛苦吧。幸亏您的身体状态良好，总算还能支撑得住，换了一般人，恐怕整天都是昏昏沉沉的了。"

粉川望着打印出来的乾精次郎的脸，沉思着什么。

"怎么了？"

帕布莉卡问。

"看到这张脸的时候，你很吃惊。"粉川说，"这个人你是认识的吧？"

23

吃早餐的时候，对着沉默寡言的粉川利美，帕布莉卡只能主动向他尽量不露声色地暗示梦境的潜在含义。

"喷气飞机摇晃得很厉害啊。"

"是啊，"粉川虽然没有食欲，但出于良好的修养，强忍着吃下了面包和培根煎蛋，没有剩下半点食物，"我没坐过几回喷气飞机。不过话说回来，那种飞机一般也不会摇晃得那么厉害。"

"是吧。"

帕布莉卡还在等着粉川接着往下说，可是他却又在细嚼慢咽培根煎蛋了。

"那，是不是可以比方说，您工作的地方，也在发生动摇呢？"

粉川微微一笑。看起来他对于精神分析也有所了解。"你是说，那架飞机是在暗示警视厅？"

"不过好像飞机里的人都没发现飞机在摇晃啊……"帕布莉卡说。

"唔。"粉川又不置可否地应了一声，陷入思考中。

这里看来是无法突破的了，帕布莉卡只好转到下一项："后来有只狗出现了一下？"

“小时候家里养过一只狗，父亲养的。”

“就是梦里的那只？”

“好像是。”

“您很喜欢那只狗？”

“是的，不过……有一次我不听话，非要带它出去，结果被车撞了……”

“死了吗？”

粉川点点头。

“这样啊……”

帕布莉卡观察了一下粉川的表情，却看不出他是否对此怀有罪恶感。

“里面还有一个场景，好像和您负责的案件有关？”

“嗯，醒了以后本来已经忘记了的，看到了才知道，我原来还做过这个梦。”很奇怪的，粉川忽然开始充满热情地说了起来，“八王子的一幢别墅里发生过一起谋杀案，一个佣人被杀了，一直没破。说起来也挺奇怪的，没破的案子我梦见过不少回了，破了的案子倒是一次也没梦见过。”

帕布莉卡笑了。“那是因为您热心工作啊，梦里都想着破案。”

“是吗，”粉川一脸严肃地看着帕布莉卡，“梦里也能破案吗？”

"是啊，在梦里找到破案的关键线索，这种例子可不少。"

"哦，这种说法我也听到过。"粉川又一次沉思起来，"但是，那幢别墅在现实当中并没有发生过火灾。"

"说起火灾，您能想起什么吗？"

"我没有经手过纵火案……"粉川似乎喜欢把一切都联系到工作上。

"那您平时有没有遇到过火灾呢？住处附近什么的，很久以前的也可以？"

"没有。"

只要帕布莉卡不提问，粉川就不会主动开口。两个人又默默地喝了一会儿咖啡。

"大使馆里举办宴会了啊。"帕布莉卡又问。

"嗯。"

"那幢建筑，是现实中的哪里的大使馆吗？"

"不是。我只是做梦时那么想的。"

"对那幢建筑您有什么印象？"

"没什么印象，可能在哪儿见过吧。那种建筑本来也常见得很。"

这时候，帕布莉卡忽然有些诧异地意识到，感觉那幢建筑似曾相识的其实是自己。它是哪里的建筑呢？那个场景看来也要打印出来才行。

"您经常出席宴会？"

"不，我很少出席，虽然接到的邀请很多……"粉川犹豫了一下，慢吞吞地接下去说，"后来就慢慢变成妻子代替我去了。然后每次宴会的时候好像她又会不断认识新人，邀请也越来越多。"

"每个晚上都有？"

"这个……还不至于那么多。"粉川苦笑起来。

"这是最近的事吗？"

"不是，大概已经有六七年了吧。"所以现在我的失眠不是这个原因——粉川望着帕布莉卡，似乎是想这么说。

但是好不容易粉川自己提起了这件事，帕布莉卡当然不会轻易放过。

"在这之前，夫人有什么别的爱好吗？"

粉川陷入了思考。帕布莉卡试探着问："莫非是读书什么的？"

粉川仰起头："啊，难怪会场里有那么多书啊。虽然谈不上是爱好，不过她以前确实经常看书。唔……难道说是暗示我不喜欢她去参加宴会，想要她待在家里看书吗？"粉川很罕见地笑了起来。

"是吧。"帕布莉卡也露出笑容，"请问夫人家的情况呢？"

"她父亲是警官，"粉川颇为自豪地回答，"我父亲也是。"

双方的家庭氛围都很严肃吧。帕布莉卡想。

谈话在这里又中断了。帕布莉卡觉得，自己如果再接下去说的话，肯定又会变成查问粉川家庭状况，她不禁犹豫起来。

"哦，对了，我买了意式青椒夹火腿，要不要尝一下？"

粉川眼中一闪而过的光芒被帕布莉卡看在眼里。看来他并不是一个无视口舌之欲的人。也可能是因为交谈引发了他的食欲吧。

"盗梦侦探很有趣啊。"粉川一边吃火腿一边很罕见地主动开口说。

"是啊。今天是对梦境做分析，只算是个开始。"

"我听能势说，你会进到我的梦里来？"

"是的，从下一次开始。"

"刚才打印出来的那个人，"粉川用手帕擦着嘴说，"你说他是你们研究所的副理事长，不过我一点也不记得自己见过他。那张图能给我复印一份吗？我想调查一下看看他为什么会出现在我的梦里。"

"好的。"帕布莉卡觉得，他会去检索犯罪记录什么的吧。

乾精次郎曾经犯过罪、警局里有他的案底，所以那张脸才会保留在粉川的记忆当中——这种可能是绝对不存在的，帕布莉卡凝视着放在桌角的那张乾精次郎的脸部特写想。与平时自己的记忆不同，这张纸上的乾精次郎正在微笑，眼神里满是和蔼，几乎可以说是近乎慈爱的神色。帕布莉卡从来没有见过乾精次郎露出过这样的表情。特写是从他的额头一直拍到络腮胡须，整个画面都被脸部盖住，不知道后面的背景是什么。

"这不是罪犯的脸。"粉川接过纸，仔细端详了一会儿，很严肃地下了结论。

帕布莉卡忍住笑说："您不是说这和您的父亲有点相似吗？"

"严厉的眼睛和嘴角是很像。"

"您在梦里是把他当成自己的父亲了吗？"

"记不得了，但是应该没有吧。差得太多了。"

"可是您随后就醒了。"

粉川有点讶异地看着帕布莉卡，"你是说，这张脸和我父亲比较像，于是我受到了刺激？"

"我是这么认为的。"

"为什么呢？我以前也经常梦见父亲，但从来也不觉得受刺激啊……"粉川望着那张纸，又陷入了沉思。

"咖啡还要加点吗？"

"不，不用了。"

帕布莉卡觉得今天差不多到这里就可以了。

"我去给您开药。现在就服吧，持续一周。"

她递给粉川一周剂量的抗抑郁药。

"下次的治疗什么时候？"吃了药之后，粉川问。

"您说呢？"

"我很想尽早痊愈，所以随时都可以……"粉川知道帕布莉卡早就看出自己昨天晚上并没有对她的治疗抱有什么期望，所以这时候说起这种话来显得有点吞吞吐吐。

看起来他开始相信治疗的效果了，对于梦境分析也有点乐在其中的样子。

"这样的话，明天休息一天，后天如何？"帕布莉卡问。

"好的，还是昨天晚上见面的时间，我可以直接来这儿吗？"

"那就麻烦您了，我会和管理员说的。"

"那么，今天的诊断就到这里结束了是吧？"

"是的。今天是第一次，暂时就到这里吧。"

粉川有点依依不舍地扫视了房间一圈。

帕布莉卡再次忍住笑，问："怎么了？"

"今天的诊断……唔，有没有弄明白什么东西？比方说，做什么事情会有利于治疗什么的……"

"哦，这个啊。其实所谓梦境分析，本身就是一种治疗。说起来，您现在的心情如何？"

"原来如此。"粉川第一次露出明朗的笑容，"从刚才开始就轻松多了，我还在奇怪到底怎么回事呢。头一回说这么多关于自己的事。"

这是肯定的吧。帕布莉卡心想。

"本来是打算让您再多说一些的。梦境分析需要对您有更多的了解。不过今天是刚开始，一开始就刨根问底有点不好，弄不好会让您觉得自己是在受审一样。"

"我明白了。原来坦白之后会感到轻松的不止是罪犯啊。下次不管什么杂七杂八的事，我再多说一些吧。"

两个人视线撞在一起，不约而同地笑了。帕布莉卡的心中不禁微微一动，略微生出一些被粉川的魅力感染的情绪。

"您要去上班吗？"帕布莉卡问。这时候粉川已经站了起来。

"不，我先回趟家。"粉川回答。

或许是要回自己床上再睡一觉吧。帕布莉卡心想。他这时候的心情应该平静了一点，加上昨天晚上几乎一夜未眠，现在是感到有些困倦了吧。也许这份睡意来自难得的丰盛早餐？还是说，他只是为了让妻子安心才非要回去一趟呢？帕布莉卡不禁生出一股莫名的愤慨——那是一种独身女性对于成功的已婚男士的妻子通常都会抱有的情绪——下意识地以精神医师的直觉断定，粉川的妻子并没有把这么优秀的丈夫放在十分重要的位置上。

粉川被帕布莉卡目送着离开她的住处。她脸上的灿烂笑容让他久久不能忘怀。帕布莉卡说，下一次会进入到自己的梦里，那进来之后会做什么呢？粉川一边想着，一边穿过走道，来到电梯间。那个可爱女孩说过的话一句接着一句重现在自己的脑海里。警视厅正在动荡。没错，正在剧烈动荡。这一点，不是只有不属于任何派系的自己才注意到的吗？

至于在梦里得到破案线索的说法，似乎也确实如帕布莉卡所说的那样。八王子别墅谋杀案，自己的梦境可能真的向自己提示了线索。粉川记得，在杀人案发生之后不久，案发现场附近曾经有过一场火灾。这场火灾同谋杀案之间是不是有什么关系？有必要调查一下。

粉川沉思着走进电梯，按下一楼的按钮。电梯开始下降，不过刚到十五层便停了下来。

一个青年男子走进电梯。粉川抬眼一看到他，不禁吃了一惊。不知怎的，粉川心中生出一股自己仿佛在做什么坏事一样的感觉，这种感觉近来可从未有过。这个青年男子美貌异常，简直令人想起古希腊时代的雕像。他的脸上虽然没有络腮胡须，但眼神和嘴角都与自己大衣口袋里的复印件上那个名叫乾精次郎的男性几乎一模一样。这个人恐怕也是研究所的职员吧，粉川想，难道他是自己梦里见到的那位副理事长的儿子吗？

青年男子用怀疑的眼神看了粉川一眼。这幢公寓除了研究所高级职员及其家属之外，其他人应该是禁止入内的吧，粉川想到这一点，不禁有一点不自在，不过他也并不打算解释自己的身份和来这里的目的。而且，不知为何，粉川觉得这个青年男子在和自己对视的时候也显出一丝惊慌的神情。

24

电梯门一打开，小山内守雄和里面的男子打了一个照面，刹那间就认定他是一个警察，因为他的眼神和那些因为过度疲劳引发慢性神经衰弱而前来就诊的警察一样。不过接下去看到他身上穿的西装分明是最高档的质地和剪裁，举手投足之间又缺乏一点自信，毫无表情的脸上在看到自己的一刹那又显出有点惊慌，所以小山内又感觉他应该不是警察。

大概是住在十六楼的某个人的亲戚吧。难道说是千叶敦子的？或者是岛寅太郎的？不对不对。从他的装束和气质上看，搞不好可能是千叶敦子的情夫也说不定。这个时间才回去，分明是过夜了。小山内本来打算在电梯下降的时候盯着楼层指示牌，装成什么都不关心的样子，但是一想到千叶，不禁又生出一股兴趣，回头看了这个身子靠在电梯角落里的男人一眼。

可是小山内没想到的是，这个男人也正饶有兴味地打量着自己。再次和对方的目光相遇，小山内心中忽然冒出一股没来由的惊慌。

电梯到了一楼，男人出了电梯。小山内对于自己被他弄得惊慌失措感到很不忿。如果能确定他真是千叶敦子的情夫，最好还能再次看到他到公寓里来。那样的话，自己就给大朝新闻的松兼打电话，让他带着摄像师一起过来，守在门口等着拍那家伙和千叶的好戏。

小山内一边想着一边来到地下室。果然不出他的所料，千叶的马基诺还停在车库里，可见她并没有上班。小山内今天倒是早班。

开车去研究所的路上，小山内感到有些疲惫。昨天晚上和副理事长在梦中的嬉戏似乎有点过头了。

与小山内的公寓仅仅隔着四条街道，有一条寂静的小巷，乾精次郎的医院就坐落在巷口，那同时也是他的家。单身的乾精次郎就住在这座四层建筑的最高一层。小山内曾经多次拜访过那里。自从拿到被乾精次郎称为"恶魔之源"的迷你DC以来，小山内和他每次交欢之后，便喜欢一同戴上迷你DC于梦中再度同寝。就在这样的游戏之中，他们逐渐摸清了迷你DC的功能。小山内有时候也会怀疑，时田浩作和千叶敦子之所以开发这种机器，该不会也是因为色情游戏的启发吧。他一边开车，一边回味昨夜梦幻般的精彩体验。即使是一点微乎其微的回味，也仿佛让他的疲惫烟消云散了一般。

危险！

小山内猛然踩下刹车。

混蛋！又不是人行道，干吗突然蹦出来?！堂堂大都市的中心地带，你们这种穷鬼、白痴、乡巴佬、小瘪三，乱窜什么窜！你们这种货色，拿来给我擤鼻涕都不够格。身份悬殊着呢，蠢货！

混蛋！这是什么？！一辆破出租也敢抢我的道？你以为我是谁？地位我就不说了，说出来吓死你！我可是极有修养的小山内守雄！你去打听打听，我乃是马上就要拿下诺贝尔奖的精神科医生！蠢货们，都给我跪下吧！我可是背负太阳的人，我身后站的可是乾博士！他是神，是世界的中心，是太阳的中心！和他比起来，时田、千叶什么的只不过是小小的流星罢了。而我呢，就是受太阳庇护的首席弟子啊！马上乾博士就要当上研究所理事长了，到那时候我就是理事了，啊哈哈哈！

小山内从自己的梦中进入乾精次郎的梦，在受到乾精次郎的怜爱的同时，也接受着新的熏陶。虽然是梦，但也显示出乾精次郎广博的修养和深厚的底蕴，更使小山内认识到他强烈的意志力。对于小山内而言，那是一种压倒性的力量，让他在享受欢愉的同时更生出一种恍惚之感。

乾精次郎博古通今，小山内被他引导进一个未知的异世界，在充分体味惊异的过程中，他也发现了迷你 DC 具有免疫性和过敏性，同时也明确了迷你 DC 的有效范围可以继续扩展的潜在功能。从此以后，小山内便不必再去乾精次郎的住所了，他在相距仅仅几百米的自己家中入睡，同样可以进入乾精次郎的梦境，反之亦然。

乾精次郎认为，如果附近有 PT 仪，也许他们的梦境图像会被监听。研究所里有许多 PT 仪，所以他们从来不在研究所附近两公里的范围内使用迷你 DC，而且深夜之中，研究所里也不会有人做研究。另一方面，虽然时田浩作和千叶敦子的住处都有 PT 仪，不过乾精次郎和小山内都觉得，仅在夜里使用迷你 DC，应该也不会被监测到。

来到研究所，小山内先在自己的研究室休息了一会儿，随即去了医院，领着值班室的实习生和护士们一同查房。确认过柿本信枝的病情正如自己所料地慢慢恶化之后，小山内顾不得再次涌上来的疲惫感，又去分裂症患者的病房巡查。然而受到这里患者们的病态行为刺激，他忽然生出了极其黑暗的性欲，这股性欲强烈得让他感到痛苦。小山内的视线越过实习生，向正紧紧盯着他的羽村操子递了个眼色。那意思是说，中午休息的时候来我办公室。

午休的时候，小山内守雄很难得地在职员办公室露了一个面。他一直对自己的桌子被安排在职员办公室耿耿于怀，日常工作基本上都放在自己的研究室里处理。但是乾精次郎交待给他监视时田和千叶的任务，他只好来这里转一转。他的桌子距离理事室很近，就靠在理事室从来不关的玻璃门旁边。这恰好也方便了他趁着午休的时候窥探时田他们的动向。

理事室里只有时田一个人在吃午饭。小山内和坐在他对面的桥本几个人闲聊了几句，又看了看日程表，这时候千叶敦子手上拿着三明治和咖啡走了过去。她的办公桌恰好正对着小山内，坐下之后，看到小山内，她不禁露出惊讶的表情。

"啊呀，吓了我一跳。"千叶笑了起来，说，"小山内，你的脸和乾精次郎先生越来越像了。刚才我还以为是副理事长来了。"

"夸张了吧，"小山内也笑着回了一句，"还不至于连长相都同化吧。"

两个人虽然是敌对关系，但在别人的面前还不会公开争吵。

其实小山内自己也在想，或许自己和乾精次郎确实越来越像了。结婚的男女之间不是会有夫妻相一说吗？这几天自己与副理事长日日交欢，犹如蜜月，更不用说还受到了触及心灵深处的感化。

"咦？你在吃什么？"千叶敦子忽然一反常态地惊呼了一声，"这不是便利店里的盒饭吗？"

"我妈妈回去了。"时田的声音听起来可怜兮兮的，"乡下的亲戚过世，她回去参加葬礼了，大概要一个星期才能回来。"

"哎哟，真可怜，怎么要那么久啊？"

"乡下的葬礼很繁琐的。"

"唔……你这个盒饭在哪儿买的？"

"有乐町。那里的盒饭最好吃，不过要排很长的队。"

"是吗，那还是算了。"

两个人交谈的声音并不大，不过也不用小山内竖起耳朵听。他的座位离他们两个很近，说什么听得一清二楚。只不过两个人谈话中显然一点都没有提及任何重要的事情。难怪冰室和迷你DC失踪的消息并没有流传开来，两个人都守口如瓶啊。

但是小山内也知道，必须尽快下手对付他们两个。再这么放任下去，他们迟早会反击的。说起来，一开始从津村、冰室、柿本这样的小角色下手或许是个错误，让他们产生了警觉，不过就算放在以前，他们也都小心得很，小山内一直也没有得到下手的机会，只能先收拾碍手碍脚的津村之流。反过来说，岛寅太郎现在不是也……

"嘭"的一声，小山内的脑袋上被人狠狠敲了一记，耳朵里一阵轰鸣，眼前一片模糊。对面的桥本惊讶地望着他。

小山内完全不知道发生了什么事。他甩了甩嗡嗡作响的脑袋，回头一看，只见岛寅太郎站在自己的身后。看起来像是在自己头上捶了一拳。他脸上的表情似乎很是抱歉，但小山内脑海中出现的第一个念头则是：哎呀，不好。在他看来，岛所长的脸上分明带着恶作剧之后的诡笑。

难道说，他发现自己对他做了潜意识投射，这是来报仇了？不可能。真这样的话，这种做法也未免太幼稚了。也许只是因为他历来喜欢从身后敲打员工的肩膀,这一次只是失手敲错了地方而已。看起来在场的所有人都是这么想的,有些人已经轻轻笑了起来。

但是时田浩作和千叶敦子没有笑。两个人注视着岛寅太郎的眼神里充满了担忧,似乎发觉了其中的异常。小山内一边摸着脑袋一边露出苦笑。

"所长……您这个玩笑开的……"

岛所长并没有回答,脸上依然挂着笑,一声道歉也没有,就这样哼着曲子踱出了职员办公室。

小山内明白了。岛寅太郎已经开始神志不清了。不过其他的员工并不明白其中的原委,等岛寅太郎一离开办公室,大家便哄堂大笑起来,纷纷询问小山内是不是做了什么坏事。唯有时田和敦子两个人坐在理事室里面面相觑。看来只有他们两个感觉到了异常。

难道说,岛寅太郎虽然神志不清,但还是察觉到了自己对他的企图,半带憎恶、半带敌意地敲在自己脑袋上了?小山内的脑子里刚刚转过这个念头,随即便又否定了。不可能不可能,通过"恶魔之源"对他进行的潜意识投射,不可能被他察觉。自己一直很小心,都是趁着他睡着的时候才给他戴上迷你 DC。如果被他发觉的话,当时应该就摘下来了,没有道理继续放在头上不管。而一旦迷你 DC 开始潜意识投射,岛寅太郎就会立刻陷入

REM睡眠阶段，更不可能醒来。小山内一般会在一个小时之后再溜进所长室取走仪器。每次取走的时候岛都是熟睡不醒的状态。

时田和敦子不知道小声在说什么。有点危险，今天就不去所长室了吧。万一他们起了疑心，打开门锁强行闯进去的话，看到岛所长头上的迷你DC，肯定会怀疑到自己头上。反正岛寅太郎也不是什么难对付的家伙，有的是机会搞定他。小山内起身走了出去。

在走廊里，小山内又想起了迷你DC的事。这玩意儿非但自身没有限制访问的功能，而且会影响到附近所有访问过来的采集器。时田和敦子知道这一点吗？不会知道的吧。他们两个应该没时间好好研究它的功能。它还具有很多能力，恐怕连时田浩作这个开发者自己都不知道。它小小的体积里潜藏着无法估算的可能性，真不愧是所谓的"恶魔之源"。而这些可能性的研究开发，不久之后就将成为我的囊中之物了，哈哈哈——一想到这里，小山内就不禁亢奋起来。

小山内在食堂吃了一碗难吃的荞麦面充当午餐，然后去综合诊疗室露了个面，随即便回到了自己的研究室。这间宽敞的研究室本是津村、桥本和小山内三个人共用的，不过津村已经不在了，桥本下午要去综合诊疗室值班，研究室里只有小山内一个人。

他倒了一杯咖啡，一边品咖啡一边等羽村操子。等着等着，他渐渐兴奋起来。每次见到千叶敦子，尤其是近距离看到她那魅人曲线之后，小山内总会生出一股强烈的性欲，甚至会不可自拔地沉溺在自慰之中。幸好今天已经喊羽村过来了，可以用她的肉体来缓解自己身体的兴奋。

敲门声响起，羽村操子带着羞涩的微笑走了进来。小山内很喜欢她这种颇有些古典味道的气质，不像别的女人那么不知廉耻的样子。不过对于小山内来说，和这个女人做爱之前依然不需要那些麻烦的调情什么的，就和自慰一样省事。小山内锁上门，转身就把她推倒在沙发上。他喜欢她穿着护士服的样子。

"医生……"

羽村操子穿得比较多，有点犹豫不决的模样。小山内扑在她身上，吻了她几下，便把手探进她的裙子，打算先把她的裤袜脱了再说。

"又要满身大汗了呀……"

羽村似乎是希望小山内能把她的上衣也脱了，不过小山内根本没有理会。他脱了半天，可是羽村因为怕冷，穿了好几条内裤，半天都弄不下来。他索性掀起了裙子。羽村操子"啊"地叫了一声，伸手捂住了脸。

25

粉川利美一直都很讨厌做梦。梦境总是沉重地压在他的心口，阻碍他的睡眠。就算醒来，那种不快的心情依然会持续好几个小时，甚至连早饭吃起来都没有味道。他甚至一度认为，这世上不可能再有甜美的梦境存在了。

但此刻的他却正安详地沉浸在梦境之中。这也许是因为他知道自己身在梦中，又或许是因为帕布莉卡向他解释了梦的功能吧。他觉得自己已经连续做了好久的梦，眼下的梦里，他正身处在一个令人怀念的地方，虽然他还说不清到底是在哪里，就好像胎儿浸泡在羊水里沉睡一样……哦，是了，梦里的他正躺在浴池里。

好像是在公共浴室。瓷砖的墙壁上贴着沐浴露的海报，海报上的模特正在对着他露出微笑。不过，那个本应是古典美女的模特，不知什么时候变成了帕布莉卡。哎呀，难道是在这种地方出现的吗？粉川虽然知道帕布莉卡会进入自己的梦境，却没想到会从这里冒出来。

"总之做好心理准备就行了。"海报中的帕布莉卡调皮地向他眨了眨眼睛，似乎听到了他心里的嘀咕。她向粉川竖起了一根手指说:"梦可不会一直都这么开心的,你知道的吧。"

"嗯,知道,噩梦更重要是吧。"粉川回答的时候不禁感到有些失落,"好吧,噩梦也没关系,有你陪着嘛。"

粉川想起之前自己是如何坐立不安地等待第二次诊疗的。那时候自己满脑子想的都是帕布莉卡。患者会这么在意医师吗?而且粉川还觉得自己好像喜欢上了帕布莉卡,可是患者能喜欢医师吗?换句话说,医生可以被看成一位充满魅力的女性,以至于令患者爱到忘我的程度吗?真这样的话,治疗还能正常进行吗?——粉川甚至连这些都想到了。

"说不定正好相反哦。"是帕布莉卡的声音。

粉川正在一个房间里。好像是宾馆的房间。他看不到帕布莉卡的身影。在哪里呢?

"我其实并不算是什么优秀的医师,只是在治疗当中有意运用了自己的女性魅力而已。可能也就是靠这个才有了一点小成就的吧。说得严重点,这其实是有点违反职业道德的。"床边收音机的音乐声中传出了帕布莉卡的声音。

"你连我在想什么都知道啊。"反正是在梦里,虽然自己的想法暴露在帕布莉卡面前,粉川也并没有感到十分惊慌。

不过他弄不清楚床上睡在他身边的人是谁。很明显不是帕布莉卡,但也不是妻子。

粉川试着伸手碰了碰那个女人。女人翻了个身,脸转向了粉川。那张脸正是他在上一次的梦里见过的那个名叫乾精次郎的男人。

"你怎么会在这儿?！"帕布莉卡叫道，声音听起来很生气。乾精次郎露出一个极为震惊的表情，随后整个人都消失了。

粉川也受到了一点打击，不过乾精次郎的出现似乎并没有对他造成根本性的刺激，并没有就此醒来。

话虽如此，乾精次郎的出现还是让粉川联想到了父亲，不过粉川自己的父亲并未登场，取而代之的是妻子的父亲。在某处不知名的寺庙里，妻子的父亲坐在正对着寺门的椅子上，络绎不绝的观光客一个个在他面前交钱，钱在地上堆成小山。他的空洞笑声在伽蓝顶上回荡。

看到粉川，他开始说："我买进了，我买进了。"那似乎是在说他的女儿。可什么叫"我买进了"，粉川不禁有些生气。

寺庙变成了股票交易所。里面充斥着嘈杂而无意义的声音。接着交易所又变成了证券公司的内部办公室。他的妻子正在买股票。原来如此，是在拿刚才的钱做投资啊。可买的全是垃圾股，损失惨重。这到底是要干什么啊！

"住手！那是我的钱！"

梦中的粉川很容易动怒。怒气的对象都是他在现实中不会对他们发火的人。现在他也对自己的妻子发火了。不过，只能在梦里发火，也是一件挺可悲的事吧。

他身处在一片田野中，茅草枯黄，身边趴着一条大狗。

"您的夫人在现实里也做股票投资吗？"那条狗以帕布莉卡的声音问。

"是的。不过你怎么变成狗了。"粉川的声音带着点哭腔，"太吓人了。"

于是狗的脸变成了帕布莉卡，其他地方还是狗的样子。这样反而更吓人。

"这条狗是您召唤出来的呀。"

"啊，我可不知道，这么大的狗……"粉川忽然感到一阵罪恶感袭来。

"我不是说了不准再有下一次吗？！"粉川正在挨训。这是警视厅的某处。坐在办公桌后面正在训斥粉川的竟然是他的下属，是个叫菊村的警视正。"储藏间搞的●△$％，你怎么就记不住啊？！"

"这小子什么意思，居然敢训你。"一边的帕布莉卡对粉川叫道，"好好教训教训他！"

可是粉川的身体动弹不得，帕布莉卡举起折凳，朝菊村打过去。

"喂，住手！"虽然知道是做梦，但粉川还是慌慌张张地想要阻止帕布莉卡。

"◎△￥＊！"菊村警视正一脸惊愕，大叫起来，好像根本没想到自己会被打。

粉川心中一阵畅快，但同时也生出一股罪恶感。为什么要打他呢？他还是个不错的家伙嘛。

粉川利美很难得地两点多钟就睡着了。帕布莉卡一直在观察他的梦境。到了凌晨的时候，她差不多也掌握了粉川的梦境里大致会出现那些潜在内容之后，便化身作海报女郎，登入了他的梦里。不过这一次的登入却有些难度。和治疗能势龙夫焦虑症的时候不同，只要把梦境的潜在含义分析给他，就可以和他一同弄清病因了。然而实际上这依然还是精神分析的范畴，根本不是治疗。其中虽然也要用到现象学中的人类学知识，但就算是找出了比经验式联系更深入的先验式结构，对于抑郁症的治疗还是没什么裨益。

现在粉川利美站在墓地里，正看着熊熊燃烧的坟墓发呆。无能为力，他心里想。

"又是火灾啊。"帕布莉卡向粉川强调了一句。火灾的场景今天晚上也在他的梦里出现过好几次。

"啊，这场火灾是％▲◎&的……"

这不可能是一场单纯的火灾。和他的联系恐怕不只案件线索这么简单，帕布莉卡想。说不定是他小时候引起了一场小火灾，地点多半就是储藏室，和弄死小狗的时候一样，被父亲狠狠骂过一顿。但是，所有这些都没办法直接向粉川本人确认，要他真的理解其中的联系，不靠他自己去发现是不行的。帕布莉卡只能继续不露痕迹地暗示。

不过帕布莉卡也明白，粉川自己正在逐渐理解这些"被遗弃感"的意义。因为在和帕布莉卡一起痛打那个扮演父亲的角色来责骂他的菊村警视正的时候，他的心里虽然也有罪恶感，但同时也有明显的畅快感。

过程虽然缓慢，但治疗确实也在进展，帕布莉卡想。

粉川站在百货商场的女性内衣柜台前。不知道为什么，他火冒三丈，把那些妖艳的情趣内衣撕得粉碎。帕布莉卡站到他的面前。

"别生气，别生气，我来穿。"

虽然是在半梦半醒的状态，但帕布莉卡确信自己绝对没有做错。她在粉川面前裸露出自己的身体。而在粉川眼中，帕布莉卡曲线优美的裸体却渐渐化作他妻子的身体。我的线条可没有那么松弛哦，帕布莉卡一边强化着平日在镜子里看到的自身裸体的模样，一边将一件最具色情意味的内衣穿在身上。那件内衣的颜色虽然是粉红色的，但却并非单纯的粉色，而是一种极具挑逗意味的粉红。帕布莉卡在现实中从来没有穿过这样的东西，不过，粉川的妻子或许很喜欢用它来进行"诱惑战略"。

粉川显现出对这种挑逗性粉色的畏惧情绪，但在畏惧的同时，他也开始被帕布莉卡的裸体吸引，陷入颇为恍惚的状态。眼前若不是帕布莉卡，而是妻子的话，大概又要嘲笑他不够持久的性能力了吧，正是这一点，导致他丧失了自信。

"真是帕布莉卡吗？"对着眼前这具完美的躯体，粉川燃起了男性的欲望。

"是我哦。"

这是一间小房间，差不多三块榻榻米的大小，看上去像是女佣住的。地上摊着薄薄的棉被，周围乱七八糟地堆着藤框之类的杂物。这种寒酸的地方恰好能够刺激粉川的性欲。

父亲严厉的家教和他施加于母亲的相当残酷的精神压迫，使得粉川的妻子通过对粉川利美的报复而进行她自己的复仇。父亲的婚外情也使她蔑视丈夫的情感，粉川正是由此丧失信心的。所有这些，帕布莉卡都已经明白了。

"可以吗？"在茫然中，粉川笨拙地说出了自己对帕布莉卡的欲望。

"可以啊。"

在精神分析医师当中，确实也有人堂而皇之地主张，在治疗某些女性癔症的时候，与患者性交可以取得不错的效果，并将此作为学说发表，甚至还整理了成功案例进行介绍。但即使在今天，这些一般还是被视作超越医师权限的行为，受到道德伦理上的非议。

但是此刻终究是在梦里。说到底，这只是一个医师与患者之间理当保守的秘密罢了——帕布莉卡总是这样说服自己。不过，她的内心深处也始终抹不去一丝疑虑，比起相爱的患者与医师之间真正的性行为，这样的行为是否更加罪孽深重呢？帕布莉卡的独特治疗方法之中，一直都存在这样一种负疚感，这让她想到，单从释放性欲和恢复自信上来说，自己的所作所为，其实与风月场所的性服务工作者相去不远吧。

但即便如此，能够使帕布莉卡压制自身罪恶感、进行这种色情式治疗的原因，至少有一部分是因为所谓的"逆向亲和感"，也就是她口中的"对患者的爱恋"。大多数社会成功人士都具有极富魅力的个性，常常会令帕布莉卡沉醉其中。当然，患者当中也不是没有惹人生厌的人物，遇到这样的病例，就算是在梦里，帕布莉卡也不会产生奉献肉体的想法，而不用这种方法进行治疗，总是要过很久才能治愈。

如果这种治疗方法是罪恶的，帕布莉卡心想，那就到现实中和他做一次带有真挚感情的性爱吧。如果他因为兴奋而从梦中醒来，那么自己就在现实中与他相拥吧。

然而粉川却和经历过同样情况的大多数患者一样，沉湎在甜美的梦境之中，并没有醒来。这时候他已经躺在了薄薄的棉被上，正要抱住帕布莉卡。若是一个并非真心爱他的人，也许会因为他笨拙的动作而对他产生不满，恐怕就连他的妻子，也会在这个时候生气的吧。说不定正是因为这个原因，粉川才丧失自信的。

不过帕布莉卡很喜欢这样的笨拙。这正是他的魅力所在，帕布莉卡想。或许，这恰是男性最为原始、最为纯粹的魅力吧。

粉川利美的情欲爆发了。他开始了激烈的运动。帕布莉卡心中作为医师的自我意识已经脱离了半清醒的状态，彻底消失了。她被情愫紧紧包裹着，心驰神往，不知身在何处。尽管两个人并没有真正的肉体接触，但帕布莉卡却感觉到，自己的双腿之间似乎已经淌下了巴托林腺液。

"你是帕布莉卡？真的是你？"

粉川反反复复地问。就像梦中性交时经常遇到的那样，他害怕眼前的人忽然就不再是帕布莉卡，而变成了自己最讨厌的人。也许，他最害怕的就是帕布莉卡突然变身成为他的妻子吧。

"真的是我哦，是和我在做爱哦。"

刚刚说完这句话，帕布莉卡便忍不住呻吟起来。粉川对于帕布莉卡的声音立刻产生了反应。帕布莉卡清楚地感觉到他的激情。第一次在对方的梦中沐浴里迎来了自己的高潮。

粉川射精一结束，便醒了过来，就像梦遗的时候一样。

"对不起。"

"为什么要道歉呀？没关系的，只是治疗而已。"

"唔……把床单弄脏了。"

"没关系的。"

　　粉川利美羞愧难当，正要去浴室的时候，帕布莉卡从采集器前站了起来。

　　她唤住了他。

　　黑暗中，两个人的嘴唇合在了一起。

26

差不多一周以前，小山内偷偷拿了公寓的万能钥匙配了一把。现在他已经可以随意进入任何一间房间了。不过在去敦子的住处之前，他还是决定先给她打一个电话。他知道，只要自己说有事情要找她，她肯定不会拒绝他过去的。

晚上十点，小山内从自己房里打电话给敦子。敦子已经回来了。她果然很爽快地同意了小山内的拜访。由此也可以推断，今天晚上她的房间里应该不会再有别人了。小山内立刻出门，去敦子的房间。

三天前的晚上，小山内和乾精次郎照例使用迷你DC进入相互的梦境，共同进行"对根源性事物的求道式探索"。但就在这时候，他们忽然发现千叶敦子正在自己的住处使用PT仪。乾精次郎在惊愕之余警告了小山内，小山内立刻醒了过来，但并没有断开迷你DC的连接，而是躲在暗处观察千叶敦子如何给某个不知名的人实施"盗梦侦探"治疗。乾精次郎似乎也是一样。然后，今天乾精次郎来到研究所，对小山内说：

"做掉千叶敦子。"

乾精次郎的命令绝对是要无条件服从的。而且小山内常常感到，透过他的命令，自己所期望的行动可以得到一种先验式的逻辑证明，行动起来自然也就更加勇往直前。

小山内和乾精次郎推测，敦子化身帕布莉卡，在她自己的住处治疗的患者，应该就是之前小山内在电梯里见过的中年男性，而且很可能是警视厅的高层官员，他们两个因此也颇为紧张。其实，乾精次郎和敦子的行为都与社会道德相悖，一旦双方的斗争表面化，谁能得到象征制度的警察支持，谁就能有更大的胜算。

小山内也看到了敦子在治疗中与那个叫粉川的男人性交的过程。偷窥的时候，他忽而采取粉川的视点，忽而采取帕布莉卡的视点，但不论哪种视点，小山内都甩不开自己心中情欲的折磨。敦子所做的事，对他来说是一种极其强烈的刺激。也许乾精次郎也了解此时的他正是情欲高涨的时候，这才下达了强奸敦子的指令吧。在乾精次郎对女性的落伍观点中，只要暴力占有了女性的肉体，女性便会百依百顺了。这一点，同样也是认为自己充满魅力的小山内所深信的。无论如何，此刻他的情欲之火已经点燃，这促使他坚定不移地付诸行动，逼迫敦子顺从自己。

小山内站在千叶敦子的门前，按响了门铃。

敦子刚刚到家不久，刚刚简单吃了一点晚饭。

"有件事情要和你当面说一下。"

小山内在电话里这么说的时候，敦子猜不出他的意图。时田浩作已经两天没在研究所露面了，她有些担心，本来正想着要往楼下的他的住处打个电话，突然遇上小山内要来找自己，她不禁怀疑是不是会与时田有关。那就更要见面不可了。

而且小山内与乾精次郎关系密切，敦子也预料到他迟早要和自己谈谈。在化身盗梦侦探治疗粉川利美的时候，敦子也察觉到他们在用迷你 DC 偷偷躲在一旁窥探。不过，乾精次郎和小山内应该都不希望争夺迷你 DC 的事情演变成公共事件。可以推测，只要他们的最终目的是要全面支配精神医学研究所，那么对于时田和敦子，他们应该会采取怀柔政策的吧。然而这时候的敦子并不知道他们已经把曾经用来对付津村和柿本的反人道手段用在冰室和岛寅太郎身上了。

"真是抱歉，这么晚还来打扰。"小山内满脸堆笑，走进房间。

来到客厅的时候，小山内大大称赞了室内的陈设一番，又夸了家具和装饰，然后大模大样地坐在了扶手椅上。他身上穿着色彩鲜艳的毛衣，在敦子看来，与他在研究所的时候大不相同。房间里一时显得气氛相当温和。

"喝咖啡吗？"

"好的，麻烦你了。"

小山内盯着放有洋酒的移动台看了一会儿，不过并没有出声说要喝酒。

"我一直想要找个机会和你谈谈。"

"我也是哦。"

两个人一个在客厅，一个在厨房。两个人都觉得，一开始还是这样相互试探一番的好。等找到共同的话题再面对面地说，进展会更快。

"你今天晚上来找我，是副理事长的指示？"

"一部分是。"

小山内避开敦子的视线，摸了摸藏在头发里的迷你 DC。迷你 DC 的过敏反应已经使它甚至可以在清醒时候都能捕捉一闪而过的意识。乾精次郎和小山内也正在试验这种连接。乾精次郎自己不能侵犯敦子，所以想通过这种方式远程体验小山内经历的一切。

"那么，"敦子一边喝咖啡一边问，"你说有事要和我说，不知道是关于谁的事？"

"是关于时田的。"

冰室的失踪已经成了研究所里的一件大事，但小山内似乎并不打算从这件事开始说，而是直接从更重大的问题说起。敦子端着咖啡杯回到客厅，放到玻璃桌上，自己坐到沙发中央，和小山内隔桌而对。

"你的意思是说，研究所里的纷争都是因为时田？"

"谢谢。"小山内故作平静地喝了一口咖啡，注视着敦子说，"时田确实是个天才，但也是个很危险的天才。"

"危险人物还有很多吧。"

小山内没有理会敦子的讽刺。"他最危险的地方恰恰在于他没有一丝邪念，而且完全不通人情世故。他的天性确实像孩子一样天真单纯，如果是普通人，这样会很好，可是不幸的是，他却是个天才，他在不断发明各种东西。千叶教授也应该明白这里的危险性吧？"

"不是这样的吧，危险的不是时田，而是周围那些利用他的天真、滥用他的发明的人。"

"你说的不错。"小山内爽快地赞同敦子的说法，但却把她口中的"周围的人"偷换成了"世间的一般人"。"如今的社会时田并不了解，他的发明固然是对社会的贡献，但也会让社会受到更大的威胁。如果有人想要把他的发明用于罪恶的企图……"

"那样确实会很危险，所以才需要我们来保护他和他的发明。"

"我也有同感。这么说，我们的看法是一致的。"小山内露出一个自认为魅力十足的笑容。"可是让人难办的是，岛寅太郎所长并没有意识到这一点。他身兼研究所所长和理事长两个要职，却和时田一样天真，这可并非好事，你不这么觉得吗？"

"我是觉得，理事长没有打算利用时田，实在是很难得。"敦子笑着说，"不过倒也是要提醒他别太单纯了。说起来，迷你DC的丢失还没向他汇报呢，就是你从时田的研究室里偷走的那些。"

"啊哈，那是叫迷你DC吗？"对于敦子突然的质问，小山内并没有打算掩饰，泰然自若地点了点头，"准确地说，把它们偷出来的是冰室。那么危险的东西可不能让他拿着，所以就由我暂时代为保管了。"

敦子苦笑起来。不能发火，她告诫自己。"不单单是暂时保管吧。你和副理事长每天晚上好像都在用迷你DC做什么事情吧？"

小山内的脸腾地红了，心跳也加快了。敦子开始浮想联翩，但她担心继续追问这件事的话会把话题岔到无关紧要的方面，于是换了个语气问。

"不管你们做什么，总之是该还给我们了吧？要我拿什么做交换呢？你就是为了和我谈这件事而来的吧？"

"并非如此哦，这东西还是要由我们保管一段时间，非常抱歉。你怎么样暂且不说，至少时田拿着这东西会非常危险。"

"放在你和副理事长那边才是更危险吧。"敦子笑着说，"你们到底在拿迷你DC做什么？在玩吗？"

"啊……那个……研究功能什么的……"小山内不禁有点语塞。他嘟囔了两句，瞪着敦子反击道，"那东西没有限制访问的设置啊。"

"是啊，因为还在开发阶段啊。所以你们还是早点还回来吧，这功能只有时田能加，你们做不到的。"

小山内很不高兴，像个孩子似的鼓起了腮帮子。"那就回到刚才的话题吧，来谈谈交换条件。"

"好啊。"

"第一，同意乾精次郎担任理事长；第二，将迷你 DC 作为全体人员共同开发的成果。"

"你说的'全体人员'，好像不打算包括时田在内吧？你那两个条件都没有说到时田啊。"

小山内眯起眼睛，微微一笑。"你还真是爱着时田啊。"

"是啊，我是爱他啊。"

小山内本以为自己那么一说，敦子会感觉很耻辱，然而她的回答如此坦然，让他火冒三丈。"你居然会喜欢那种又肥又蠢的家伙？智商只有小孩子高的男人？难以置信！ 你还好意思说你爱他，真不知羞耻！ 你可是千叶敦子啊！ 别这么作践自己行不行，算我求你了！"小山内越说越愤怒，握紧了拳头砸在扶手上。

"你这么激动干什么？"

小山内深深吸了一口气，放轻声音说："我是为你而生气啊。"他抬头凝望敦子的脸，站起身，"你是不是该好好考虑一下？你真认为时田适合你吗？"小山内绕过桌子，坐到敦子身边。"你没发现吗？从很久以前开始，我就爱上你了。"

"请别这样。"敦子把身子移到沙发的角落，"这么说也太虚伪了。难道你是想说，每一次和我作对，都是在反向表达你的爱意吗？"

"不是反向表达，那就是我的爱。"小山内搂住了敦子的肩膀。

敦子想要拨开小山内的手，但是小山内加重了气力，紧紧搂住她不放。

"喂！你在干什么！你想强奸我吗？"敦子发怒了。

"需要的话我是会强奸的。"

"什么叫需要的话，需要什么？！需要激怒我吗？"

两个人推推搡搡乱成一团。

"为了让你爱上我的需要。"小山内想把敦子推倒在沙发上，同时他的一只手伸进敦子的裙子里，摸向她的下体。

"滚开！别惹我发火！"敦子一边大叫，一边手脚并用，使出浑身的力气推开了小山内。

被推回沙发另一边的小山内，因为敦子的拒绝勃然大怒。他的脑门上爆出了青筋。

"发火的是我！"

他握紧拳头，一拳打在敦子的下巴上。敦子的眼前一片漆黑，昏了过去。

27

敦子重新恢复意识，似乎只过了几秒，但是小山内已经把敦子的短裤拉到了脚踝处。

"无耻的家伙！ 竟然对同事这么干！"敦子的怒火之中夹杂着失望，"你这也配说是医生？"

敦子挣扎着想要起来，小山内的手掌按在她的胸口，又把她推了下去。她的下巴火辣辣地痛，胸口也被压得喘不上气，连声音都发不出来。小山内一只手按着她，另一只手正准备脱自己的裤子。他喘着粗气，什么也不说，肯定是无言以对。这样的暴力行为，就连他自己也没什么可以解释的，就算要解释，大约也只能是在侵犯了敦子之后吧。那时候也只是狡辩而已。既然他已经用上了暴力，也就无法再靠语言沟通了。对小山内而言，不管敦子说什么，他也都是要强奸敦子了吧。

敦子咬紧牙关继续抵抗了半晌，衣服被撕了开来，脸上也挨了几下，嘴角都渗出了鲜血。

"别闹了！"也许是看到了敦子的血，小山内忽然以带着哭腔的声音喊了起来，"我不想让你受苦，我很喜欢你的！ 我爱你啊，别闹了，求你了！"

用这样的声音说这样的话，难道说他是真心的吗？可是，他的爱终究只是一种靠着暴力维持、通过暴力获取的爱。无论他怎么恳求，和歹徒叫嚣"给我老实点，不然有你好看"并没有什么区别。

敦子有些犹豫了。这个小山内，看起来已经抱定了决心，就算把自己揍得半死，也是铁了心要强奸自己的。衣服也就罢了，但是为此受伤就有点不值得。她暗自决定，就让这个男人得逞算了。与其说他是个惹人厌恶的男性，不如把他当作一个带孩子气的男人，这样应该可以忍受的吧。其实敦子并不讨厌孩子气的男人。小山内也并没有什么疾病，也没有口臭，更没有邋里邋遢的。虽然是敌人，但到底也是个男人，恐怕也有不得目的誓不罢休的念头。自己可是女人，没必要学男人那种誓死抵抗的愚蠢精神。

"好吧，好吧。"小山内正要粗暴地压下去，敦子敲了敲他的背，"我听你的，别打了。我和你做就是了。"

"啊，"小山内的脸上本来是一副被逼上绝路的表情，听了这话，顿时喜笑颜开，"你总算想通了。"

"是啊，可是你要好好做啊，不让我满足可不行。"

小山内的表情有点尴尬，"你放心吧……"

敦子差点笑起来。这家伙，对自己到底有没有自信啊？

除去在梦里与患者做爱的经历，自己已经有多少年没被男人抱过了？整天忙着研究治疗，但偶尔她也会感觉到自己蠢动的欲望。反正是迟早的事，就在这里释放了吧。

敦子站起身，脱下衣服，心中已经把这一切想象成是自己诱惑了小山内，并且把他强行拉进了自己的房间。这或许也是因为小山内是个美男，美得甚至让人想到了娈童。而且抛开手段不论，他也并非不爱敦子。事实上，这时候的小山内已经很满意于敦子的表现，他对敦子的吩咐言听计从，致力营造出一种温馨的氛围，使敦子能够尽情享受即将到来的性爱。哪怕这个男人的真诚只能持续到射精的那一刻，但至少在眼下，他是真诚的。

小山内望着千叶敦子的裸体深陷在沙发里毫无抵抗的模样，迄今为止他所想象的那些与敦子一同享受的乐趣，眼看就要实现了。然而，当他重新确认自己状况的时候，一阵寒意蹿上他的背后，令他的下半身震颤不已。虽然他一直以为，到这时候他应该像是迎接战争的战士一般威风凛凛，但他那男性的象征却仍然是萎靡不振的状态。自己的大腿根处毫无遮掩地暴露在外面，小山内焦躁地想，不会吧……他偷偷伸手去摩擦，去抚弄，但是依然毫无反应。小山内意识到自己的无能为力，只能抱紧敦子。他不敢吻她。他害怕自己看到对方的脸庞之后会更加畏缩。他也尝试着呼唤对方的名字，敦子，敦子……乾精次郎很可能正在用迷你DC捕捉这里的情况，虽然不可能听见他的声音，但小山内的耳朵里却似乎听见他正在训斥自己，"你在干什么？像点样子！"

可是不管做什么都是白费力气。时间就这样一点一滴过去，考珀液白白溢出，然后冷却，仿佛是在提醒他们，两个人下体纠缠的阴毛是一种多么恶心的存在。

敦子发现了小山内现在的状况，非常恼火。她也知道，男性在与自己过于爱慕的对象首次做爱时，或者对象过于美丽的时候，有时会出现这种的现象。难道说小山内真的这么爱慕自己，甚至说是畏惧作为人的敦子吗？虽然这也算是小山内真的把自己当作活生生的人来看待的证据，但敦子本来期待着他能将自己带上高潮，单单一句"畏惧"来解释小山内的无能，那也实在太羞耻了。

"这算怎么回事？！"敦子叫了起来，"太过分了吧？！ 你到底想不想做啊？想做你自己倒是先准备好了再来啊！"

"对不起……"小山内怯懦地说，"你太美了……"

敦子一把把小山内推开，先穿上内衣，然后向浴室走去。

"你就只能爱爱毛绒娃娃，根本是个屁孩子。"

本来一脸沮丧的小山内，听到这话立刻恢复了平素的自恋，愤愤地骂了回去。"全是你不好！ 你就跟个善变的中年妇女一样，一会儿反抗，一会儿答应，一会儿又指手画脚的。"

"得了吧，是你自己不中用。连那玩意儿都控制不了，我都替你寒碜。你做治疗师也不中用，做人也不中用，做男人更不中用。"

"你才不中用！"小山内开始叫喊了，"你是个不中用的女人！长得再漂亮也不是个女人！你只喜欢让男人听你摆布！你那些病人全都被你耍得团团转！"

敦子厌恶这种孩子一般的谩骂。身为心理治疗师，不该有如此的行为。她转身去收拾散乱的咖啡杯了，小山内继续骂了一会儿，最后也觉得无趣，自己灰溜溜地走了。

敦子将浑身疼痛的身体浸泡在放满水的浴缸里，冷静了一会儿，开始反省自己的行为。作为心理医师，她刚刚的举动实在是太失职了。小山内不行的时候应该安慰他才对，这倒也不是什么博爱主义，而是关系切身利害的问题。本应该趁这个机会把他拉到自己一方来的。不过，敦子也并不打算因为自己一时冲动骂了他而自责。

可是现在该怎么办才好？被点燃的情欲无处发泄，若是平时，忙些别的事情也就熬过去了，可是今天却像是什么地方出了故障，无论如何都想要发泄一番。她的体内就好像充满了凤仙花的种子一样，有人轻轻一触就会飞散开去。而且，对于她这样一直压抑自身性欲的理性女子来说，单靠自慰也很难解决长期未曾发泄的欲望。敦子不禁想到了时田浩作。

刚刚如果和小山内做成了的话，事后自己一定会后悔，之前没有和时田做过吧。敦子想到这一点，忽然很想见时田，很想求他抱住自己。小山内守雄固然有着如同希腊雕像般美貌的容颜，就连愤怒的时候都有一股魅力，可是见过了他丑陋一面的敦子，却更眷恋其貌不扬的时田所拥有的纯粹。

给他打个电话看看。要是他母亲还没回来，自己就去他的房间，要不让他过来也行。然后就让他抱住我。这样的请求虽然鲁莽，但他肯定不会拒绝的。虽然在这个时间相互拜访，违反了大家默认的规矩，但第一个犯规的又不是我，而是小山内。所有的责任都在他身上。敦子不禁笑了起来。她意识到，自己之所以找出这么荒唐的理由，还是因为对于即将与时田做爱而产生的兴奋。她笑着伸手摘下浴缸旁边墙壁上的电话，给楼下的时田房间打过去。

"啊，啊，您好，这里是时田家。"时田的母亲接的电话。不知怎么，声音里似乎有些慌乱。

敦子有点失望，不过还是问道："阿姨您好，怎么了？"

"啊，千叶医生！ 医生……"时田的母亲听出了敦子的声音，说话更加语无伦次了。"医生啊，我们家浩作，啊呀，浩作的样子很奇怪，好像很不正常啊。"

她哭了起来。敦子从浴缸里站起身。"怎么回事？"

"行为很奇怪，太奇怪了。"

看来不是受伤或者生病。

"我马上过去。"敦子胡乱冲了冲满身的泡沫，赶紧跑出浴室。最坏的可能性不断在脑海中闪现，怎么也挥之不去。

到了时田的住处一看，果然和自己最坏的猜想一样。时田的母亲牧子刚刚从乡下回来，连衣服都没来得及换。她领着敦子来到浩作的房间，这里和他在研究所的研究室几乎没什么差别，唯一的不同只是多了一张适合他庞大身躯的床。浩作穿着睡衣，正坐在床上，面无表情地紧盯着眼前的空间，对敦子的招呼也没有显出任何反应。

敦子将陷入自闭状态的浩作安顿睡下，回到客厅，向牧子打听事情的原委。

"我刚刚到家不到半小时，"牧子哭着说，"浩作一直就是那个样子，我也不知道怎么回事，也不知道他那样子坐了多久。"牧子擦了擦眼泪。她的体型和浩作相反，身子瘦小，只有一双善良的眼睛与儿子相似。只是这双眼睛已经哭得红肿了。

"门是锁着的吗？"

"是的。我按了门铃，浩作也没开门，我以为他不在家，自己拿钥匙开门进来的。"

"那就是说，里面的保险栓没有拴上？"

"嗯，门会自动上锁，浩作和我都很少用保险栓。"

母子两人都不够警惕啊，敦子想。浩作一个人住的时候是不是还有完全不关门的情况呢？敦子感到肯定有人溜进来过，不过牧子似乎并没有意识到这种可能性，只是一个劲地哀怨着。

"浩作太用功了，整天都只知道研究研究研究，每天想的都是那些复杂得要命的东西。天天都想着那些东西，谁都会变得那么古怪的呀。这孩子又比别人单纯得多……"

敦子再一次去浩作的房间看了看。就算想在这里诊断也没有PT仪——其实是应该说，没有敦子熟知的那种PT仪。这个房间里的机器说不定都是最新型的PT仪，可惜敦子根本分不出它们的用途。房间里全是组装到一半的仪器和工具，大大小小的显示器画面上闪烁着设计图和立体像。

因此敦子断定，让浩作陷入这种状态的人，并没有在这间房子里使用PT仪，而是带了迷你DC来的。做这件事的只可能是小山内。说不定也是受了乾精次郎的指使。敦子检查了浩作的头发，没有找到迷你DC。应该已经被拿走了。小山内是偷偷潜进浩作的房间，给熟睡中的他戴上迷你DC，然后回到自己房间，用那里的PT仪连接操作，将浩作逼入精神自闭的状态，再潜回来摘走机器的吧。

对于天使般纯洁的浩作，小山内到底干了什么？想到这里，敦子不禁愤怒得心口剧痛。她又一次检查浩作的头，忽然发现，在他头顶上有一处伤痕。这是迷你DC的圆锥形顶端刺出来的吗？可是，如果佩戴迷你DC的时候需要刺出这样的伤口，那不管他睡得有多死，应该也会醒来的吧？

28

天快亮的时候，敦子终于结束了对浩作的诊断。

虽然时田处在严重自闭的状态，他的身躯也过于庞大，靠女性的力量搬运是不可能的，但毕竟不是毫无办法。敦子叮嘱牧子务必锁好门窗之后，把时田带回了自己的住处，等他睡着之后，给他戴上戈耳工，通过采集器对他的梦境进行了分析。

发现他还没到人格崩溃的地步，敦子稍稍放了一点心。这应该是急性分裂症的一种，不过还没有进入急性发病期。时田本身并没有潜在的分裂个性，外部施加的强烈妄想刺激对他来说终究是一种异己成分，虽然现在状况比较严重，但只要假以时日，肯定可以治疗痊愈，只要小心进入缓和期之后的复发及慢性化倾向就可以了。

浩作受到的投射，基本上都是来自分裂症患者的梦。可爱的玩偶娃娃，味道甜得腻人的糖果和巧克力棒，幼稚的游戏机世界。由这些内容敦子推测，除了冰室不会再是旁人。这也就是说，冰室也已经患上了分裂症。敦子进一步推测，冰室应该是受到了某个重度分裂症患者的直接投射而发病的。说起来那个患者，敦子也曾经为了治疗进入过他的潜意识世界。"20 世纪 60

年代的时候，晚上也会出太阳"、"越南战争中我被父亲带到日式酒馆，在那里体味到性的气息"、"伊势湾台风登陆的时候我正和中曾根首相一起泡澡，然后我就呼地飘上了天"，诸如此类。玩偶娃娃用德语说个不停，自我封闭的时田睡醒以后也在专心听着玩偶娃娃的饶舌。

也就是说，罪犯在用重度分裂症患者的梦境投射给冰室、使他患上分裂症之后，又录下冰室梦境的若干片断，投射给了时田。虽然智力有差别，但同为宅男，冰室的梦境可以相对轻松地融入时田的潜意识——由这种天才般的奸诈看来，应该是有乾精次郎插手其中的，敦子想。

在给时田浩作进行诊断的时候，敦子所用的 PT 仪也接到过好几次迷你 DC 传来的乾精次郎和小山内的交合图像。那大多是一些带有异教密宗气息的图片，看起来乾精次郎正在梦里对小山内实施某种性方面的宗教式教育，不过能看到的只是些碎片，抓不住确切的内容。敦子的采集器没办法连接到他们的迷你 DC 上，要想连接乃至登入从而了解他们的梦中交欢是怎么回事，必须要有迷你 DC。敦子痛切地感觉到没有迷你 DC 的不便。如果有这个东西的话，就能察知他们的企图，躲开他们的阴谋，甚至还可以转而反击。

至于浩作，敦子已经承认了自己对他的爱，他却去了一个自己连声音都无法到达的地方，哪怕这只是暂时的，敦子还是感到悲伤。然后，她对于那些把时田害成这副模样的罪魁祸首更是产生了深深的憎恶。不管是元凶还是爪牙，他们都知道自己对浩作的爱吧。明明知道，却还是做出这种令人发指的事，我一定要报仇。敦子的脑海中，这个念头一闪而过。只要有迷你DC，我就可以报仇。这是她第一次想到要报仇。不管对方是谁，我一定会报仇的。敦子反复考虑该如何反击，连自己也正面临着危险都忘了。

早上小睡了一会儿，九点钟的时候，敦子起床给管理员打了一个电话，请他换掉房门门锁。罪犯很可能弄到了公寓的万能钥匙，可以自由侵入任何一个房间。接着她又给时田牧子打了一个电话，请她在自己外出的时候过来照看浩作。为了防范可能的危险，她事无巨细地仔细叮嘱牧子，甚至让后者都觉得奇怪。她又想到危险也可能正在逼近岛寅太郎，便又向他的房间打了一个电话，不过岛所长好像已经上班去了，电话没有人接，切换到了录音状态。

敦子想起自己曾经考虑过要找岛所长好好谈一谈眼下的各种情况，但那已经是好几天前的事了。随后就发生了一连串紧急事件，一直都没有抽出时间去找他。敦子开着马基诺驶上市中心拥挤不堪的道路前往研究所，她打算一到研究所就去找岛所长。

但是，敦子刚进研究室，就接到报告说冰室被找到了。电话是在大约十分钟之前从医院打来的。有个护士看到冰室混在医院一楼大厅里等待就诊的大批患者当中，摇摇晃晃地来回闲逛。敦子立刻赶去医院。

在医院一楼的事务处，好几个医生护士以及总务人员正围着冰室，大家七嘴八舌不知道在说什么。冰室身上散发出异味，头发乱糟糟的，胡子拉碴，全身脏兮兮的。他身上的白大褂看起来就是失踪那天穿的，已经皱得不成样子，上面的污垢似乎还有粪便的痕迹。他下身连裤子都没穿，脚上也没穿鞋子。在接待处被发现之前，他到底身在何处，又是如何出现在医院的，这一切没有任何人知道。

好在这时候小山内还没来上班。敦子让两个护士暂且先把这个完全处于自闭状态的冰室送去研究所里自己的诊疗室。冰室始终面无表情，对周围的骚动也没有表现出任何反应，一直乖乖地听从周围人的指挥，说什么就做什么。只是，他的脸上虽然没有表情，然而整个脸庞都已经变了形。原本胖乎乎的犹如气球一般滚圆的脸，这时候却变得让人不寒而栗，很难想象这张脸会属于这个世界的人。

把冰室圆滚滚、软绵绵的身体安顿在自己诊疗室的床上躺好，敦子打发走护士，等冰室睡着，自己去了隔壁的研究室，首先用扫描仪扫描了冰室的意识区。柿本信枝不在，设置之类的工作只能自己来做。

看到显示器上的画面，敦子不禁打了个寒颤。那上面只有一些意识的碎片，整个意识区域几乎一片空白，残存的是一幅荒凉的景象，偶尔会闪过一颗腐烂的果子、坏掉的显像管，还有一些杂七杂八的像是纽扣、订书机、玩具碎片、糖纸之类的小东西，还有女厕所的标记、地铁标志之类的记号，在时间间隔中一点点散开。更诡异的是在他意识区域的一角，还有一个狰狞诡笑的玩偶娃娃，正在机械性地鞠躬不已。

接着敦子用反射仪采集了一些更详细的脑部图像，得到的依然只有些让人理不清头绪的记忆碎片，看不到任何可说是思考的部分。敦子不禁有些恐惧，放弃了用反射仪登入的想法。人类的特征已经崩溃到了如此地步，如果深入他的意识，恐怕连自己都会变得失常吧。

将冰室残害到如此地步的人，一定知道他的人格已经完全被破坏了，才会放心把他从监禁的地方放出来。这样的冰室，不管用什么方法都不可能恢复正常了，当然也就不会做出不利于他们的证言。但要抹去一个人类生命的所有人性，那到底需要花费多少时间、要进行多么强烈的投射啊！ 由这一点，敦子感觉到那些罪犯的凶残本性。这已经是与杀人无异的恶行了。她又一次想到，只有反击才能制止这些接连不断的罪恶，也才能阻止即将危及自身的阴谋。

敦子紧紧咬住嘴唇，透过强化玻璃窗注视沉睡中的冰室。过了半晌，她忽然想起一件事，从隔门走回诊疗室，检查冰室的头部。虽然罪犯不大可能在释放冰室的时候任由迷你 DC 留在他头上，不过头上也许会留下类似时田浩作一样的痕迹。

作为男性，冰室的头发又软又稀。敦子拨开他的头发，发现头顶上有一处直径七八毫米的秃块，而且这里的头皮颜色也与别处不同，呈现出铅灰色。敦子想起时田浩作说过，迷你 DC 用的是可自我复制的蛋白质材料，驱动能源也是直接来自人体的生物电流。紧接着她又想起迷你 DC 的颜色和形状。

敦子发出一声惨叫。

这不是冰室头上的秃块，而是迷你 DC 的圆锥形底面。由于佩戴时间过长，它已经被冰室的头部吸收了。这是在分子级别上的融合，不但摘不下来，就连做手术都分不开了。同样，时田浩作的头皮肯定也开始吸收迷你 DC，他头上的小孔就是迷你 DC 被强行拔除之后留下的痕迹。

敦子的尖叫声持续了多久，连她自己都没有意识到。当然，研究室里一直在响的电话铃声她也没有听到。

29

终于从冲击中恢复过来，敦子回到隔壁的研究室。倒咖啡的时候，敦子试图保持平静，思考对策。喝完咖啡，她给医院的护士站打了一个电话，请护士长给冰室安排一间空病房，帮他洗身子、喂他吃饭等等。

接着敦子给所长室又打了一个电话，但是岛所长好像不在。

真的不在吗？敦子有一种不祥的预感，于是决定亲自过去看一看。就在她站起身的时候，电话响了。

"对方可能是媒体的人，一大早就打了好几个电话过来。"总台的女人吞吞吐吐地说，似乎比较为难。刚才打电话过来应该也是这件事。

"帮我回掉吧，和平时一样。"

"那个人说事情很重要，而且不是要采访。对了，他说他叫松兼，说您认识他。"

"哦，松兼啊，我是知道。那就转过来吧。"

敦子一接电话，那位大朝新闻的松兼便急迫地说："千叶教授，我现在就在研究所附近，能抽时间见我一面吗？"

"您在哪里？有什么事吗？"

"我正在研究所正门这边，有一家名叫'Corcovado'的快餐店。这事情在电话里不太好说……"松兼似乎以为敦子要挂电话，急忙加了一句，"您那边没有发生什么怪事吗？"

"您说的怪事是什么意思？"敦子不禁警觉起来，换了郑重的语气反问。眼下谁也不能相信，不过听凭情绪左右也并没有益处，只会多树敌人而已。

"没事就好。唔……那个，现在我在电话里能说的只有，我是小山内的朋友……啊，不对，还算不上是朋友，我们是同学。"松兼说到这里，停了一下，似乎是等千叶理解其中的含义，"所以之前我说我的消息来源是研究所里的'某个人'，指的就是小山内。"

"是吗。"

果然是小山内把帕布莉卡的真实身份以及所内医生罹患分裂症的情况告诉了松兼。

"那么，您现在是又得到某些新的消息了，是吧？然后开始担心我的情况？"松兼依靠小山内提供的信息提升了自己的业绩，显然小山内已经把他当成了自己人，得意洋洋地把进展中的阴谋计划告诉他。

"这个电话安全吗？"

"不安全。"敦子不敢保证总台的接线员没有窃听的癖好，"但也没有直线电话。"

"唔，我知道研究所禁止外人入内，能麻烦您到我这儿来吗？"

"医院的护士经常会去那家快餐店，我不方便过去。三十分钟以后，您到车库的出口处等我，就是我们之前说话的那个地方。先上我的车，就在车里说吧。"

"好的，我知道了。"

敦子放下听筒，立刻站了起来。松兼的这个突如其来的电话，让她不禁更加担心岛所长的情况。她忽然想起之前在职员办公室里看到的岛寅太郎的怪异行为。松兼说的"怪事"，不会就是指的岛所长吧？敦子暗自心惊，快速向所长办公室走去。

所长室的门和平时一样微微开着一条缝。这样可不行啊，敦子叹了一口气。最近她甚至还看到有职员连门都不敲直接闯进去的。虽说岛寅太郎的性格让人感觉亲切，但有些职员多少还是做得过分了。

敦子敲了敲门，然后推开门走进去，可是所长室里却空无一人。换了一般员工，看到没人也就回去了，但是敦子将门反锁上，来到里面的休息室。

她最担心的事情变成了现实。眼前穿着内衣坐在床上的正是岛寅太郎，他和昨晚的时田浩作一模一样，视线呆滞，不知道望着什么地方。右手向上斜举。不管敦子怎么呼唤都没有反应。

从岛所长的姿势看来，罪犯对他投射的内容，应该与津村身上的相同。想到津村是轻度分裂症，敦子稍稍放了一点心。她又检查了一下岛寅太郎的头部看看有没有迷你DC，结果发现和浩作的情况一样。罪犯应该是给他临时性戴上迷你DC的，这样至少还有治愈的可能。

和对付冰室的做法不同，罪犯似乎并不打算一下子把岛所长的人格彻底破坏，而是要慢慢让他发疯。他们大概是想在职员眼中造成一种假象：本来就性格懦弱的所长，因为不堪研究所内部争斗的压力而自然发病。在被投射的过程中，他在职员办公室上演的那一幕古怪行为当然也落在员工们的眼里，这也正中罪犯们的下怀。可以说他们的阴谋已经大获成功了。

不能把他丢在这里不管。连所长都受到了分裂症的传染，这个消息一旦传出去，必然会引起巨大的骚动，连带着研究所里的纷争也会公诸于众。敦子想了想，决定把岛所长带回自己的住处。治疗什么的暂且不说，眼下首先是要把他藏起来。这是一场战斗，而且正在演变成相互破坏对方人格的短兵相接。接下来自己要做的是预测对方的进攻方式，不过在那之前，首先要确保岛寅太郎的安全。

敦子拿起所长室的外线电话，打去114问到"Corcovado"的号码，然而再给"Corcovado"打去电话。等待电话接通的时候，敦子暗暗祈祷松兼还没离开。店里的服务生接了电话，找到了松兼。

"确实出事了。不过这件事我不想让所里的任何人知道,您能帮我吗?"

"听候您的吩咐。"松兼的回答让敦子感觉到他身为大报记者所具有的矜持,还有身为男子汉而具有的正义感。

"我想把所长带出研究所,但是不能让人发现。"

"嗯,这是直线电话吗?发生什么事了?"

"所长的表现比较怪异。"

"啊……"听上去松兼差点脱口而出"果然"两个字。"该死,晚了一步。要我怎么做?"

"您会开车吗?"

"会。"

"我的车在车库。您认识的吧,深绿色的马基诺。我想请您帮我把它开到研究所后门的货运入口。"

"车钥匙呢?"

"我会送去车库,但是我不能离开所长室太长时间。这间房间的钥匙我不知道在哪里,从外面锁不上,我不放心让所长一个人待着。"

"我明白了,我一定想办法过来。货运入口是不是谁都能进的?"

"那边有个小门可以进来。进来以后您就到研究所大楼后面的院子里来,所长室的后窗正对着这个院子,我会在窗口招手。

我想把所长从那边放下去。"

"知道了，那就这么办。我十分钟以后到。"

和松兼商量好以后，敦子去找房间的钥匙。可是她翻遍了岛所长的办公桌抽屉也没发现钥匙。她推开正对后院的玻璃窗，先看了看七八米开外的小门处的动静，然后向下面望去。从窗台到地面的高度大约两米。敦子拿起一把给访客坐的简易椅子扔下去，给松兼垫脚。

十分钟之后，敦子拿着车钥匙穿过走道走向车库。走道的尽头就是通往车库的玻璃门。她焦急地等待着松兼的出现，但松兼却没有来。敦子感到奇怪，她凑到门前，透过玻璃观察车库的情况。

小山内正从车上下来。他是刚来上班的。

正是因为小山内在，松兼才没能进入车库的吧，敦子想。

30

"粉川警视监，柴又隆二终于坦白了。"菊村警视正笑着走进警视监办公室，对粉川利美说。从他的神色可以看出，为了向粉川汇报这个消息，他已经等了粉川很久了。

在粉川的梦里，菊村警视正因为像他父亲一样训斥粉川而被帕布莉卡和粉川狠狠揍了一顿，不过在现实之中，他和粉川一直都保持着良好的上下级关系。

"果然不出我所料。"粉川也笑了，"熊井谋杀案的事他都承认了吧？"

"还有纵火案和保险金诈骗案。"菊村看似中年的圆脸上还保持着大学运动社团学生的气息，脸上显出亲切的笑容。他瞪着眼睛向粉川连连点头，"熊井良造和他的关系本来很好，之前也是一直都在附和他那些颇有犯罪色彩的言辞，结果他越说越得意，就把自己的计划说漏嘴了。然后熊井发现他是要来真的，特别是听说他要放火烧掉自家的房子骗取保险金，可就吓坏了，开始拼命阻止。这种人很常见，平时开玩笑的时候一本正经地商量怎么作案，可是一到真要付诸实施的时候就吓坏了。"

"然后柴又不听熊井的劝阻，执意要做，是吧。"

"对。"菊村虽然是下属，但也毫不拘泥，自己坐到了粉川办公桌前的沙发上，"当时他欠了一屁股债，火灾之后全还清了。我们查明了这些事情，拘留了他进行审讯。他交代说，熊井曾经警告过他，要是真做的话会去报警，他没办法，只能把熊井干掉。"

"嗯……当时怎么就没想到这一点呢？火灾发生的时候我们都还在杀人现场调查的吧。"

菊村用力摇了摇头，似乎是在否定粉川的感叹，"住在那幢别墅里的人员成分相当复杂，您是被误导了，大家都是。不过，警官们全都钦佩您的尽职，这么些日子了，您还在想着这个案子呢。而且警视监您又不居功，山路警视他们都很高兴，不过更觉得不可思议，全都在问您到底是怎么把杀人案和火灾联系到一起的。一开始您让我去找人调查熊井，我还一点都没反应过来。"

"是梦给了我提示。"粉川泯然一笑，"你信吗？"

菊村警视正一脸严肃地点点头，"我信，我信。我听说过真有那种事的。不过话说回来，您能做那个梦，本身也说明您一直在关心如何破案啊。"菊村好像也有一点关于这方面的知识。他向粉川凑了凑，"是什么样的梦？"

粉川有点犹豫。和下属说自己的梦，终究有点难为情。不过粉川还是决定说给他听。"其实这个梦我做了好几次，每次都梦到八王子那幢别墅的杀人现场，然后必然又梦到火灾。我小时候有一次调皮，把储藏室弄失火了。大概是因为这个吧，反正我后来就突然想到，谋杀案发生之后，附近有一所民宅发生火灾的事。"

"啊，就这样？"菊村一脸的钦佩，"您一开始就想到梦境可以成为破案的钥匙吗？"

"不不不，不是一开始就想到的。我一开始根本没注意。是某件事情给了我启发……"粉川难得地羞红了脸，说话也变得吞吞吐吐起来。

"这样啊。"菊村依然一脸钦佩的表情，"要是上面那帮人都能像您这么热心破案就好了。"

他显然是在说警视厅里一直忙于勾心斗角的那些人。

菊村警视正一离开粉川的办公室，粉川立刻给能势打了一个电话。自从他向自己介绍了帕布莉卡以来，自己还没有向他汇报过治疗的进展。能势接起电话之后，粉川首先为此向他道歉。

"精神好像很好了嘛，"能势说，"讲话也恢复到以前那样了。"

"真是多谢你了。心情都轻松了很多，晚上也差不多能睡着了。"

"治疗结束了？"

"这倒还没有。"

"帕布莉卡怎么给你治疗的?"能势的语气中隐藏着他的兴趣。

能势龙夫也是刚刚到公司。他也一直想问帕布莉卡的治疗情况,好几次都想给粉川打电话,可是终于都忍住了没有打。他怕粉川利美看穿自己对帕布莉卡的感情。当然,其中也夹杂着一丝对粉川的嫉妒。

"唔……总之很复杂。"粉川似乎难以启齿。

该死的家伙,帕布莉卡肯定是为他做了什么好事。能势压住心头汹涌的艳羡,尽力平静地说:"治疗过程很享受吧?"

"嗯,每次治疗都很放松。"似乎是察觉到能势的情绪,粉川选了一个委婉的说法。

"帕布莉卡是个很有魅力的姑娘吧,你觉得呢?"能势试探道。

"是啊,我也这么觉得。"

"真是个不可思议的姑娘。她到底是谁呢?"

"咦,你不知道?"粉川有点出乎意料,不觉提高了声音,"她就是千叶敦子啊,唔,就是那个精神医学研究所的医生,和科学家时田浩作一起开发了精神治疗仪的。因为这个仪器,她和时田浩作一同被提名为诺贝尔医学奖的候选人了啊。"

能势轻轻哼了一声。"岛寅太郎什么也没跟我说。果然是她啊。我只知道她姓千叶。你是问的她本人吗?"

"那倒没有。不过不问也能猜得出来啊。"

"原来如此。不过，这么厉害的人物，她是不是太年轻了点？"

"我说能势，你不会真以为像她那么厉害的精神治疗医师，就是表面上看上去的那种年纪吧？她的真实年龄是二十九岁。我调查过千叶敦子的履历，也看过她的照片。肯定没错。帕布莉卡就是千叶敦子。"

能势心中早有预想，所以此刻粉川的话并没有对他造成太大的冲击。年纪比自己预想的大又如何？自己心中的童话就会因此破碎吗？不会的。帕布莉卡是一个独立的人格，她鲜明地活在自己的心中。她不是千叶敦子。

"让你失望了？"粉川意识到能势的沉默，问。

"哪有的事。"能势嘴上虽然这么说，却还是忍不住叹了一口气，"我只是想啊，打电话过去的时候，她可是连声音都不一样的，明明是个有些年纪的女人，不过房间里却看不出有人同住的痕迹。所以我也有点怀疑。"

"嗯，是啊。对了，有件事情想要问你。"粉川的语气之中有些担心，"她有没有对你说过她遇到什么麻烦事？"

"哦？怎么了？说起来倒是真有一次，她的眼睛肿起来了，像是被谁打过。当时我以为是被患者打的。"能势想起有段时间帕布莉卡曾经像要对自己说些什么的样子，情绪也比较消沉。"发生什么事了？"

粉川解释说："有一次，她们研究所的副理事长的脸出现在我的梦里，不过那时候我还不认识他。一开始我还以为是帕布莉卡对那个男人有什么想法，带进我的梦里了。"

"哦？这可是件怪事。"

"是啊。我也觉得奇怪，就请她帮我把那张脸打印了一份，然后我对这个名叫乾精次郎的人做了一些调查。"与一周之前截然不同，此刻的粉川显得既话多又热情，"他是一所精神科医院的院长，从地址上看，和帕布莉卡的住处离得并不远。正好我昨天开车经过那附近，就顺便去转了一下。那所医院虽然建在比较偏僻的地方，但是盖得很气派，让我吃惊的是，那家医院和曾经出现在我梦里的某幢建筑一模一样。在梦里的时候，那幢医院是个大使馆，也就是说，它混到我的梦里来了。而且我可以肯定，之前我从来没去过那一带。而帕布莉卡在给我做诊断的时候，也没有意识到那就是乾精次郎的医院。"

"也就是说，不可能是帕布莉卡的意识干扰。"

"是的。所以我在想是不是研究所里出了什么事。你有没有觉得她正在为什么事情烦恼？"

"啊，我也有这种感觉。"

"其实今天晚上约好了十一点再做治疗的，我打算在治疗的时候直接问她。"

"这样好吗……"能势沉吟起来，"如果你一问她就会说的话，那不是应该早就来找我说了吗？"

"她从来没找过你吗？"

"嗯。其实我一直都感觉她好像在犹豫该不该和我说，那副样子像是在隐瞒什么事情，所以我也有点担心。"

"她要是连你都没说，那更不会和我这样的警察说了。研究所里的事情，一旦有警察插手就会很麻烦吧。"

"是啊，我现在也告诉你吧，当初我把你的职业告诉她的时候，她确实吓了一跳，差点拒绝为你治疗。因为在研究所之外使用 PT 仪进行梦侦探治疗的事情本身就是非法的。"

"不管怎么说，她是得到诺贝尔奖提名的科学家，不但会有人冷嘲热讽，而且也避不开争权夺利的事。我可以派人去查查研究所是不是有什么非法行为，不过如果本来没有什么大事，警视厅随意介入调查的话，反而会让帕布莉卡的处境恶化。所以我才打算先找她本人问问清楚。"

对了，还可以去问岛寅太郎。能势刚想这么说，电话机上亮起了蓝灯。是秘书打来的。

"等我一下。"能势把秘书的电话转了进来，"什么事？"

"您该去青山精密仪器所了。"

"是那家请我去看新产品的公司吗？不去也没关系的吧。"

"可是您已经答应了的。"

"是吗？那好吧。"能势说了一声马上就去，让秘书准备好自己常坐的那辆车，然后转回粉川问，"今晚加班吗？"

"说没有也没有。帕布莉卡的事最优先。"

哎呀，这个男人也爱上帕布莉卡了吧，能势心想。刚才这句话完全就像是在说"为了我心爱的帕布莉卡"。

"总之，可以确定是有什么事让她很头疼。"能势说，"我想帮帮她。咱们两个先讨论一下吧。"

"好，就这么定了。"

"那么晚饭之后，诊疗之前，九点钟怎么样？还是去 Radio Club。"

"好的。"

能势放下电话。他难以抑制自己想见帕布莉卡的心情。正因为想见她，才不能把一点小事过分渲染啊，能势提醒自己。我是真的在担心她。

开车的司机就是以前见过能势发病的那个男人。后来能势还坐过几次这辆车，不过就算是能势一个人坐的时候，司机也绝口不提他发病的事，就连"您的病如何了"这样的客套话都没有说过。能势感觉他很值得信赖。

一上大路就遇到堵车，过了红绿灯也没办法往前开。隔着路中央的绿化带，一辆深绿色的马基诺正在对面的车道上等绿灯。

能势无意识地看了车后座一眼，忽然轻轻"啊"了一声。

后面坐的分明就是岛寅太郎。不过他的模样显然很不正常。双眼呆滞，眼神空洞，什么都没在考虑的模样，身体看起来像是僵硬的，而且右手伸向斜上方，那里明明什么都没有，似乎是在做一个纳粹式敬礼的动作。

"帮我按下喇叭。"能势一面摇下车窗，一面对司机说。

"嗯？是在这里吗？"

"是的。我想让那辆车注意我们。"

司机按响了喇叭。两辆车相距不过三四米，岛寅太郎却动也不动。

不过驾驶席上的女子似乎注意到了这里。能势轻声呼唤："帕布莉卡？是帕布莉卡吗？"

那好像是并未打扮成帕布莉卡的帕布莉卡，也就是千叶敦子。她穿着一身 OL① 的套装，脸上也没有可算是帕布莉卡特征的小雀斑，发型也完全不一样，整体给人一种优雅而非可爱的美丽。不过不管是充满知性的气质也好、略带危险的美貌也好，这个人显然还是帕布莉卡无疑。

能势试着大声叫道："帕布莉卡！"

可是她似乎没有听到。她好像正在思考什么问题，对眼前的

---

① OL，日式英语 Office Lady 的简称，意为女白领。——译者

一切都视而不见。这和平日里那个一向都很警觉的她很不一样。

对面车道上的车流开始缓缓启动。马基诺过了红绿灯，向前驶去。

能势这边的车道前面有一处绿化带的缺口，看来可以掉头。他们这边的车流也开始动了。

能势向驾驶座探头叫道："刚才那辆车！ 追上去！ 就是那辆深绿色的马基诺！"

第二部

1

　十五世纪，随着帝国权威的失坠和文艺复兴的发展，罗马天主教会的统治也产生动摇，不得不在欧洲各地致力改革。改革过程中当然也出现了各种各样的不同于正统的异端教会。到了十六世纪初，德国、瑞士等地更是出现了民族宗教改革运动，并最终发展成为新教。

　在这一时代中出现的异端教派中的一支，一般被称为撒克逊密教的，试图继承罗马天主教会丧失的文化及思想上的统治力。然而，这支教派后来对于教义的学术探究愈发褊狭，逐渐被当作异端中的异端，多次遭受镇压。也是因为这个缘故，这支教派的信徒数量非常少。不过，尽管信徒很少，这支教派却依然在各个时代细弱却又坚韧地延续着，其基础主要来自不被大众认可的宗教学者、艺术家、自然科学者们组成的地下结社。

　到了本世纪，在维也纳，整个城镇都开始显露出一股色情的氛围。随着弗洛伊德的性解放，古斯塔夫·维内恩（Gustav Wyneken）的"青年文化"团体等诸多思想体系之间的复杂影响，在以犹太青年为中心的中产阶级和学生之间，同性恋的风潮开始流行，以同性恋为目的加入撒克逊密教的学者与艺术家成为教派的中心，祭祀仪式中也融入了同性恋的色彩。在这之后，撒克逊密教为了逃避世人、特别是对待同性恋极其严厉的天主教会的视线，故意将名称改成了与当时正在慕尼黑兴起的艺术运动非常容易混淆的分离派。

乾精次郎第一次听说这支教派，是三十多岁的时候在维也纳大学留学的期间。这时候二战已经结束了十几年，同性恋也开始在维也纳大学里悄悄复活。身为美男子的乾精次郎入学之后不久便接受了来自医学部某教授的同性爱之洗礼，并且在他的劝诱下加盟了教派，随后在加盟仪式上又接受了作为宗教仪式的真正的洗礼。

分离派以信仰希腊文化和思想为背景的古代神秘主义为特征，举行希腊主义的秘密祭祀仪式。这一点与东方正教会颇为相似，不过在他们的礼拜中却又使用了浪漫派末期的煽情音乐，在焚香中也会混入麻药。

分离派的教徒多是喜好辩论的人物，也正因为这个缘故，教派基本上不限制任何对《圣经》与教义的诠释上的争论。不过话虽如此，但只要是会议上决定了的教义，就被认为具有绝对的权威，每个教徒都必须遵守。教徒的议论多数都是在讨论如何将最先进的文化与思想成果融入教义之中，加之多数教徒多少都有受到尼采超人思想的影响，教义也就逐渐脱离现实生活，变得愈发褊狭。他们认为，"现行制度"不管在哪个时代都是坏的，因此作为神之子与超人的分离派的成员，不被世人接受也是理所当然的事情。因此，成员们可以采取一切手段与现行制度的所有权威和权力进行圣战，圣战所取得的所有权威与权力也都全部归属于教派，同时也可以为教派的全体成员所用。对他们来说，耶稣既是与制度作战的同志，也常常是他们同性恋的对象。

对于乾精次郎而言，被其他的医学家夺走诺贝尔奖，也是宗教劫难之一。在那之后，他遵从教义，将守护超越制度的伦理道德、守护科学的正统性，作为自己的圣战使命，奉为自己人生的信条。

乾精次郎在维也纳留学期间，曾经游历了各地的美术馆。他欣赏过罗马的卡皮托利尼博物馆中圭多·雷尼的《圣塞巴斯蒂安殉教》和其他许多充满了异教与同性恋风味的绘画，并为之深深沉醉。受到这些绘画的影响，乾精次郎也开始爱上了古典的、极具希腊风格的美貌青年。然而回国之后，在日本人中几乎看不到那样的青年，这让他非常绝望。

乾精次郎没有结婚。为了逃避制度的监视，分离派的教义也允许教徒同女性发生性关系，甚至结婚也在许可之列，但沉迷女色却是违背教义的，当然也违背了作为神之子及超人的教徒身份。乾精次郎也只是把女性作为性欲的发泄工具对待，从来不承认其精神性。他所爱的，只有自己年过半百时邂逅的小山内守雄一个人。时代变迁，日本也有这样的美貌了啊——当乾精次郎第一次遇到小山内的时候，他便为此喜悦不已。在庆幸自己活到了这一天的同时，他也不禁为自己步入老年而感到悲伤。幸好小山内尊敬乾精次郎，也终于回应了他的爱。就这样，乾精次郎全心全意地爱上了这个充满了古典风味的、希腊式的美貌青年。

乾精次郎对于身心症治疗的成功，主要是受到教派秘密仪式的启发。在仪式上，教徒们吸入麻药，沉湎于神秘的冥想。乾精次郎便是把这样的方法引入到自己的治疗中。因此，在获得诺贝尔奖提名的时候，他保持了谦虚的风范，认为自己的所有功绩都应该归功于分离派。但最后那份功绩却被一个英国的内科医生夺走了。后者仅仅是单纯运用了他所提出的方法而已。从那之后，乾精次郎便化作了一味诅咒现行制度的恶鬼。他相信只有自己的治疗方法和作为其理论支柱的古典精神分析理论才是精神医学的正统，将其他所有的一切都视为邪道，与之不断战斗。

而在今天，圣战的对象自然就是开发了 PT 仪的时田浩作和千叶敦子，当然也包括只知道运用这种反人类治疗技术的现行制度。

其实对于 PT 仪、特别是作为其终极发明的迷你 DC，乾精次郎也并非不分青红皂白地否定。他也知道那本是对于提升人类精神大有用处的仪器。而且实际上在他与热恋的小山内缠绵的时候，他也会用上夺自时田浩作处的迷你 DC，与小山内共同徜徉在异教的法悦之中。对于在神秘冥想的同时传授教义的精髓、将小山内一同导向法悦的过程来说，再没有任何东西能比迷你 DC 更具效果了。哪怕是为了教派的兴盛，也应该将迷你 DC 广泛施用在未受拯救的现代人身上，尤其是他身边那些全身都浸满了制度之恶的、只知道供奉技术恶魔的医学者和科学家们，让他们早日清醒过来。自从小山内某次提及自己的容颜仿佛耶稣以来，乾精次郎在充满慈爱地爱恋小山内的同时，也自觉自己真的化作了耶稣，并开始以精神医学界的救世主自居。

　　小山内作为优秀的精神医师，当然非常了解乾精次郎的心理，同时也对他产生了认同感。为了将精神医学研究所的主导权授予自己所爱的恩师，他从大约半年前便开始了地下工作。第一步是拉拢冰室，成功以后则是令时田浩作和千叶敦子的盲目崇拜者津村和柿本发病，传播分裂症会传染的恐怖谣言。在那之后，事态开始沿着小山内他们的设想自行发展下去，其速度甚至超出了他们的预期。到了最后，拿到了迷你 DC 的小山内和乾精次郎，决定不放过这样一个大好时机，抓住机会采取行动，一鼓作气取得胜利。他们使用被乾精次郎称为"恶魔之源"的迷你 DC，依次令岛寅太郎和时田浩作发病，只剩下千叶敦子一个人。不过对于千叶，他们不太敢贸然行事。她是擅长化身"帕布莉卡"使用 PT 仪治疗精神疾病的优秀医师，要把她也变作迷你 DC 的祭品，恐怕不像对付岛寅太郎和时田那么简单。更何况她已经生出了戒心，而且若是一击不能成功，她的反击恐怕非同小可，安全的做法还是避开她的锋芒，把她在研究所里孤立起来更好。

乾精次郎在自己的医院里接到小山内的电话，听说岛寅太郎不知去向的时候，他便认定岛寅太郎一定是被千叶敦子藏起来了。这时候虽然已近黄昏，乾精次郎还是赶到了研究所，把研究所及附属医院的职员、医师、护士长等主要员工全部集中到会议室。那是经常举办记者招待会的会议室，可以容纳两百人以上。在乾精次郎发言之前，小山内首先说明了目前的情况：

"突然召集大家过来开会，是因为发生了对于包含附属医院在内的研究所来说极其重大的事态。诸位应该已经注意到了，研究所目前出现了一些不愉快的传闻，影响到了研究治疗所必需的平稳局面。正是在这样的时候，我们更应该直面事态，努力改善目前的状况。接下来副理事长将要说的是，在表面的事态背后，有一些波及整个医学界的重大问题，可以说已经摆在了诸位的面前。关于副理事长的谈话内容，希望诸位能够仔细斟酌。"

那么有请副理事长——在小山内的催促下，乾精次郎站到了讲台前。他用仿佛隐藏着胁迫意味的眼神扫视了台下基本上清一色白衣的百余号人一圈。都在恐慌吧——乾精次郎心想——长期以来可以依靠的人不在了吧。岛寅太郎也好，时田浩作也好，都不是可以当作指导者依靠的人物，然后千叶敦子又是女流之辈，真可怜啊——乾精次郎不禁有些怜悯眼前这些员工。事到如今，威胁也罢，恐吓也罢，劝诱也罢，欺骗也罢，这些人尽在自己的掌握之中了。乾精次郎带着冷酷到足以让所有人深刻领会的严厉表情，君临讲台。

"作为从事医学的人，我们必须以强烈的自觉警惕那种无视人类的尊严、只知道依赖科学技术的做法。到今天为止，我们研究所的方针真的正确吗？在出现如此事态的今天，我想，我们不得不认为，研究所的方针是错的，本应该踏上医学的正道才对。身为副理事长的我，对此当然也需要承担责任。正是因为我没有坚持强烈反对，才导致事态发展到如此可叹的地步。具体来说，这是有几个职员鲁莽进行 PT 仪的开发失控而产生的恶果。其中甚至出现了医师自身都发生精神错乱的情况，这当然会引起外界媒体的关注，煽动他们的好奇心，使研究所陷入尴尬的局面，甚至面临连过去的违法诊疗行为都要暴露的丑态。而现在更是连岛所长都失踪了，原因都不清楚。这一连串的事件，其根源可以说都在于研究所大错特错的方针上。"

大多数职员都是首次听说岛所长行踪不明的事，有些人发出叹息，有些人绝望地叫喊，议论声四起，会议室里的空气顿时紧张起来。

"因此，我临时代行理事长一职之事，也在此向诸位一并说明。我提出的方针是，迄今为止犹如失控列车一般朝着技术开发一边倒的恶习，首先需要彻底断绝。我想对于诸位自身来说，研究所里迄今为止所进行的非人性的治疗技术，应该也抱有抵触性的认知吧。对于令人眼花缭乱的开发速度以及过于匆忙的态度，应该也怀有极大的疑问。"

桥本和羽村操子这些站在最前排的人，事先就受到过小山内的叮嘱，要给副理事长提供支持，这时候纷纷用力点头。

"根本弊病在于目前的研究方式。所有资源都提供给特定的个人，试图支持他们获得诺贝尔奖，这一出发点本身就是错的。"乾精次郎的声音大了起来，"今后要返回到以患者为本的医学根本原则上来。我强烈要求诸位为了探究人类的精神医学而努力。另外，为了革除理事长的独断专行，研究所与医院内会进行人事改革，与之相伴的 PT 仪今后的开发问题，当然也要从同样独断专行的时田浩作和千叶敦子手中取回，重新成为全体人员的研究对象。"乾精次郎的演讲达到了高潮，"诺贝尔奖绝不是科学家的目标，可见的荣誉绝不是从事医学研究的人的荣誉。此时此刻，我们必须扪心自问，什么才是医疗的真正荣誉。然后，我们还需要……"

2

时田浩作已经占据了自己的床，千叶敦子只能把新带回来的岛寅太郎所长安置到治疗用的病床上。这样一来，今天晚上她自己就没地方睡了。其实以前在帕布莉卡时代，便常常有男性患者睡在这里，更不用说最近的能势龙夫和粉川利美了，所以敦子早就习惯了在客厅的沙发上睡觉，不过家里同时躺了两个患者的情况这还是第一次。

虽然都在一所公寓里，但敦子也不敢把独居的岛所长一个人放回到他自己的房间去。小山内守雄说不定会觉得岛所长现在的病情还不算严重，如果他手上又有能打开公寓所有房间门的管理者专用万能钥匙的话，天晓得他会偷偷溜进去干什么事。

用采集器诊断岛寅太郎的病情，千叶敦子发现，他的情况果然也和津村一样，都是被同一个程序将深度精神分裂症患者的梦境图像投射到潜意识了。她立刻开始着手治疗，遇上难题的时候就转去治疗时田。整个过程之中，敦子都尽量保持平静的心绪，不焦不躁，反复进行，终于，岛所长开始能够发出简单的词汇了。虽然还分不出其中的意义，但敦子至少放了一点心。

敦子走出兼做诊疗用的卧室，来到客厅给自己倒杯咖啡喝。

窗外不知何时已经化作了夜景，时间也过了晚上九点。敦子想起自己只在早上的时候吃过两片面包，然后还什么东西都没吃过。

她刚把一块冷冻肉塞进微波炉解冻，电话就响了。是大朝新闻社会部的松兼。

"啊呀，刚才多亏你的帮忙，非常感谢。"

"岛所长的情况怎么样了？"

松兼的语气听起来很急迫，似乎不单单是为了确认岛寅太郎的病情。敦子不禁有一种不祥的预感。

"情况还好。有什么问题吗？"

"研究所里的那个……唔，就是我以前说过的我的那个朋友，"他好像不好意思提小山内的名字，吞吞吐吐地说，"和我说了一下后来的情况发展，说的时候还挺得意的。乾精次郎把研究所和医院的职员都集中到一起，宣布由他代理执行理事长一职。"

"是吗，"看来乾精次郎他们已经算到了自己会去救岛所长，而且似乎就等着自己走这一步。敦子意识到这一点，心里简直就像遭受了重重一击。"真是狡猾啊。"

"乾精次郎的演讲当中似乎还严厉批评了您和时田教授，好像还说要搞人事改革。再不行动，恐怕您和时田教授的研究室都要被没收了……说不定连您和时田教授都会被赶出研究所……"

"我知道，我知道……"

可是，该怎么办才好，敦子完全不知道。像现在这样赤裸裸的短兵相接，敦子没有任何经验，连描写这类事情的小说都没读过——但就算向松兼哭诉，也不会有什么办法的吧。

"谢谢您告知我这些情况。我先考虑一下，然后再和您商量，"敦子停了一下，"到时候还请您多加关照。"

不知道是不是被敦子的冷静感动，松兼的声音显得有些激动："啊，没问题，不管什么时候，不管什么事情，您可以随时来找我。"

挂上电话，敦子在电话机前又站了很久。乾精次郎如此独断，研究所里竟然连一个反对的人都没有，果然还是因为我们缺乏人望吗？

战斗已经表面化了。不过这真的能称为战斗吗？自己一方已经彻底失败了吧。事到如今，时田也好，岛寅太郎也好，全都没了战斗力。就连本来可以作为最有力武器的迷你DC也都全部落到了敌人手里。

太需要迷你DC了，敦子又一次痛心地想。哪怕只有一个，我方也能有点胜算啊。敌人、武器、胜算、战斗。到了现在，敦子终于把这一连串的事件看作战斗了。这是一场与狂热信仰之间的战斗，是要对抗一种敦子连想都不愿去想的怪异思想，是要对抗一群滥用迷你DC、以非法手段夺取权力的敌人。但这并非出自什么献身进步事业的觉悟，而只是迫于现实，不得不如此吧，敦子有些自嘲地想。

眼下该怎么办，敦子正在苦思冥想的时候，忽然想起晚上粉川还要过来。今天实在不是治疗的时候啊，不管从什么意义上说。

敦子拿起电话，正要和粉川联系，取消预约，公寓门口的蜂鸣器响了。看到摄像头传来的画面，敦子不禁怔住了。能势龙夫和粉川利美两个人正站在门口。

"我是千叶。"敦子决定在弄清两个人的来意之前，先让帕布莉卡避一避为好。

"我是能势，"能势说，"还有粉川。"

"帕布莉卡不在家。"

能势和粉川对望了一眼，两个人都是一脸的苦笑。

"我们今晚来这里，不是要找帕布莉卡。"粉川接过能势的话，对着麦克风说，"是想找千叶教授。"

听到粉川这样郑重的口气，敦子意识到他们不是以患者的身份来的。帕布莉卡就是敦子的事情他们似乎已经知道了。不知道他们是什么时候知道的。而且，既然是两个人一起来这里，显然他们之前已经相互交流过自己的病症了。不管怎么说，他们两个结伴过来，当然不会只为了说一声"我们知道帕布莉卡是谁了"。不要说他们不会做这么孩子气的事，就算想做也没那个时间吧。

"那请进来吧。"

敦子轻轻叹了一口气，按下了开门的按钮。他们两个都知道密码，本来可以直接开门进来，现在这样特意按下门铃，大约也是为了让敦子有个心理准备。

这是敦子第一次以千叶的身份和两个人见面。她固然不知道该以什么样的态度对待他们两个，他们两个大概也和她一样。敦子把能势和粉川领进客厅，他们两个就像面对教师的学生一样，端端正正地并排坐在沙发上。

"千叶教授……"能势探出身子，朝着坐在对面扶手椅上的敦子说。

不管想说什么，像这样束手束脚的，肯定什么也说不成。敦子笑了起来。"喊我帕布莉卡就好了。"

"哦，好吧。帕布莉卡，我下午的时候看到你的车了，然后一直跟在后面。因为我那时候看见岛寅太郎的样子很怪异。"能势的眼中满是忧色。

"啊，"敦子轻吁一声，点了点头，"我好像是听到有人在喊帕布莉卡。在一个十字路口的时候。"

"嗯。我一直跟到你的车开进这里的车库，然后就先离开了，"能势也点了点头，"正好晚上我和粉川已经约好了在 Radio Club 见面，就想和他商量一下再来找你。本来这次见面就是为了商量关于你的事，我们知道你最近惹上了一些麻烦事，所以想看看有没有什么我们能帮得上忙的地方。"

"非常感谢两位的关心。"敦子的眼睛已经有点红了,声音里也带上了哭腔。不过敦子觉得,在对面这两个人面前可不能显出小女人气,于是深吸了一口气,挺了挺胸。

"我们也知道,随便插手说不定反而会给你惹出麻烦,不过不管怎么说,能不能请你先放下顾虑,和我们说一说你遇到的难事?今天我们来到这儿,就是为了说这么一句。或者更应该说,恳请你和我们说说。"

粉川紧盯着因为感动而沉默不语的敦子。过了半晌,才以一种柔和的语气问,"岛所长现在在什么地方?"

敦子张了张口,无声地说了一句"在那里",伸手指向卧室的方向,然后站起了身。事到如今,好像也到了该把所有一切告诉这两个人的时候了。该从哪里说起,又该如何说,才能让他们很好地理解,敦子一边沉思,一边向玻璃窗边走去。她就像是以夜色为背景的舞台女主角一样,能势与粉川望着她的身影,不觉痴了。

"好吧,我说。"敦子停住脚步,"首先,请允许我不考虑粉川先生的警察身份,否则我无法准确描述发生的一切。不过,在那之前,"敦子迟疑了一下,以一种近乎悲号的声音放声喊道,"先让我吃点东西吧!今天一整天我只吃了一顿早饭啊!就一片面包而已啊!"

能势和粉川都笑了起来,紧张气氛随之消散。

"知道了，知道了，帕布莉卡。"能势站起来，"借用下电话。"

　　能势约了一处平日里经常用来谈论机密事项的带包厢的餐厅，敦子去做外出的准备。她借客厅一角的衣橱门作为屏风，脱去外衣，取出以前最喜欢穿而最近一直都没穿的杏色套装。自从上次穿过以后，她还一直没把这套衣服送去洗过，不过好在衣服并没有脏，也没有皱褶。

　　穿好衣服，敦子觉得右边腰上好像有个什么东西顶着，她伸手探进口袋，摸到了一个小小的硬东西。

　　那是一个底面直径六七毫米，高度不过一英寸的铅灰色圆锥形物体。迷你DC！敦子不禁失声叫了起来。

　　"找到了！是我放在口袋里的！我一直没想起来，一直都忘掉了啊！"

　　能势和粉川全都惊讶地站了起来，两个人不知道发生了什么事。

　　召开理事会的那一天，时田在理事室里给自己看过迷你DC，后来因为大和田来了，迷你DC就被自己慌慌张张地塞进了口袋，然后自己就把这件事给忘了。

　　"有一个很久以前就找不到了。"

　　敦子想起来了，当他们发现研究室里的五个迷你DC全都不见了的时候，时田曾经说过这样一句话。

3

能势龙夫和粉川利美还在怔怔地盯着放在白色桌布上的那个小灰点。这么个小玩意儿竟然能有如此强大的力量？两个人的脸上都显出掩饰不住的怀疑。餐厅的包厢布置得犹如家里的客厅，用餐之后，三个人就在包厢的沙发上坐下。墙上挂着野间仁根①的油画，壁纸因为深红色的灯光略显昏暗。千叶敦子吃的牛排是新鲜的神户极品和牛，她一边吃，一边说出了该说的一切。敦子的肩膀不知不觉松弛下来，心口的压抑也悄悄散去，然后她终于吃饱了，能势递过香烟，敦子摇了摇头，能势便递给了粉川一支，自己也抽出一支，很罕见地点上了火。敦子知道，偶尔抽一支烟，对他们会有一种精神上的振奋作用。密不透风的房间里，充满了令人神驰的男性气息。敦子终于也向能势要了一支，点上了火。

侍者端着咖啡进来了。敦子赶忙又把迷你DC放回口袋里。

"内讧本身，"侍者出去之后，能势开始说话，"是财团法人常见的情况，并不算稀奇。"

"嗯，是的。"粉川赞同道。他向敦子点点头，像是在安慰她。

话虽如此，敦子实在不知道该如何应对才是。"这种事情，我该怎么办……"

"一般来说，直接向其他理事还有比较有威信的评议员坦白真相，取得他们的支持就行了。"能势轻描淡写地说，"写信似乎不大好，还是打电话吧。唔，当面谈话最好。"

没那个时间啊，敦子叹了口气。

"东京电子工业技研、事务局长葛城，好像都和副理事长勾结在一起了。"粉川说，"那个叫山边的监察可能也是副理事长一伙的吧。他们私下肯定有什么非法交易，查一下账册就明白了。"

"你二位啊，"敦子满怀怒气地说，"净说些我办不到的事。"

"呵呵，放心，我们当然会帮忙的。"能势微微一笑。他这种轻松的态度让敦子安心了不少。

"对了，千叶教授……不，帕布莉卡，"粉川依旧一脸严肃，从钱包里取出一张照片拿给敦子看，"请看这幢建筑。"

"咦，这不是出现在您梦里的那幢建筑吗？"敦子隐约感到自己好像忘记了什么重要的事，"那这果然是实际存在的建筑了？"

---

① 野间仁根（1901—1979），日本西洋画家。——译者

"你没有见过？"

"好像在哪里见过……唔……"看到照片中的招牌，敦子大吃一惊，"这是乾氏医院啊。对了，我想起来了，有一回我开车从那边经过的。不过那一次并没有给我留下什么印象，反而是粉川先生的梦记得更清楚。"

"但我自己是昨天才第一次从这家医院门口经过，当时我也非常震惊，所以就拍了一张照片。"粉川紧盯着敦子，似乎想要努力恢复两个人之间融洽的交谈。他慢慢地说："帕布莉卡，如此说来，这个画面既不是我自己的梦，也不是你的记忆通过采集器插进了我的梦境的。"

"有这种可能。也许是来自乾精次郎或者小山内戴的迷你DC吧。"敦子推测说。

"就算是他们，我做梦的时候应该是凌晨，为什么在那种本该睡觉的时间里，他们还要戴着迷你DC？他们到底在做什么？"

"如果影像能够通过迷你DC反映到采集器里，那么反过来，你用采集器实施的治疗也有可能被他们使用迷你DC偷窥了吧。"

"您还记得吧，当乾精次郎的脸出现在您梦里的时候，我不是情不自禁地叫了一声吗？"

"嗯，是啊，当时他也露出非常惊讶的神色。"

"所以我想，他们不但已经知道迷你DC没有限制访问的功能，也知道可以用它连接采集器来进行偷窥，甚至还能登入他人的梦境。不过和使用采集器的时候一样，他们必须进入睡眠或者催眠状态才能登入。"

"这样的话，他们会干扰你在自己家的治疗吧，"能势也不禁担心起来，"他们应该也受过睡眠中登入的训练吧？"

"是的，不过他们登入的时候也正是反击的好时机。我们也有迷你DC了，至于说睡眠状态下的登入，我比他们经验丰富得多。不过有一点，不知道他们到底在用迷你DC做什么，反击起来……"

"对了，那个名叫小山内守雄的医生，是住在公寓的十五楼吗？"粉川望着天花板，一边沉思，一边语气凝重地问。

"是的。"

"那我和他在电梯里见过一面。长得很英俊啊。"

"怎么了？"能势有点奇怪粉川的语气，问道。

"我从来不认识乾精次郎，但是一开始接受梦境分析的时候，他却出现在我的梦里，吓了我一跳。"

"我也很吃惊，"敦子也说，"我还以为粉川先生认识副理事长。"

"当时他是在微笑，对吧？"粉川意味深长地看了敦子一眼。

"是的，我还是第一次看到副理事长的表情那么温和。"

"温和的表情……么？"粉川摇了摇头，"换个角度来看，也许也可以说成是淫荡的表情。"

"嗯？这是什么意思？"敦子不明白粉川在想什么。

"第二次接受梦侦探治疗的时候，梦里我睡在床上，乾精次郎躺在我身边。"

"嗯……那是……"敦子有点明白粉川的想法了，"那其实是和乾精次郎同床的某个人佩戴的迷你DC反映出来的影像？"

粉川点点头，冷静地说："我个人认为，从这些迹象分析，小山内守雄和乾精次郎是同性恋关系。"

"哦？真的吗？！"能势知道粉川不是乱开玩笑的人，听他这么一说，不禁瞪大了双眼，"真恶心啊。"

"能势先生没见过小山内的长相，才会这么说吧。"敦子笑了，她有点相信粉川的推测了，"这样说来，倒是能解释很多事情。难怪最近小山内的长相都和副理事长相似起来了。"

"不是有俗话说相爱的人会越长越像的嘛。唔……这么说，他们已经戴着迷你DC同寝过好几回了吗？"能势沉着脸说，然而那副表情却也带有一丝艳羡的模样。

作为两个相爱的人，这样的行为必然是极尽肉欲的享受。敦子回想起自己在PT仪的试验阶段与时田一同尝试的各种体验，情不自禁地这样想。而在同性恋中使用迷你DC，恐怕会在一般的肉欲之上生出更加隐秘而黑暗的亢奋。能势一定是想到了帕布莉卡登入自己梦境时候的情欲，然后又联想到相爱的人做着同一个梦、并在梦中相交的感官刺激，才会露出那样的艳羡神情吧。

"由于过敏反应的存在，随着使用次数的增多，慢慢地就算没有睡在同一张床上，也可以远程进入对方的梦境。"敦子向两个人解释过敏反应、也就是免疫性及过敏性的意义。

"啊，就像我对海蜇过敏是吧。"能势说，"我上学的时候在海里被海蜇扎过，从那以后，只要是附近有海蜇，我就会过敏，最近连中国菜里的海蜇都受不了了。"

"对，那就是过敏反应。"

"对了，一共有六个迷你DC，对吧？"粉川问道，"一个在你这里，一个被冰室吸入了头部，那么他们还有四个。"

"要是能再有两个就好了。"能势说，"我和粉川就能戴着睡觉，进入你和他们的战斗里，助你一臂之力。"

"这可不行，不能让你们身处这样的险境。"敦子惊讶地说，"虽然您有这份心意我很开心……"

"我们可是外行，哪能这么干。"粉川说。

"但是乾精次郎和小山内恐怕已经在用迷你DC偷窥帕布莉卡对你的盗梦侦探治疗了吧。"

"是啊……"

"那么他们就应该知道你是警视厅的上层人物了。你要是突然出现在他们的梦里，他们岂不是会很害怕？"

"说的也是……你们两位只是迅速出现一下，倒也不会有什么危险，而且对于他们摧毁他人人格的犯罪行为还有以后的阴谋都会起到很大的震慑作用。"敦子很钦佩能势的构想，"到时候说不定真需要您的帮助。"

"这个没问题，随时候命。"粉川点头说，"我本打算直接出动警视厅，没收了他们的迷你 DC。不过想来想去还是不能那么干。"

"那么一来事情就闹大了。"能势急忙说，"搞不好会引发社会骚乱。你还是别扯进警视厅吧，我们自己想办法解决就行了。"

"我知道，不过……"粉川盯着敦子，"我能抽调几个手下来保护岛所长和时田浩作吗？放心，都是我的亲信。"

"这个肯定是必须的。"能势向敦子点点头说，"你没意见吧？一直留在你这儿，你也不方便，外出的时候也不放心。"

敦子也明白粉川想要保护的不单单是岛寅太郎和时田，也包括自己。能势当然也明白。

"非常感谢，承蒙关心。"敦子郑重地鞠了一躬，但又觉得自己这么做太过见外，不禁笑了起来，"不过最近几天暂时还不用，我还要抓紧时间给他们治疗。"

"那你至少今天晚上先好好睡一觉吧，帕布莉卡，"能势放心不下，"你的黑眼圈都出来了。"

"我现在哪儿还有时间关心黑眼圈的事。"敦子又笑了，"不过还是听从您的劝告，今天晚上我就好好休息一下吧。明天白天的时候再治疗，至少那时候应该没有敌人偷窥。"

"那就好。"粉川轻轻舒了一口气。

"对了，帕布莉卡，七十名评议员的名册，你有吗？"

听到能势这么一问，粉川也望向敦子，似乎也想起了这件事。

"回去之后就给您。"

"那么就先回去吧。"能势急匆匆地起身，"理事当中的石中我认识，评议员也认识六七个，看过名册之后可能还有更多，说不定也有粉川认识的人。"

"嗯，应该有。"粉川也站起身。

"我们两个一认完人就开始挨个联系。今天晚上就开始。"

4

第二天下午开始的治疗，让岛寅太郎的病情好转了不少。

敦子简单地吃过晚饭，又照顾岛寅太郎和时田吃了点东西，之后岛寅太郎睡着了，敦子也在半睡眠状态下化身为帕布莉卡，登入他的梦境。岛所长以前也曾经接受过帕布莉卡的治疗，那段记忆应该还带着眷恋深深刻在他的记忆里。

敦子戴上迷你DC，以备乾精次郎和小山内守雄又来偷窥。她在底部涂了些黏着剂，把迷你DC黏在自己的头发上。治疗的时候同时使用了采集器和迷你DC。

岛所长的梦，和之前投射到津村潜意识中的内容来自同一个分裂症患者。梦境里虽然也混有岛寅太郎自己的潜意识，但诸如向纳粹独裁者敬礼的形象、对父亲的服从和同化等等，显然不是岛寅太郎自身的意识，帕布莉卡把这些全都清除了。剩下的任务是要让岛寅太郎在梦里尽可能多地讲述一些内容，哪怕只是些胡思乱想，但也正是要通过这些来自他自身的胡思乱想才能找回他迷失的自我吧。

岛寅太郎在梦里来到了大学时代的学生食堂。咦，这不是大学食堂吗？帕布莉卡也在想。这时候敦子在现实中并没有打扮成帕布莉卡的模样，但只要她切换到了帕布莉卡的人格，她所登入的梦境的主人便会把她认作帕布莉卡。

敦子读书的时候，大学食堂已经经过了改建，更加宽敞明亮，但出现在岛寅太郎的梦里的食堂还是以前那个狭小昏暗的地方。岛寅太郎自己也是学生身份。也许是因为没有钱，他正胆怯地躲在用屏风隔断的走道上，从缝隙间向里面张望。这大概是因为刚刚的晚饭没吃多少东西，他已经饿了吧——不对，这应该只是由他的肚子所记录的学生时代的慢性饥饿状态吧。

理事大和田正混杂在学生之中，在食堂里用餐。岛寅太郎是害怕他的存在才不敢进食堂的吗？

"对不起！对不起！"

岛寅太郎大声叫喊起来。但是那声音好像并没有传入大和田的耳朵。

要是他的焦虑症再度发作就麻烦了。大和田代表着研究所的众理事。帕布莉卡想让岛寅太郎忘却自己对各位理事的罪恶感，于是在一张餐桌边坐下，向岛寅太郎招手。"岛寅太郎，不用道歉，到这儿来。"

"在和分界搏斗，"岛寅太郎在帕布莉卡面前坐下，辩解般地说，"我可不能那么干，因为你像个女人一样。"

"是啊，"帕布莉卡莞尔一笑，附和道，"你可不是我哦。"

岛寅太郎一边承认自己无法与帕布莉卡同一化，一边又执着地停留在自我与帕布莉卡的中间线上。用岛寅太郎自己的话来说，大约是在同"分界"癖好进行"搏斗"的状态。也许是因为同时使用了迷你DC的缘故，帕布莉卡可以清晰地读取岛寅太郎在梦里的思考，视觉效果也改善了许多，物体的轮廓很清晰，整个视野也开阔了。

"开始了，魔鬼潜进来了，旁若无人……"剧院的观众席，岛寅太郎缩在二楼的角落里，一脸恐惧地嘀咕说。

"不用害怕嘛。仔细看看我是谁？"

"帕布莉卡，"在强烈的刺激性提问之下，岛寅太郎终于想起了帕布莉卡的名字，也想起了对她迄今未改的眷恋。"啊，帕布莉卡，自从你放下喝空了的橙汁杯离去，我便出家做了和尚，于是你愤怒了。时田勇敢出征，可是你不见了。但在目白的家并未沉没……"

听着岛寅太郎的喋喋不休，帕布莉卡意识到，在岛寅太郎独特的梦之氛围之中，似乎夹杂着什么不同性质的气息。她将目光移向舞台。乾精次郎正披着某种类似法袍一般的东西，站在舞台的正中央。舞台上出现了一座祭坛，祭坛周围的烛台上插着数百支蜡烛便是光线的全部来源。不知何时，舞台已经换作了教堂中的景象，所有观众同时起立，岛寅太郎又一次惊恐地叫喊起来。

"对不起！对不起！"

帕布莉卡发现乾精次郎的梦正在混进来。他是要阻挠自己对岛所长进行治疗吗？无论如何，既然岛寅太郎感到恐惧，就必须断开他和乾精次郎梦境的联系。帕布莉卡决定自己一个人留在乾精次郎的梦里，与他决战。

虽然处在半梦半醒的状态，帕布莉卡的手指还是习惯性地敲下了按键，切断了戈耳工与岛寅太郎的连接。接下来只有随岛寅太郎自己去做梦了。

教堂里播放的乐曲毫无庄严感，甚至让人感到一丝淫荡的气息。乾精次郎正在以他那诅咒般的唇舌煽动着听众。二楼变成了回廊，帕布莉卡大叫一声"住口"，乾精次郎惊讶地回头望了她一眼，随即露出蔑视的一笑，伸手指着她滔滔不绝地谴责。

"身为……科学的■◎％……却不知道……＊％女人的……可怕▲♯！"

对于能够感觉到乾精次郎梦中思维的帕布莉卡来说，当然不可能不知道要说什么，那是他一贯的论调。她愤怒了。如果是在自己梦里的话，自己马上就会由空中飞去祭坛，痛打他一顿，但遗憾的是，这是在乾精次郎的梦里，因为他的抗拒而无法做到。而要进入自己的梦，则需要更深的睡眠，那又会产生无法靠自己意志行动的问题。帕布莉卡无奈之下，只得沿着楼梯跑去祭坛。

一路跑下蜿蜒曲折的楼梯，却怎么也到不了祭坛。走廊、大堂、商业街……帕布莉卡穿梭来穿梭去，最终到了一家像是美容沙龙的店家。帕布莉卡起先认为这是由于乾精次郎不想让自己靠

近，或是自己内心不愿接近乾精次郎，但由目前的情况考虑，这
两种可能性应该都不存在，帕布莉卡想。

那就是说，在与乾精次郎决战之前，还有事情要做。头发上
缠满卷发器、坐在镜子前面的小山内守雄回过了头。他是来保护
乾精次郎的吗？是的，自己必须先解决掉这个家伙。

"是千叶敦子吗？"小山内的眼中映出了帕布莉卡的身影。
他上下打量着她，"啊呀，果然是千叶敦子。"

"你怎么知道？"

"因为'毒药'的香水味。你怎么打扮成小姑娘了？啊哈，是
帕布莉卡吗？我知道了，你现在是帕布莉卡！"

为什么会闻出香水的气味，帕布莉卡有些奇怪。又不是睡在
同一张床上……难道说，戴着迷你DC的人，只要身处在同一个
梦境里，也就和同床共枕无异了吗？半梦半醒之间，帕布莉卡迷
迷糊糊地想。那未必是不可能的吧。或许是因为自己越睡越沉
了，又或许是小山内的阴谋。

感觉到自己的处境危险，帕布莉卡决定主动出击。她放声大
笑："我正是帕布莉卡。趁着年轻，什么都干得出来哦。"

帕布莉卡的话让小山内感到吃惊。可是为什么？小山内自
问。因为危险。是的，正是如此。可是为什么危险？因为这个女
人的自信。而且，现在似乎是双向连接……怎么会这样？难道她
戴着迷你DC？！

"迷你 DC 不是全都在你那儿吗？"

可惜戴着迷你 DC 的小山内似乎也能看穿帕布莉卡的真实想法。这和仅仅使用采集器的单向观察截然不同。自己到底还是没有习惯迷你 DC 就匆匆上阵作战了，帕布莉卡想，可是也没有时间去习惯了。

不过小山内明显慌了手脚。他站起身，想要逃跑。该死！ 这个女人竟然戴着迷你 DC！ 她从哪儿弄来的？！

"我可不会放你走哦。"帕布莉卡笑了，暗示他在自己的睡眠中陷得更深，"你可别忘了，这是在你的梦里。不管你逃去哪里，我都能追上的哦。"

小山内抓起手边化妆品的白色塑料瓶砸过来，帕布莉卡读到了他的想法，知道他想醒过来。现在让他醒的话，就等于放他去研究新的作战方案。不能让他得逞，帕布莉卡想。就趁现在，就用女人无视逻辑的执着紧紧抓住小山内想要醒来的意志。

"我已经醒了呀！"小山内的呼喊声中夹杂着悲号。

同一幢公寓的十五楼，小山内的房间。放有 PT 仪的卧室。帕布莉卡在床上蹂躏着身穿睡衣的小山内。

"为什么追到这儿来了？"小山内的喊声中充满了恐惧，"我醒了！ 已经不在梦里了呀！"

当然没有回到现实。现实中的千叶还是敦子的打扮，而这时候紧紧抱住小山内的分明还是帕布莉卡。她就像个女流氓一样，正在调戏小山内。不过不可思议的是，帕布莉卡居然可以感觉到这个男人的口气，就像前几天受他侵犯的时候一样。

"你只是以为你自己醒了。你是梦见了自己从梦里醒来而已。"

帕布莉卡笑着把手伸向小山内的头顶。虽然知道是在梦里，她还是忍不住想要揪下他头上的那个迷你DC。"这个交出来吧，我没收了！"

迷你DC大概是用胶带黏在头上的，帕布莉卡的手心感觉到它的触感。她好像揪到了小山内的头发，不过反正也是在梦里，她用尽力气，连着头发一起拽了下来。

"疼死我了！抢我那个干什么，"小山内叫道，"你自己都说是做梦了！"

小山内因为剧痛拼命推开了帕布莉卡。帕布莉卡感觉自己的腰重重撞上了什么东西，一下子醒了过来，变回了千叶敦子。

此刻她正在PT仪前。右边充当诊疗台的床上躺着的是岛寅太郎，左边她自己的床上则是时田浩作。房间昏暗，显示器的画面是唯一的光源。

腰痛。是现实中的腰痛化作了梦里被撞开的疼痛而导致自己醒了过来吧，敦子想。她下意识地抬起右手看了看。手指间夹杂着几缕头发。

摊开手掌，敦子不禁倒吸了一口冷气。如果不是岛寅太郎和时田躺在她身边，她一定会尖叫起来——掌心里除了胶带和头发，还有小山内戴的迷你DC。

"拿回来了……"敦子颤抖着说，"我竟然拿回来了……"

从梦境，到现实。

5

"发生了一件可怕的事……"

第二天早上，能势龙夫打电话过来，本来是要说他自己得到的消息，结果敦子抢着先说了。

从梦中带回了真实的东西，这种话虽然让人难以置信，而且很有些诡异的味道，但是能势似乎当场就相信了。他为敦子夺回了一只迷你DC喝了一声彩，随后又追问了一句，"帕布莉卡，你确定那不是你自己原来就有的那只迷你DC？"

"那只迷你DC当时还戴在我头上啊，现在我手上有两只迷你DC。"

"是吗，那问题就严重了。"能势认识到事情的重要性，语气变得慎重起来，"帕布莉卡，你能不能先去看看小山内的情况，确认一下到底是不是真的从他那边抢来的？"

"嗯，是需要确认一下。"敦子也赞同说，"我打算马上就去研究所找小山内看看。"

研究室里还有不少东西，私人物品就不用说了，那些写到一半的论文，以及装订完毕尚未寄出的论文复印件都是需要处理的。

"你在研究所里到处都是敌人啊,"能势有些担心敦子的大胆,声音里夹杂着一丝疑虑,"回去会受欺负的吧。"

"我又不是小孩子了。"敦子笑着说,"而且,占据上风的是我们呀,我们不是已经抢到迷你 DC 了吗?他们那边会更吃惊才对。"

"不管怎么样,你还是要小心啊。"

"没关系的,谢谢。啊,先不说这个了,您是要和我说什么的?"

"研究所的理事,除了乾精次郎和你们几个,我都打过招呼了。石中我本来就认识,我让他来找你谈谈,听你解释一下。我想你最好告诉他实情。粉川也这么认为。石中开始有点犹豫,不过后来还是答应了。另外两个理事,大和田和堀田,都请石中去说了。"

"大和田先生是站在我们这边的。"

"嗯,他也同意了。"

"堀田呢?"

"石中说堀田没有同意。他说这种内部纷争必须同时听取两边的意见。不管怎么说,这种想法倒也算挺公平。"

"公平什么呀,"敦子想起两周前的那次理事会,不禁有点愤然,"他是乾精次郎的人。"

"是吗,总之我希望你见见石中和大和田。今天傍晚怎么样？我和粉川也会来。"

粉川利美来的话，大和田与石中应该都会意识到事态的严重性。

"好的，下午四点，在我这里见面吧。"

"岛寅太郎还有时田浩作的情况怎么样？"

"岛所长的情况已经好多了，时田的治疗今天晚上开始。"

"那就让岛寅太郎回他自己的住处吧，我找粉川给他安排警卫。他一直在你那边的话，你也不方便。"

"嗯，能这么安排就太好了。"

"你的住处也安排几个警卫吧，保护时田。警卫到达之前，你先别去研究所。"

"好的，我知道了。"

一个小时之后，粉川带着菊村警视正、山路警视，还有两个警部来了。他把四个人向敦子做了介绍。那两个警部，一个姓阪，是个中年男子，肤色黝黑，好像西乡隆盛①，是个久经沙场的老警部；另一个叫宇部，比阪年轻很多，看上去像是精英干部一类的青年。

"这四位，"粉川警视监指着他的下属们说，"有任何事情都可以和他们商量。都是我的亲信。"

---

① 西乡隆盛（1828—1877），政治家，明治维新的指导者。——译者

　　敦子借着泡咖啡的时间和四个人简单交谈了几句。山路警视和阪警部去岛所长的住处，菊村警视正和宇部警部留在敦子的住处。不过菊村和山路还有本职工作要处理，经常要回警视厅，相当于换班的性质。

　　把岛寅太郎送回他自己的房间，敦子坐了粉川和菊村的警视厅专车，由他们送去了研究所。好在警视厅官员开的不是一般的警察巡逻车，不然医院和所里的人发现敦子是坐警视厅的车来的，不知道会闹出多大的动静。

　　非内部员工的汽车只能开到大门前。敦子下车之后，必须穿过接待处的大厅。在场的医生、护士、医务人员、事务人员看到敦子的出现，都怔住了似的，站在原地一动不动。敦子笑嘻嘻地向他们挥手致意，径直走进研究所大楼，向自己的研究室走去。

　　桥本正在研究室里。

　　"桥本，你怎么随便乱进别人的研究室？你在干什么？"

　　被桥本从抽屉里拿出的资料全堆在桌子上，他正在一份份地翻。敦子狠狠地瞪着他，但是他好像收到过尽量给敦子找麻烦的指示，微微一笑回答说，"从今天开始，这里就是我的研究室了。"

　　"谁说的？我可不知道。"敦子从桥本手上抢过自己的论文，"偷人家的东西可是犯罪。"

　　"是你先无故缺勤。有什么牢骚请去找副理事长发。"桥本继续往桌子上堆敦子的私人物品，准备拢到一起，"都拿走吧。"他把敦子的东西全都扔到椅子上，"这里已经没有你的容身之地了，世道变了哟。"他的语气很是欢快。

"是吗？那好吧，我报警。"敦子抓起电话。

桥本立刻露出懦弱的本性，哼了一声："哎呀，别这样嘛，我知道了，我走就是了。好了好了，我走我走。"他苦笑了一下，像个女人似的扭了扭身子，装作开玩笑的样子说，"我怕了你还不行嘛。"

"是吗，那么你刚才说的都是在开玩笑啊。"敦子回报给他一个笑容，"那还真不好意思了。"

敦子提起桥本带来的那捆沉重的资料，使劲向着敞开的房门扔出去，资料重重落在走廊的地上。

过了大约半个小时，敦子正在整理论文的时候，小山内进来了。他应该已经从桥本那边听说敦子来了。

"千叶教授。"

"哎哟，小山内医生，昨天晚上真不好意思啊。"

这是敦子早就想好的台词，就等着他来了。小山内被她抢先这么一说，一下子被噎住了，眼珠滴溜溜乱转了几圈，不知道说什么才好。敦子由他的反应看出昨天晚上真是从他那边抢到了迷你DC。

"你早就知道迷你DC有那么危险的功能？"

　　小山内缓过了神，恨恨地瞪着敦子，敦子也用同样的眼神瞪回去。她为了保持优势，装成自己早就知道的模样，"你指的是什么？危险的功能可有不少，你说的是通过梦境从现实转移迷你DC位置的事吗？"

　　"不是现实，是梦，是从梦里转移！"不知道为什么，小山内突然像是发狂一样大吼起来。

　　"但是你那时候醒了吧？"

　　"不对！ 当时就像你说的那样，我只是觉得自己醒了，其实后来我才是真的醒了。"小山内下意识地伸手摸了摸自己的头，好像是对自己少了几缕头发比较在意，"你把迷你DC抢走了！"

　　这也就是说，迷你DC并不是由自己的梦境带来现实的，而是经过了小山内和自己的双重梦境，从一处带到了另一处现实。另外，敦子隐约觉得小山内的话中有什么不对劲的地方，但又说不上来到底哪里不对劲。

　　"还有别的什么隐藏功能吗？早点告诉我们吧。那种危险的东西，应该要严密保管才行，你抢走的迷你DC也要赶紧交给我们。"

　　"你一直在说我们我们的，指的是您和另一位关系密切的同性伴侣吧？"敦子笑着说，"您那位伴侣来研究所了吗？我刚好有几句话要和他说。"

　　小山内的脸有点发红。不过他好像预料到敦子发现了他和乾精次郎的关系，并没有就此语塞。"瞧，你果然用它到处乱看，还偷窥别人的隐私。乾教授今天不来。总而言之，赶快还给我。你还不知道这东西有多危险。不单单是迷你 DC，要是能从梦里带出别的东西，那可就麻烦了。"

　　这是什么意思？敦子心想。照小山内的说法，难道说迷你 DC 可以从梦中带出并非实际存在的东西？不过敦子嘴上什么也没说。这可能是他们在实验过程中发现的功能，也可能仅仅是在试探自己。

　　"你好像弄错了吧，是你们该把迷你 DC 还给我们才对，"敦子淡淡地说，"它可不是同性恋的性爱玩具。算了算了，我也不和你争了，没打算还的话就请出去吧。我还有事要忙。"

　　不过小山内并没有那么容易打发。他走到门口，转回头微微一笑。

　　"研究所的方针已经改了。这里没有你的容身之地了。很快就会有通告出来，你等着吧。"

6

　　"也就是说，迷你 DC 具有这样一种功能，比如说用佩戴者的精神力作为能源，把它自己暂时分解为原子或者分子，然后在佩戴了另一个迷你 DC 的人那边重新合成，而且这种分解与合成差不多同时发生，是这个意思吧？"能势龙夫分析道，"这个原理和科幻小说里的物质传送差不多。"

　　"只有这么解释吧，"敦子对物质传送的了解仅限于看过一部根据科幻作家乔治·兰吉尔的原作改编的电影《变蝇人》，不过对能势的解释也只能点头。

　　"要是没接触过 PT 仪的人，大概会觉得说这话的人疯了吧。"大和田也赞叹说，"不过既然是时田浩作教授，不管做出什么东西，我都不会奇怪。"

　　"不，我觉得这应该只是一个相当于副作用一样的功能，是偶然产生的。"敦子说，"因为这个和治疗本身并没有什么关系。"

　　"话虽如此，这也太怪异了……嗯，嗯，太怪异了！"石中擦了擦额头的汗，感叹道，"不过再怪异也不得不相信啊，毕竟是真实发生的事。"

房间里还有粉川利美和担任警卫的菊村警视正、山路警视、宇部警部，只有阪警部不在，他在岛寅太郎的房间里负责岛所长的安全。被请来的两位理事一进房间，看到有好几个警察在，立刻就明白了事态的严重性，带着惴惴不安的心情，听敦子仔细讲解了目前为止所发生的情况。

"这样的话，可就不单单是研究所内部的问题了。"大和田不愧是日本内科学会的会长，一眼就看出问题的所在。他也明白了为什么会有这么多警察在场。

"的确如此，不过这个问题也不能对社会公开。"粉川说，"不然更会给副理事长找到借口。"

"那么……政府那边……"石中终于说出了"政府"一词。

"个人认为，这件事情必须在我们内部解决。"粉川斩钉截铁地说。

石中的脑子也不笨，他也立刻明白粉川等人希望低调处理此事，但显然也已经很胆怯了，"那……诸位，我们接下来该怎么办？"

"这正是我们要讨论的。"能势答道。

大家就这样开始了对善后措施的讨论，一直讨论了四个多小时，等到结束的时候，已经晚上八点了，而且还没有做出什么重要的决定。对于事态将会如何发展，谁也没有把握，只是考虑到乾精次郎为了巩固自己的势力，必然会尽快召开理事会，于是决定在那时候以岛所长和时田缺席为由提出反对。另外，大家也认为有必要争取更多的权威评议员的支持，但是要想得到支持就必须向他们解释事情的原委，而很多事情又不能对他们公开，所以到底能有多大效果也很难说。

大和田给时田做了内科检查，然后又在山路警视的带领下去了岛寅太郎的住所给他诊断。能势和石中因为还有工作上的事情要谈，去餐厅吃饭了。粉川和菊村两个人回警视厅，宇部警部则出去吃晚饭，说好很快回来。

敦子给自己煮了意大利面，开了一个海鲜罐头，用麻油炒热，然后特意多做了一些，预备作为阪和宇部的夜宵。海鲜罐头是能势龙夫今天刚刚带来的，他考虑到敦子以后在家吃饭的时间会很多，特意托了相识的酒店大厨做的。意大利面加上法国浓汤，敦子刚刚吃了这样的简单晚餐，宇部回来了。

"接下来您是要给时田教授治疗了吗？"宇部警部从敦子手中接过咖啡，用他年轻而果敢的眼睛看着敦子。

"是的，有你在我就放心多了。因为治疗的时候我是处在半睡眠状态，差不多毫无防备。"

"半睡眠状态？"宇部警部感到有些不可思议，"能控制自己处在那种状态吗？"

"经过训练就可以。而且，就算是别人的梦，多少也有些催眠的效果。"

"那就是说，想睡就能睡，想醒就能醒吗？"宇部羡慕地说，"真好啊，警察在蹲点的时候要是也能这样随时小睡一下就好了。"

敦子笑了。"也没有那么神了，怎么都睡不着的情况也是存在的。"

"登入的紧要关头却完全睡熟了，这种情况有没有？"

"有，不过那是很危险的情况，所以要多加训练。如果在患者的梦中意识模糊、无法进行分析的时候，就必须立刻让自己醒来。哦，对了，迷你DC的话……"

敦子突然顿住了。她想起白天一直隐隐约约压在心头的疑问是什么了。迷你DC是不是会加深睡眠？昨天夜里半睡眠的思维状态下，她曾经感到闪过一丝沉睡的危险，而且就连训练有素的小山内想要醒过来的时候也没成功。他真是把梦见自己醒来的梦当成真正发生的事了吗？假如这是由于过敏反应而衍生的副作用，那么长时间佩戴迷你DC就会非常危险。如果真是这样，乾精次郎和小山内是否注意到了呢？

"千叶教授，您怎么了？"宇部警部发现敦子陷入沉思，不禁问了一声。

"啊，没什么。"敦子赶忙摇了摇头。这个问题只是自己的怀疑，告诉别人之前，首先必须想办法确认一下。

敦子进了卧室。时田浩作还在昏昏沉沉地睡着。刚才和石中他们开会之前喂他吃过一点粥，就算是午餐加晚餐了。一天只吃两顿可能会让他消瘦，不过他本来就是容易发胖的体质，像现在这样整天一点运动都没有还是发胖更让人担心。给时田戴上戈耳工的时候，敦子忍不住在他脸颊上轻轻一吻。照顾他所产生的母爱，同本来就有的爱情重叠在一起了。

敦子开始了治疗，当然没有忘记戴上迷你 DC。

浩作的梦境本是敦子熟知的，不过他和冰室都是宅男，很难分辨哪些是被投射的内容。敦子无奈之下，只能先一点一点仔细消除明显属于冰室的部分。日本人偶出现时，就用浩作最喜欢的工具器械代替；电视游戏登场时，就拿 PT 仪取而代之。幸好浩作讨厌甜食，出现的甜点和巧克力棒可以直接换成他喜欢的酱烤茄子。这样一来，基本上冰室的梦境内容都去除干净了。敦子舒了一口气，在浩作梦里的工作已经算是部分完成了吧。时间应该也过了午夜十二点了。

现在浩作好像终于回到了自己平日的梦里。他和敦子正从一幢建筑物的三楼窗户俯瞰地面，那里是一个占地面积很大的调车场，里面停着各种型号的火车头，中间的一台是敦子很熟悉的柴油机车头，它总是满脸凶相，一直都对浩作怀有恶意，常常带着深深的复仇之心追赶他。

"那家伙还在哦，瞧那儿。"

敦子"噗嗤"一声笑了出来，伸手指给浩作看。浩作害怕地

"嗯"了一声。对他来说，那个火车头的存在可不是闹着玩的，它总是会在梦中煽起一种近乎疯狂的恐惧感。不过这种恐惧毕竟是浩作自身的恐惧，越是恐惧，也就意味着浩作的自我越是强烈。

柴油机车头翻起白眼，对浩作怒目而视。它无视铁轨的约束，横穿到另一条平行的轨道上，猛冲到建筑物的下面。

"我们这么高，它上不来的。"敦子说。

虽然浩作也是一样的想法，但他也知道事情不会像他期望的那样发展。敦子当然也很清楚。

柴油机车头果然沿着建筑物的外墙爬了上来。

"哇！"浩作在心中叫起来。

"啊呀，它上来了，快点逃吧。"敦子拉起浩作的手，在建筑物的内部跑了起来，"别回头哦。"

"可我还是忍不住会回头啊，"被逼到走投无路的时候，浩作终于说话了。能开口说话就是很好的征兆，这也是因为身边有敦子给他壮胆吧。

两个人回头望去，只见背后是一片辽阔无垠的草原，他们脚下则是山中别墅的阳台。栏杆前的长椅上并排坐着乾精次郎和小山内。

"哎哟，这不是时田吗，"小山内微微一笑，站起身来，"今天晚上可不是岛所长哟。"

"你们又来捣乱。"敦子瞬间变身成帕布莉卡,摆出保护身后时田的姿势。不管怎么说,帕布莉卡更适合发起攻击。

不过同时帕布莉卡也察觉到小山内他们身后的风景有些异样。草原上滚来稀稀拉拉的黑色物体,看上去像是一堆杂物,正在向这里靠近。那是什么?是某个患者梦中的景象?

"是谁在捣乱啊?"

小山内苦笑起来。这时候乾精次郎缓缓站起身来。他身上穿着庄严的制服,像是司法部门的服装,站在讲台上居高临下地瞪着浩作和敦子。那幅景象对于他们来说,确实充满压迫感,因为不管怎么说,上大学的时候乾精次郎就是他们的教授了。不过,或许是因为几乎完全沉入睡眠的缘故,乾精次郎这时候以说教般的口吻说出的话,其内容实在陈腐之极。

"难道不该为了全人类的幸福使用＄△◎●吗?难得有％♯,更应该将全体人类的潜意识通过梦境联结在一起,形成集合式的潜意识,从而找到一种能够让所有人彼此相互理解的方法。"

"啊呀,您这是在cosplay① 荣格吧,乾教授?"帕布莉卡发动了攻击,"还真是过时啊。"

---

① cosplay,日式英文,原文为costume play,指利用服装、饰品、道具、化妆等手段模拟某个动漫剧中的角色,是一种静态的扮演。——译者

乾精次郎的脸因为愤怒而拉长，也好像是稍稍清醒了一点。他瞪圆眼睛大声咆哮，"闭嘴！给我闭嘴！你这个小贱人、小骚货！"

大讲堂高高的天花板仿佛是纸糊的模型一样，"啪嚓"一声塌了下来。浩作大叫起来。一张犹如广告气球一般巨大的玩偶娃娃的脸从塌掉的一角望进来。阴森惨白的脸上安着毫无神采的黑色眼球。浩作"哇"的一声，像个孩子一样大哭起来。

冰室的梦已经清除干净了，所以这个人偶的出现肯定是乾精次郎和小山内的阴谋。他们想让浩作趋于好转的病情再度恶化。敦子的手指敲下按键，把采集器从浩作的梦里断开，同时梦中的帕布莉卡大声斥责，"果然是要捣乱！"

可是，乾精次郎和小山内的表情却很奇怪，那样子就好像被吓得目瞪口呆一般，怔怔地一动不动。这时候场景已经发生了转换，他们可能就是被这个吓到了吧。

眼前一片荒凉，周围是早已荒废的民居，路上扔满了装着污物的蓝色塑料桶。阴郁的空气与色彩、荒无人烟、破碎殆尽的玻璃窗。每一扇窗户里都露出人偶娃娃惨白的脸。它们双臂水平伸直，正在兴高采烈地笑着。民居中间的空地上坐着一座高达十米的大佛，也正笑得前仰后合，摇头晃脑。

"这些镜头不是我们放的啊，"小山内瑟瑟发抖，"乾教授，快醒过来吧……"

　　帕布莉卡明白了。这是医院里冰室的梦直接流入了这里，当然也同样流入了乾精次郎和小山内佩戴的迷你 DC 中。帕布莉卡也恐惧地颤抖起来。她吼道："再不快醒，我们都会疯掉的！"

　　帕布莉卡自己也在努力想要醒来。她拼命寻找自己清醒时候的意识，但是很困难。她见识过冰室人格荒废后的那些恐怖梦境。一直处在这样的梦里，必然会导致精神分裂的。

　　这是过敏反应的效果吧。冰室的头部吸收了迷你 DC，不断向外发送分裂症患者的噩梦。可能是医院里冰室发出的信号越来越强烈，也可能是帕布莉卡几个人的接收范围不断扩大。总之，那些阴森可怖的、充满了足以摧毁人格的图像，闯进了相距五千米之外的迷你 DC 中。

7

"千叶教授，千叶教授！"

黑暗中有谁在摇晃敦子的身体。敦子低声呻吟着，动了动身子，终于像是把蒙在自己意识上的一层塑料薄膜剥开了一样，从睡眠中艰难地回到了自己的卧室。

"因为我看您很痛苦的样子。"宇部警部担忧地说，"也不知道到底该不该叫醒您，但是……"

看来自己的叫声都已经传到了客厅里，把坐在沙发上休息的宇部都惊动了。回想起刚刚还夸口说自己可以从睡眠状态中自觉苏醒，敦子不禁感到一阵羞愧。她将身体蜷在椅子上，用微弱的声音道谢说："不，是你救了我……"

随后敦子想起了事态的严重性。"糟糕！医院里冰室的梦已经流到这里来了。他是重症患者，使用迷你DC的所有人都会受影响。"

敦子把记录下来的影像放给宇部看，让他知道那是一种怎样的梦境。宇部警部对那如同洪水猛兽般充满破坏力的图像震惊不已，他也立刻明白了事情的严重。"小山内他们手上还有三只迷你DC吧？"

"是的,而且除了他们自己之外,是不是还有别的什么人在用,或者是在对谁用,这些都不清楚。"

"要把冰室隔离到更远的地方去吧。"

不管隔离到多远的地方,只要有过敏反应存在,都有可能扩大作用范围吧。敦子想到这一点,不禁感到一阵轻微的眩晕和无力感。

"唔,暂且先隔离吧。"敦子说,"不然冰室会给他们……"

杀死——敦子咽下了这个词。但他们确实很有可能这么做。对他们来说,除非放弃使用迷你DC,不然冰室非死不可。

"是啊,"宇部心领神会地点了点头,"冰室会有生命危险。"

他立即给粉川家里打了电话,汇报了情况。粉川让宇部立刻去监视十五楼小山内守雄的房间,防止他有什么不轨的行动。然后敦子接过电话,希望粉川能让现在在岛所长房间护卫的阪去监视桥本。不过警官们能做的也只有这些了。医院那边并没有发生什么异常,他们不方便擅自闯入搜查。

敦子虽然觉得自己必须去医院,但现在实在太累,宇部警部也坚决反对,认为在这样夜深人静的时候去医院太危险,于是只好顺着宇部的意思,先暂且睡一觉再说。

第二天早上九点多钟的时候,敦子正在吃早餐,宇部警部回来了。他报告说,小山内和桥本都去上班了。

"那我也要去了。"敦子站起身。

"您要多加小心。"宇部有点担忧地说。那样子就好像敦子不是去上班，而是去采访黑社会老大一样。

街头的景象与平日里似乎有些不同。微暗的阳光懒懒地照射着地面，映入眼中的一切色彩都好像很消沉。前往研究所的路上，敦子开的还是平时那辆马基诺，走的也是平时那条走过无数次的道路，可是心中却充满了难以言喻的不安。难道自己还没有完全从冰室的梦境影响中脱身吗，敦子想，以前刚刚开始观察分裂症患者梦境的时候，确实也曾经有过现在这种陷入其中难以自拔的感觉，但那已经是许多年前的事了。难道说，是因为使用了迷你DC，才会在醒来之后也残留着被登入对象的感受吗？如果真是如此，那应该又是一项迷你DC的危险的副作用吧。而且说不定这种感觉会随着迷你DC使用频率的增加越来越强烈。

不过，自己为什么这么慌张地开车疾驰呢？敦子暗暗自问。不，自己并不是真的担心冰室的人身安全，而是担心一旦因为争夺迷你DC而发生了凶杀案，自己和时田浩作的名声就会受损吧。自己也没什么高尚的啊，就像乾精次郎说的一样，只是被自己的名欲驱使罢了。敦子感觉自己的反省和自嘲实在微不足道，但她也在想，自己确实是真心的。就算不是为了自己，至少为了深爱的浩作，她也愿意这么做。

敦子从停车场跑步去了医院。她匆忙的身影当然又在接待处
遭受了众人的注目。

来到自己负责的病房，一个叫杉的中年女人从值班室跑出来
拦在敦子前面。她以前是桥本负责的那层楼的护士长。

"千叶医生，您这是要去哪儿？这里的病房现在由桥本医生
负责了。"

"冰室是我的病人。我担心他的情况，要去看看。"

"不行，我不能让您过去。"

"我说，杉护士。"敦子故意用平静的语气说，"您不希望招
来警察吧？我现在有急事，就算是硬闯，我今天也是非进去不
可。您是打算和我一起上报纸么？"

杉求助似的向值班室里的护士们望了一眼，然后不情不愿地
退了开来，将瘦削的身躯靠在墙边。

敦子进了病房一看，就像噩梦中的危险必然应验一样，她最
担心的事情果然已经发生了。蹲坐在病床上的冰室已经死了。他
的全身青紫，显然是被人下了毒。那张变形的脸显得愈发扭曲，
脸上的表情似乎是在思索自己为何会被杀死，并且因此而觉得无
比有趣。

忽然想到如果再站在这里，说不定有人诬陷是她杀了冰室，
于是敦子立刻冲出了病房。

"他已经死了！"

她一路大叫着跑进值班室。护士长和护士们纷纷吃惊地跑开。敦子一手抓起电话，朝着她们的背影吼道："我去叫警察，你们给我把桥本找来！"

她当然不是拨给110，而是直接打给粉川。粉川告诉过她自己在警视厅办公室的直线号码。

"冰室死了吗？"粉川的声音似乎非常疲惫。

"是被杀了。"敦子一边想他为什么会知道，一边回答说。

"被谁杀的？"粉川提问的声音很迟钝。

"小山内、桥本、羽村……"还有，还有，好像还有别人也想置他于死地。

敦子跑回自己的研究室。她想桥本一定在那里。然而就在那里，她发现了桥本的尸体。桥本被人勒死了。他趴在曾经属于敦子的办公桌上，脖子上还缠着一根缀有黑色水珠图案的黄领带。谁都认得那是岛寅太郎的领带。敦子摘下领带，紧紧攥在手里，向小山内的研究室跑去。爬着爬着楼梯摇晃起来，敦子的眼前也开始眩晕。

小山内的研究室地板上倒着羽村操子。为什么？敦子想。她能看到就在自己打开研究室房门前的那一刻，羽村操子服毒自尽的景象。那里，所以，应该在那里……还有，还有……敦子一边想，一边跑向副理事长的办公室。门开着。敦子刚一冲进去，门就在她的背后"砰"的一声关上了。她吓得丢掉了手中的领带。

关门的是小山内。他站在敦子的背后，面前的办公桌前面站的则是乾精次郎。他正在笑着。

"乾教授，现在是笑的时候吗？"

"千叶，冷静点。虽然让你冷静是有点勉强，不过你还是要冷静啊。"乾精次郎饶舌地说完，又放声大笑起来。

小山内也在身后笑了起来。

"医院和你的住处相距这么远，冰室的梦根本不可能直接流入你我的梦里。"乾精次郎说，"是和你住在一幢楼里的小山内做了录像中转，才会流进来的。"

"果然是个阴谋，这出戏演的还真叫人赞叹。不过我不明白，搞这么危险的事情对你们自己有什么好处？弄不好你们自己也会失常的吧？"

"你这是怎么说的，一开始播放我们就立刻醒了一次。"乾精次郎望向敦子身后的小山内，和他会意地相对而笑，"只有你没醒啊。"

醒了一次——敦子对乾精次郎的这句话感到奇怪，她说："是啊，我是费了很大的劲才醒过来。"

乾精次郎和小山内笑得愈发张扬了，而且相当粗鄙。那绝不是一般人对着女士所能笑出的声音。

"那是当然。"乾精次郎重重点头，"换句话说，就和你夺走小山内迷你DC的时候一样，他也一度以为自己醒了，其实还是在梦里。梦、梦醒之梦，与现实极度相似的梦醒之梦，其实是更深的睡眠，而且还会进一步更深下去，达到深度睡眠——就像这个过程一样，迷你 DC 也具有类似的作用、副作用、作用、副作用，这其实也就是它的功能。"

敦子非常明白乾精次郎说的意思，明白得不能再明白了。他那一反常态的饶舌腔调，更是让人明白到了极致。而且敦子似乎能够读到他的思想，就像登入患者梦境时候一样，不过敦子也觉得那可能是自己的错觉，他的表达怎么会那么毫无逻辑……"你是在研究迷你 DC，然后把它……唔，然后把它用在我身上了吗？你是在做实验吗？"

乾精次郎没有回答敦子的问题。他轻飘飘地浮上半空。"你开始明白了啊。你自己不是也在未发表的论文里写过，长时间访问分裂症患者的梦境，会被卷入患者的潜意识之中，以至于难以苏醒么？"

"你偷看了我的论文？"

"随便怎么说吧。"乾精次郎有些生气地说，"我有更重要的使命……算了，所以说女人哪。"

"更重要的使命。"小山内站在身后向敦子解释道，"你已经开始明白了吧。就是现在、此刻、这一瞬间所进行的实验，你所说的应用实验，针对这个功能的。"

小山内的思维也流了进来。敦子不禁颤抖了一下，她的脑海里瞬息之间回顾了一遍此前发生的所有事情。乾精次郎犹如梦呓一般缺乏条理的说话方式、电话里粉川与日常表现不符的迟钝反应、接二连三发生的离奇谋杀案、映入眼中的充满杀机的街头景象。不知不觉间，桥本站在了小山内的身边，脸上挂着怯懦的笑容。

"啊！"敦子大叫一声，纵身跃到墙边，摆出了战斗架势。"这是在梦里，是吧？"

"身手果然不错啊！"小山内苦笑了一下。他正在悄悄靠近敦子，想要抢走她头上的迷你DC。

"你说对了，帕布莉卡。"乾精次郎瞪着敦子。

等一下，他叫的是帕布莉卡？

敦子发现自己正穿着红T恤和牛仔裤。她明白了。自己刚发现这是在梦里，便意识到小山内会抢自己的迷你DC，于是就在纵身跃出的时候，几乎是在无意识的状态下，刹那间变身成了帕布莉卡。

8

　　尽管其中也存在非现实的部分，但真的回想起来，那又是多么现实的一场梦啊。自己起先是被宇部警部摇醒了，然后又一次睡着了。可是，自己被宇部摇醒的事情本身又到底是现实还是梦境呢？乾精次郎他们说，只有他们才是醒了一次的，那就意味着自己是在继续沉睡的吧。这就是说，被摇醒本身也是梦的一部分吗？所以后来发生的事情其实也就是一个自以为醒来的梦了。如果说担心冰室的安全而同宇部警部商量，还有打电话给粉川讨论细节等都是梦，那是一个多么真实的梦啊。

　　到了后来，梦境之所以渐渐失去真实性，是因为自己陷入了更深的睡眠之中，直到落入了他们的圈套吧。变身为帕布莉卡的敦子保持着警戒的姿势，打量着三个男人，脑中飞速寻找夺回优势的方法，还有及早找到从梦中醒来的方法，不然的话，会在睡眠中越陷越深，直至死亡。

　　"连桥本都来了啊。"帕布莉卡盯着桥本说。要分辨来自身后的思维出自于谁并不容易，而且现在连她自己的梦都已经混进来了，"这儿也有你的梦吧？"

　　"我是来参加迷你 DC 实验的。"桥本故作轻松地说。他的手下意识地摸了摸头，像是在确认迷你 DC 还安在那里。

"别说废话！"对于桥本的轻松，乾精次郎似乎很不满意。

帕布莉卡顿时想起桥本应该还没有习惯迷你 DC。很好，下一个迷你 DC 就从这家伙头上抢过来吧。

"快逃！"小山内大吼。

桥本好像也明白了帕布莉卡的想法，但是他逃不了。他依然恍惚地注视着帕布莉卡，似乎还无法控制自己的梦。

场景变成了商场的化妆品柜台。桥本终于开始逃了。周围的人一动不动，就像一个个木桩一样。桥本在人群与柜台间穿梭，帕布莉卡紧追在后。周围弥漫着小山内头上令人厌恶的洗发香波味，商场里那些男性化妆品柜台的背景也来自小山内的梦境吧。

帕布莉卡在脑海中想象桥本的正前方出现一座开着门的电梯。电梯果然出现了。两边犹如监狱一般的灰白色围墙把桥本夹在中间，他只有逃进电梯一条路可走。很好，帕布莉卡心想，我就追着他进到密闭的电梯里，关上门，从他头上把迷你 DC 扯下来。虽然说如何找到一个醒来的方法才是最大的问题，不过反正最终能醒就好，之前倒不如先抢一个迷你 DC 再说。

电梯的空间很大，而且还在向深处延伸。电梯里面站着几个人，像是分不清相貌的毛绒玩具。电梯门在帕布莉卡身后关上，可是她怎么也追不上逃向深处的桥本。电梯开始哐当哐当地上升，另一面居然还有一扇门。桥本似乎是打算从那扇门逃走。趁着电梯还没停下来的时候，帕布莉卡紧紧追在桥本后面。

电梯停了，桥本手动打开了门。但在帕布莉卡的强烈意念作用下，电梯门与外面不知几层的地面之间相距足有两米，下面是漆黑的深渊。桥本摇晃着电梯，想要凑近开口。电梯摇晃起来，并向开口处靠近。就在桥本想要跳到对面楼层上的时候，帕布莉卡飞身扑了过去。

"你们还没害死冰室吧？"

扑在一起倒下去的时候，帕布莉卡问出了一直牵挂在心上的事。

"让那家伙活着的话……"桥本无法控制自己道德低下的意识，含混地说漏了嘴。真相开始具象化。

"别想那些事！"小山内的大喝仿佛是在悲号。

但是没什么罪恶感的桥本已经在想了。电梯间的内墙变成斜坡，围出一个空旷的空间，让人联想起球场。但那实际上是一座深夜中的垃圾处理厂，探照灯把中间照得雪亮。帕布莉卡和桥本正在那里纠缠扭打。

"你们杀了冰室！"帕布莉卡叫道，"然后把他扔到这儿来了是吧？这是在哪儿？哪里的处理厂？说！"

"醒醒，你给我快醒！"小山内拼命大喊。

满身垃圾、脸部开始腐烂的冰室从地下冒了出来。整个人都出现了。桥本终于惨叫起来。那个冰室恐怕是想用恐惧唤醒桥本的小山内装扮的。但是桥本却并没有苏醒。在和帕布莉卡紧紧纠缠在一起的时候，他的性欲似乎被激发了出来，不知不觉间，他已经全裸着身子置身在一间犹如旅馆房间的泛白大床上，从帕布莉卡的身下翻起，压在她身上。以前他也常常在这里享受性爱。桥本嘴里呼出腥臊的气息，换了个适于侵暴的姿势。他的下体隔着裤子顶住了帕布莉卡的胯下。眼神空洞的桥本做出了交合的动作。帕布莉卡对着他大吼："喂！ 你在干什么！"

从梦里带回这种家伙的精子？这种事情就连想想都让人恶心。不过桥本沉湎在情欲中毫无防备，倒是让帕布莉卡轻易抢到了他头上的迷你DC。

"这是在哪儿？"帕布莉卡继续追问，"哪儿的垃圾处理场？"

"◎■的▲的……"桥本的思维朦胧得无法读取。

桥本的脸变成了小山内，不过全裸的身体和姿势却没有变化。

"桥本呢？"

"刚刚醒了。"小山内淫笑着说，他把帕布莉卡按倒在床上，压着她点头说，"你该知道的吧，性欲的高涨促使他醒过来了，那家伙梦遗了。"

帕布莉卡觉得这还应该是由于德里森或曰梦律的作用。是强奸这一梦中行为所引发的罪恶感让他醒过来了吧。她倾向于认为，射精发生在梦醒之后。

小山内靠着蛮力掰开帕布莉卡紧握着迷你DC的右手，想从她手中抢回来。帕布莉卡为了不让他得逞，伸出左手握住小山内萎蔫的阴茎，笑着说："还是老样子啊。"

小山内勃然大怒。"我是没那个心情！你这个下贱的女人！"

"那我捏碎了哦。"帕布莉卡换了个地方，紧紧捏住小山内的阴囊。

虽然心里有点害怕，不过小山内也没有真正当作一回事。他相信自己反正是在梦里，不可能做得到，所以还是全神贯注地一根根掰开帕布莉卡的手指。

确实。虽然是在梦里，但真要捏碎睾丸也实在太让人恶心了。

于是帕布莉卡把手伸向了小山内的头顶。他应该也戴着一个迷你DC。可是她的左手摸索了半天，摸到的也只有头发而已。

没有迷你DC。

乾精次郎的笑声在耳边响起。同样是全裸的躯体，只是更加枯瘦。他垂着萎靡不振的阴茎，就以这样一副丑陋的姿态坐在床边的椅子上。

"你知道过敏反应吗？唔，好像知道吧。我们现在都已经不用戴迷你DC了。"他的脸上慢慢浮出淫荡的笑，用充满色情意味的眼光打量着帕布莉卡，然后向小山内说，"剥光这个小妞的衣服怎么样？还有迷你DC，手里的抢不过来，抢了她头上的也行啊，这样不是更快嘛。"

小山内恍然大悟，他窃笑着把手伸到了帕布莉卡头上。要被抢走了——帕布莉卡对自己的粗心懊恼不已。可是让她自己也感到不可思议的是，她的头上并没有佩戴迷你DC。

"咦，没有！ 没戴就登入了吗？"

小山内大叫起来。乾精次郎也一脸惊讶地伸手在帕布莉卡的头发中翻找。可能是梦到自己被宇部警部叫醒的时候真的摘下迷你DC了吧，帕布莉卡想，就像自己在患者梦境的登入状态下敲下了控制台按键一样。

既然如此——乾精次郎将错就错地淫笑着爬上了床，从小山内的另一边抱了过来。帕布莉卡浑身颤抖。这就像汉字"嬲"的字形所示，她被两个人紧紧夹在中间。两个人开始动手去脱帕布莉卡的衣服。

帕布莉卡为了让他们放松警惕，暂且听凭两个人的摆布。不过她的拿手好戏是切换场景，这是操纵患者梦境时必须掌握的技巧。

突然间三个人身处在宽敞的咖啡店里。周围都是年轻的男女，几乎都是成双成对的。帕布莉卡就坐在店中央的一张桌子边上正在喝咖啡，而乾和小山内则是坐在她两边的椅子上，像是初生婴儿一样，从左右两边一丝不挂地和她搂在一起。

虽然是在做梦，但自己的裸体突然出现在众人环视的目光之中，到底还是很大的打击。乾精次郎和小山内发出愤恨的声音，立刻消失得无影无踪。

帕布莉卡打量了一下四周。必须尽快苏醒。理智正在急速消失。可是怎么苏醒？登入患者梦境的时候，倒是有好几种回归现实的技术，但这一次却完全不同，不是那么容易可以苏醒的。如果有来自现实世界的帮助也许有可能苏醒，可要怎么做才能获得帮助？现在是什么时间？从咖啡馆的窗户望出去，外面是白天的街道。可是现实世界中也是白天吗？

帕布莉卡晃了晃歪斜的身体，振作着站了起来。向能势龙夫求助吧。前几天为了商议梦境治疗的时间，给他的私人办公室打过好几次直线电话，总算还记得住他的号码。不过打过去能接通吗？就算能接通，现在这个时间，他会在办公室吗？

乾精次郎和小山内都逃走了，但他们肯定还躲在什么地方观察自己。啊，墙上那幅画中的女人就是乾精次郎吧。嗯，肯定没错。那种严厉的眼神肯定是他的。电话怎么可能打得通——他是在嘲笑我的愚蠢吧。

帕布莉卡拿起收银机边的按键式电话听筒，但正要按下按钮的时候才发现，键盘上的数字完全是随机排列，无比混乱，按钮也大小不一，排列不齐，还有用字母表示的。更过分的是，按到一半的时候，按键不单会改变位置，而且按键数目还在不断增加，一个个越来越小。帕布莉卡把多余的数字还有那些字母的按键推到一边，只留下必须的数字，然后按下能势办公室的号码。

"喂，是谁？"

啊，好像接通了，电话听筒里隐约传来能势的声音，只是周围的场景已经换到了新宿的地铁站内。周围嘈杂得让人崩溃，很难听清能势的声音。

"能势先生？能势先生！"帕布莉卡悲痛地大喊。

"谁？你是谁？"遥远的世界，遥远的房间，遥远的声音，遥远的能势。

"我是帕布莉卡！救救我，救救我！"

"啊……帕布莉卡！我爱你，你，现在，在哪里？"

"在梦里。我是在梦里给你打电话。我在梦里出不去了，帮我出去吧，救我出去！"

"啊……我深爱的帕布莉卡，你很痛苦吗，现在？"

"很痛苦，很痛苦。"

"我这就去救你，这就去救你。你在哪里？"

"在梦里的新宿站，快点来吧。"

"好，我马上就去，我去救你。啊……帕布莉卡，我爱你啊，我爱你。"

9

　　宇部警部报告说，千叶敦子在与PT仪连线的过程中睡着了，怎么也叫不醒，而且状况似乎有些异常。粉川利美非常吃惊，带着菊村警视正一同赶到敦子的住处。本来是在接受治疗的时田浩作已经起床了，坐在客厅的餐桌旁边，一边吃着面包，一边喝着咖啡。好像都是宇部帮他弄的。不过他的气色已经好了很多，只是对话的时候还是显得有些迟钝。

　　卧室里，显示器的屏幕在昏暗的房间里闪烁着。敦子趴在显示器前面的控制台按键上，一会儿叫喊，一会儿哭泣，一会儿又嘟囔什么梦话，有时还会痛苦地扭动身子，那副样子不管谁看了都会觉得异常。粉川也是第一次看到这样的敦子。

　　"如果这就是千叶教授此刻正在经历的梦境。"宇部警部手指画面说，"那可是一个非常恐怖的梦。而且之前就已经这样了。"

　　画面上，一座吊桥架在深渊上，正在剧烈摇晃。吊桥上不断有踏板坠落下去，桥上的钢索眼看就要断了。谷底流淌着血红的河水。

　　"这完全是地狱的景象啊。"粉川想到敦子就在这样的梦里，脸色异常凝重，"不赶紧叫醒她的话……"

"我刚才向她头上洒了些凉水，但是完全没有反应。"

"那么简单的办法肯定弄不醒。"

"很多人只要捏住鼻子，呼吸困难了自然就会醒……"菊村警视正说。

"笨蛋，这么做只会让她梦到窒息！就算不会死，但是产生后遗症怎么办？"粉川重重摇头，"不行，只有她自己才能找到从梦里脱身的方法。"

菊村警视正瞪圆了双眼。"啊，难道没有别的办法了吗？那怎么办？"

粉川拨开敦子的头发。里面没有迷你DC。"你把迷你DC从她头上拿走了？"他问宇部。

"早上七点左右的时候拿下来的。我怀疑那是导致她无法苏醒的原因。不能拿吗？"宇部从口袋里掏出之前戴在敦子头上的那个迷你DC。

"你怎么想到的？"粉川接过灰色的小圆锥体，又问。

"因为昨天傍晚千叶教授准备登入的时候曾经对我说过，一旦睡熟会有危险，尤其是说到使用迷你DC的时候，她也露出非常担忧的表情，沉默了一会儿。我想千叶教授也比较担心吧，迷你DC的过敏反应会让使用者在睡眠中陷得更深什么的。"

"正确的判断啊。"粉川感叹年轻的宇部警部所具有的良好记忆力和敏锐的观察力，"的确，就算没有睡眠的问题，但只要戴着迷你DC，敌人就能更容易地连接到她，还能发送一些非法的程序过来。"

当然，这时候的粉川和宇部都还不知道摘掉迷你DC的另一个好处：帕布莉卡在梦中的床上展开的那场战斗中，若不是宇部事先已经摘了下来，迷你DC就要被小山内守雄抢走了。

"对了对了。"宇部从另一个口袋里又掏出一只迷你DC，"千叶教授手里还攥着一只迷你DC，我想这个可能也会有影响，所以也收起来了。"

"奇怪，"粉川取过宇部手心上的迷你DC，仔细端详，"为什么她要戴着一只、手上还拿着一只，来给时田教授治疗呢？"

"是啊，一般她都是把另一个收在备用抽屉里保管的。"宇部拉开控制台下面的抽屉，忽然叫了起来，"啊！还在这里！这里也有一只！那只不是她原来有的，是第三只迷你DC！她在梦里又从敌人手上抢了一只过来！"

10

开了一个上午的销售会议，能势龙夫终于回到了自己的办公室。

因为起得太早，看企划书的时候怎么也挡不住睡意的来袭。会上也喝过咖啡，但还是忍不住想睡。虽说平时也有这样的情况，但这一次却有点不一样。他感到一种强烈的，甚至是带有蛊惑性的冲动，而且还有一种难以言喻的紧迫感。

感知自身的疲惫，对于具有能势这样年龄和地位的人来说，倒也不是什么让人不快的事。他靠在宽敞舒适的扶手椅上，沉浸在精神上的倦怠里，迷迷糊糊地打起盹来。他就这样享受了一会儿，体会着一种几乎要融化四肢的麻痹感。这时候的小睡，如果称之为懒觉，未免用词不当，不过也不是午觉的时间。能势自己把这称之为"补觉"。

电话响了。能势半梦半醒地伸出手去。或许仅仅是在梦里伸出了手，实际上连电话铃声可能都没有。而他拿起电话的场所，是不是公司的办公室，其实他也并不清楚。

"能势先生？能势先生！"

有人在呼唤自己。从遥远的地方传来的声音拨动着能势的心弦。那不是秘书的声音，也不是公司女职员的声音。

是谁？是谁？能势问。喂？喂喂？谁？是谁？

对方听见了吗？自己的声音仿佛消失在虚无的天际一样。电话里的那个她，仍然在呼唤他。那声音听起来既悲伤，又惊慌。

谁？你是谁？

然后，能势知道她是谁了。啊，那是多么熟悉的声音啊。是那个女孩子的声音。她叫什么名字来着？

我是帕布莉卡！救救我，救救我！

是啊，是帕布莉卡，是我爱恋的人的名字。她在梦里，而且正苦于无法从梦中醒来。要去救她。必须去救她。

你在哪里？——对于能势的问题，帕布莉卡回答说，在梦里的新宿站。

梦里的新宿站，该怎么过去？能势觉得，似乎只要在脑海中想象一下，就能瞬间移动到那里。他问，怎么去？怎么过去？

千万别叫醒我，千万别硬把我叫醒。你到我的梦里来。戴上迷你DC。求你了，求你了。

"求你了，求你了。"帕布莉卡的话，在半梦半醒的能势脑海中回荡。能势醒了过来。他正对着桌子，电话就贴在耳边，但只能听见另一边传来"嘟嘟"的电话忙音。也许是帕布莉卡挂断了电话，但更可能是从一开始就没有电话打过来。是梦。刚刚的一切，都是梦里的对话吧。

但是，能势已经知道迷你 DC 的功能了，他不能无视这段即使是发生在梦里的对话。对话如此清晰真实，帕布莉卡应该是真的在求助吧。也许现实世界中，她真的因为某些人的阴谋被困在无法苏醒的状态。该怎么办？她说过她在新宿站，但就算去了现实中的新宿站，恐怕也没什么用处吧。自己必须戴上迷你 DC，进入她的梦境，救她出来。以前不是也说过的吗，和她一同作战的事？现在是到了付诸行动的时候了。迷你 DC 在她的住处。现在就去吧。

能势站了起来。

11

　　"我们戴着迷你 DC 入睡，然后去帕布莉卡的梦里救她，好像只有这个办法了吧？"

　　能势到了敦子的住处，借口说自己一直有种莫名其妙的担心，先从各位警官的口中探听了事情的来龙去脉，然后和粉川商量了一下，最后说出上面那番话。他没有提帕布莉卡在梦中给他打电话的事，这种事情粉川也许会相信，但另外两个人恐怕会怀疑自己大脑是不是正常。当然，他并没打算一直瞒着粉川，只不过稍后两个人的时候再说也不迟。

　　"可是，那需要有专业精神医师的技术才行吧？而且还得专家才行。我们这种门外汉，能行吗？"粉川有些犹豫，"我们要是也一起睡着了醒不了怎么办？"

　　"所以我们要和帕布莉卡一起找一个醒来的方法。"

　　"在梦里？"

　　"在梦里。"

　　菊村警视正和宇部警部都在屏息静气地听他们两个的对话。

　　"如果只能从她自己内部找一个叫醒她的方法，那也确实没有别的路可走了。"粉川下了决心，"好吧，具体怎么弄？我先去？我要是醒不了，你就接着……"

"不不不，我们还是一起登入的好。"能势说，"要从梦里救出帕布莉卡，现在还不知道我们两个人谁更能派上用场。"

菊村和宇部去了客厅。昏暗之中，只剩下三个人静静的呼吸声。

"现在她好像是在一个有喷泉的小公园里。"能势看着画面说，声音里带着睡意。他知道这种声音对粉川具有催眠效果，故意这么说，以帮助他入睡，"她是等我们吧，肯定是。"

"嗯，要赶紧过去……"

"帕布莉卡在梦里给我打过电话，找我帮忙的。"

"哦，是吗？我还在想你怎么会突然跑过来的，原来是知道她有危险啊。"

"是啊，就是在电话里对我说的。"

"难怪了。"

两个人的对话就此中止。

坐在椅子上的能势，忽然就垂下了头。啊，我也快睡着了吧，粉川模模糊糊地想。来自梦里的电话，连这种话都轻易相信，我还真是在做梦了吧。真希望自己在梦里也能保持身为警官的坚定态度，唔……自己能做得到吗？

一幢似乎正处于出售中的新建小住宅楼，一楼只有两个房间，帕布莉卡身处在其中的茶水间里。啊，这是爸爸妈妈刚刚生下我的时候住的房子啊，帕布莉卡想。她四处寻找父母的身影，可是都不在。大门开着，外面是夜晚的景色。要是有坏人进来了怎么办？很少在家的父母，一个人孤零零留在家里，这是帕布莉卡的记忆。快看！有人进来了。不是那个会对自己发脾气的可怕的推销员叔叔，今天晚上来的是个女人。她穿着一件薄薄的黄色连衣裙，头发披散着。

"喂，我说你呢！你以为自己是个美人是吧？"女人叉腰站在门前的土地上，对着幼小的帕布莉卡吼道。是柿本信枝，只是头发变成了红褐色，眼梢吊起，"还以为自己很聪明是吧？别太嚣张了！你这种人，脑子其实笨得要死。美女都是胸大无脑，你就是怕男人利用你这一点，才拼了命去学习。不就是为了保住一点美女的体面嘛，还有笑死人的好胜心。如今讲究男女平等，什么美女不美女的，已经不流行啦。你只是个傻女人罢了。不信？不信你自己好好想想，是不是一直都想说男人都是笨蛋，根本攀不上自己？然后你就故意跑去喜欢肥得要死的时田，真的喜欢上了之后连好坏都分不清了……"

住口！住口！年幼的帕布莉卡想要大吼，但却一点声音都发不出来。这也没什么好奇怪的，那个正在嘶吼的柿本信枝也许正是千叶敦子自身的投影。也就是说，是她自己在对自己怒吼。

"住口！"父亲回来了，他大吼着，"你这个恶毒的小市民！是来发广告的对吧？让我来好好看看你的广告吧！"

不对，这不是父亲。

"能势……"帕布莉卡哭得更大声了。

"哎呀，"一看到能势龙夫的出现，柿本信枝就变成了母亲年轻时候的样子。她在能势面前晃了晃，摆了个媚态，然后消失在楼梯下面的橱柜里。

"帕布莉卡，我是来叫醒你的。"

"能势先生，我给你泡杯茶去……"帕布莉卡站起来，转身要去厨房。她睡得太久了，没能明白能势那句"我来叫醒你"的意思。

"帕布莉卡，帕布莉卡，是你呼唤我的。"能势焦急地说，伸手抓住了帕布莉卡的手腕。

鼻孔里传来能势的气息。对了，我必须醒来。"啊，你就睡在我身边啊。"

"我睡在显示器前面，你睡在自己床上。我该怎么做才能叫醒你？是要按什么键吗？我虽然是外行，但只要你给个指示，我一定照做不误。"

"没有那种按键啊。"帕布莉卡摇头说，"必须想别的办法。"

白天里，两个人挽着胳膊，在住宅区顺着电车轨道延伸的道路上行走。路边躺着一只很大的狗，全身长满了黑色的粗毛。

啊！这只狗，总在梦里咬住我不放。帕布莉卡的恐惧传给能势。她紧紧抓住能势的手臂。

狗静悄悄地站了起来。

"这狗不是乾精次郎他们吧？"

"应该不是。现在几点了？"

"快中午了吧。"

"啊，我睡了那么久吗？"帕布莉卡的声音里充满了痛苦。她和能势已经进入了 PT 仪的同一个频段，她的思绪可以同步传递给能势。哎呀，我要是一直这样醒不了的话，大脑肯定要烂掉了吧。

没有的事。能势在内心向帕布莉卡给出了强烈的否定。

"已经快中午了，他们两个应该不会登入的吧。"这时候他们应该在研究所才对。

是吗？不过只要有 PT 仪，不是从哪儿都可以登入吗？"仔细看看，这条狗就是吧？"它正想着要来扑倒你啊，用狗的形态对你做些变态的事。

"是啊。"他们已经不用戴着迷你 DC 就能连接了，乾精次郎说过的。

狗向帕布莉卡走来。

"站住！我要逮捕你！"

粉川利美身着威严的警官制服出现了，就像住宅区升起了一股青烟一般。他一出现，便向着那条大狗怒喝了一声。

344

那条狗果然是小山内。他似乎很震惊。警、警、警、警官，这究竟、究竟是怎么、怎么一回事、那个我在电梯中遇到的男人头上、居然戴着迷你DC、那么警察介入、介入这女人的梦里、该死。

狗突然消失了，就像被切断了电源的显示器一样。看来他们真的不用再戴迷你DC了，只要有PT仪，就能随意侵入帕布莉卡的梦境了。

"邪恶的东西没了，只有你们两个的精神在这里。我能清楚感觉到。要是再有什么人来，也能立刻感觉到吧？"

粉川利美问。他刚进入睡眠状态，所以到这时候才登入帕布莉卡的梦境。帕布莉卡和能势也都能读取他的思想。飘荡在梦中的语言，其意义也因为彼此之间可以直接交互的思维而变得更加明确。

来到了大路上，但还是没有找到脱出梦境、返回现实的办法。帕布莉卡放眼望向远处的车站，看不清那里有没有人，不过她还是伸手指向挂在站厅正面的一只大钟，脸上的表情又像在哭又像在笑。那只大钟好像显示器的屏幕一样，表盘变成了小山内的脸。

"那家伙还在监视我们，在那里。"

粉川向大钟怒目而视，伸手指着那张脸。小山内一脸仓皇地消失了。大钟恢复了正常的表盘。

站前广场的中央竖着一座红色的广告塔。帕布莉卡看了看上面张贴的几幅海报,想找到苏醒的线索,上面写着:

"地方主义乃是母性"

"新发售·怒气图鉴·图鉴之图鉴"

"哀愁之味·用暖气片即可轻松做成的哀愁泡芙"

"有什么奇怪的地方吗?"能势说,"那边有扇门。"打开看看吧。

我来——粉川打开了生锈的铁门,探头进去张望——空无一物。

"什么都没有。啊,不,不是那个意思。"粉川感觉到帕布莉卡正在认为是她自己的内心空无一物,赶忙解释。是说这座塔,不是说你。

走进站厅,里面变成了宾馆的大堂。千叶敦子以前常常在这里整理自己的论文。帕布莉卡想起,就在这家宾馆的某个房间里,乾精次郎和小山内曾经紧紧夹住自己,想要实施非礼。那是梦境还是现实?

当然是梦。能势和粉川几乎同时回答说。啊,慢着,我就要想起什么了,就要想起什么了。帕布莉卡停下了脚步。她望向大堂一角里放置的沙发。

那就过去吧,能势像是在引导帕布莉卡一样,迈出了步子。是要去那边休息一下吗?

梦里不需要休息。啊，想起来了。有一个念头在帕布莉卡心中一闪而过。在解释为什么之前，帕布莉卡先把要做的事情告诉给了两个人。

"能势先生，请在那张沙发上侵犯我。"

在那张沙发上——在周围全都是访客和服务生的地方？能势和粉川惊愕不已，但是帕布莉卡的推理逻辑严密，至少他们找不出问题。

根据梦律，也就是德里森，梦中的性行为会让他们两个因为罪恶感而苏醒，尤其是这种公共场合的性行为，应该会让他们感觉更加羞耻而加快苏醒。

"但这也太乱来了。"这种事情太无理了，怎么也做不来的。

能势对着持否定态度的粉川笑了。这不是乱来，而是梦来。不是无理，而是梦理。这是梦。这时候的能势已经知道了粉川和帕布莉卡曾经在梦里结合过的事。瞧，你以前不是也做过这种好事嘛，还瞒着不告诉我。帕布莉卡和粉川的心中同时泛起一阵羞涩。不是啊，那是为了治疗。是啊，当然是为了治疗。但是能势并没有被欺骗。帕布莉卡和粉川之间是因为有了爱情，才会有了那次梦中的交合。

不过另一方面，现在的自己能不能做得到，也是一个问题。看吧，看吧，看吧，单只是想一想接下去要在这里侵犯眼前的帕布莉卡，都感觉马上就要醒了似的。

　　"别醒啊!"帕布莉卡惊呼道,"不要,求你了,在这里侵犯我吧。"不,如果侵犯这个词让你产生罪恶感的话,那就不说它了。请在这里和我做爱吧,能势先生。我爱你。在爱上粉川先生之前很久很久,我就爱上你了。

12

　　"可是，唔……在这种地方，就算△♯＄％啊。"能势打量四周，"反正是在梦里，倒也没什么关系，但乾精次郎和小山内○￥＄△，他们跳出来的话怎么办？虽然现在是白天，他们应该也在用研究所的PT仪流着口水■◎％￥你吧？"

　　"我来帮你们守着。"粉川利美大义凛然地说，"一看到那帮人冒头我就大喝一声，管保叫他们吓得连电源都关掉。"

　　那真是对不起了，能势感到很对不起粉川。他很清楚粉川对帕布莉卡的眷恋。这一点帕布莉卡也同样清楚。对不起啊，在你眼前那么做，已经和你有过一次▲＊□了。没关系的，不用介意。思维、情绪、感觉、乃至△◎都彼此共通的，我们现在是异体同心啊。我肯定也会感知到你们的♯ˆ▲吧。

　　已经不是宾馆的大堂了，而是换成了没有任何家具的空荡荡的日式房间。这是我高中时候上家政课的缝纫教室哟。某天放学后，我曾被一个流氓♯ˆ▲推倒在这里。这是我的梦里经常出现的地方。粉川打开门，来到教学楼的走廊上，站在下午放学后的缝纫教室前放哨。教室里面则是与高中生该有的行为完全不符的场景。帕布莉卡躺在榻榻米上，与能势相拥。蕴藏在地板里的热气，分明是压抑着的青春激情。窗外是郁郁葱葱的树丛。也正因为这样，我才故意摆了这么不堪的姿势呀，帕布莉卡的思绪如是说。是的，尽力摆出最让我自己感到羞耻的姿势。两个人已经裸裎相对了。娇柔妩媚。帕布莉卡刻意放纵自己的矜持，放开声音高声嘶吼，同时心中又因为能势和粉川的在场而感到羞耻。这不是真正的我呀。我知道的，我知道的，正因为我知道，才会燃起如此高昂的激情啊。我真的没有这么下贱哟，完全是为了让你亢奋起来才这样的。——我知道的，我知道的，我已经无比亢奋了，激情四溢啊，啊……帕布莉卡，不行了，我不行了，我要射了，忍不住了……在能势近乎窒息的一声低吼之后，他射精了。三个人差不多同时睁开了眼睛，只有粉川稍稍晚了一点。

敦子似乎大叫了一声。菊村警视正和宇部警部一脸惊讶地望着从床上一跃而起的敦子。他们已经把能势和粉川头上戴的迷你DC摘了下来。

"啊呀！"敦子想到刚刚梦中的丑态都被他们从显示器画面上看到了，不禁羞红了脸。

"啊，太好了！"宇部叫道，"大家全都醒过来了！"

对于三个人的安然苏醒，菊村警视正也是一脸喜悦。"怎么醒的？"

显示器上同时映出三个人的梦境，分辨不出到底是什么画面，敦子发现这一点之后，终于稍稍放了一点心。能势也想在警官们面前维持自己的形象，对于因高潮而醒的事绝口不提，倒是粉川似乎一直处在相当兴奋的状态，脸涨得通红，不敢正眼去看下属们的脸。

"好了好了，总之是非常手段。"其实是非法手段，啊不，应该说是梦法手段吧。能势笑着说，"总之是用了一种不能对各位直言的方法，你们就不要再问了吧。"

"对了，刚刚研究所打了好几个电话过来。"菊村似乎是要吐出自己心中的疑惑似的，一口气说起来，"说是冰室的家人听说他失踪了，担心他的安全，已经赶去研究所了。还有柿本信枝的家人，好像也来了东京打听她的现状。柿本信枝在研究所里似乎是小山内在负责，他应付不了她的家人，只好让他们去了医院。冰室这边的家人一直在找时田浩作教授，时田的母亲被问得急了，也往这里打了好几次电话。这些都该怎么处理？"

"好吧，知道了，我们来商量一下。"粉川说，"不过，在讨论之前，先让千叶教授吃点东西吧。"

在梦里的时候，能势和粉川都感觉到了敦子因为饥饿而产生的近乎疼痛的感觉。

13

餐厅东面的半边有着高高的玻璃天幕，像是大型浴场一样。千叶敦子、时田浩作、粉川利美三个人一走过来，坐在窗边的冰室父母便站起了身，远远地对着时田鞠了一躬。他们以前曾经见过几次时田，认得他的样子。

冰室父母坐的地方很宽敞，阳光虽然穿过了高高的玻璃天幕，但并没有直射在座位上。各个包厢之间都有屏风隔开，看不到别处座位上的人。而且不管人多人少，屏风反射的低沉杂音也会屏蔽掉隔壁的声音，不用担心被人偷听。对于冰室的父母和敦子他们接下来将要讨论的话题来说，这是一处最理想不过的餐厅了。原本也就是菊村警视正介绍的这个地方，他经常会来这里。

从木更津赶来东京的冰室父母，是一对六十多岁的善良老夫妻。他们的脸上带着不知所措的表情，显示出他们对于冰室一直以来的行为异常不解。在时田介绍粉川利美警官身份的时候，两个人更是惊愕无比，差点当场哭起来。

"那……请问是不是小启卷进了什么案子……？"

"这个目前还不太清楚。"粉川对着冰室的父亲摇了摇头。老人长得像是一位渔夫，实际却是经营着一家布匹店。"因为时田教授向警局递交了宣告失踪申请书，所以我才会过来这里。至于说是不是卷进了什么案子，我暂时也不好判断。反过来说，这一次来也是想向您二老问一问，看看有没有什么可以参考的信息。"

"是……但是，没有参考，什么都……"母亲的眼神里充满了绝望，在空无一物的空间里游移。"说起那个孩子，别提有多……有多瞧不起我和他爸爸了。一直到现在，连个电话都没给我们打过……"

"冰室正在参与一项非常重要的研究。"敦子解释说，"我也是研究组的成员之一。不过，围绕这个研究，研究所内部出现了一些争执。就连时田教授，您看，也有点消沉。"

浩作把巨大的躯体蜷缩在家用型圆桌的桌边，塞在敦子和粉川中间。对于敦子的话，他哼哼了几声，晃了晃身子。从他的表情中可以看出，他想起了一些让人厌恶的事。"对不起，冰室的事情我有责任。我没有关心他的情况。"

"那……该不会……被杀了吧……"父亲搭在桌上的双手紧握成拳。他压低声音说。

"啊！"母亲惊呼起来，一个劲地摇头。

敦子和时田不敢说出真相，良心的苛责让他们垂下了头。事实上，时田并没有提交什么宣告失踪的申请，但为了阻止冰室的父母提交同样的申请，粉川只有昧着良心这样说：

"因为涉及重要的研究，我们也正在全力搜索，一定会想办法找他出来的。我知道您二老非常担心，但是无论如何，请再给我们一点时间。"

要让他们等到什么时候呢？就算找到了活的冰室，也不会是他们熟悉的那个冰室了。一想到这一点，敦子的心中便划过一阵苦痛。

梦中深夜的垃圾场。冰室真的被扔在那里了吗？敦子已经把那个不知地处何处的垃圾处理场打印出来、交给了粉川，粉川的下属也开始秘密调查垃圾场的具体位置。敦子还记得桥本在自己的梦里不小心暴露出垃圾处理场的时候小山内那副慌张的模样。由此看来，冰室十有八九是被杀了吧。

"我们对研究什么的一点都不明白，不过您刚刚提到内部的争执，那指的是……？"

对于父亲提出的这个问题，敦子瞥了粉川一眼，从他的眼神中看出他也同意向对方解释一部分真相。至于该说到什么程度，来这里之前已经讨论过了。

"简单来说，就是有人觊觎我们的研究成果，要争夺研究所的主导权。更过分的是，他们要抢夺我们的研究成果。而冰室先生恰好知道其中一部分研究内容。"

浴场般的嗡嗡声回荡在充满了平和气息的餐厅里，然而这股宁静却突然被一声尖叫撕裂了。那声音似乎是来自旁边包厢的一个年轻女子。紧接着，金属托盘掉在地上的脆裂声、玻璃餐具摔碎的声音此起彼伏，响彻了整个餐厅。音量之大，恐怕连餐厅的设计者做梦也想不到。

顾客纷纷站起身子，一个个手指着天幕，骚动不安。天幕外面，一个巨型的人偶娃娃正隔着玻璃俯瞰餐厅里面，背后则是一片蓝天。那个娃娃瞪着漆黑的眼珠，脸色惨白，让人毛骨悚然。它鲜红的嘴唇大大地张着，像是在笑，但却听不到笑声。

"嘻嘻嘻、哈哈哈！"

"那是什么？"

"怪物。"

敦子腿都软了。这不是冰室的梦吗？是冰室的梦混进现实里了吗？或者说是在自己的梦里？自己仍在迷你 DC 的副作用下醒不过来，又受到乾精次郎和小山内的影响，被迫看到了冰室的梦吗？

"是冰室！"时田浩作哀号起来。

"啊，什么？！"冰室的父亲也发出惊叫。

只有粉川镇定地注视着人偶，慢慢站起身，然后又向四周扫视了一圈。

时田用手捂住自己的脸，嘴里不断地喊着："是冰室！ 是冰室！"

嘈杂声中，冰室的母亲从桌边探出身子，大声问时田："什么？为什么说它是小启？那个人偶到底是什么？"

比起自己的安危，敦子更担心时田的精神状态。不管眼下发生的是梦还是现实，现在最要紧的是，不能让时田的精神状态倒退。"没关系的，醒醒、醒醒，镇静一点，求求你了。"

粉川在自己身上敲了几下，对敦子说："我不知道迷你 DC 的副作用是什么样子，但是至少我可以肯定，这绝对不是梦。我不是在梦里断言说它不是梦。我们是在现实里。一切都是现实。"

他的反复强调，反而更显得是在说服自己。迷你 DC 的副作用。难道说其中还包含有令梦境产生现实感的功能？我们该不会是身处在这样的梦境里吧，敦子想。粉川之所以那么强调这是现实，恐怕也是感受到了与敦子同样的不安吧。

"是表演，助兴表演！"

周围的叫喊声渐渐平息下来，转而出现了"哇哦"一类的低声赞叹。有人也站起身来随声附和，既是安慰自己，也是让周围的人放心。

"是什么活动？"

"妈的，这个玩笑开过头了吧！"

"在拍电视吗？"

"是吧。"

"肯定是。"

嘘声四起。

"混蛋。"

"滚吧，滚开。"

人偶娃娃把只有两根手指的手掌摊开到最大，涂着白胡粉①的手掌上，黑色裂璺如同掌纹一般清晰可见。身穿长袖和服的人偶，将手臂高高举起，然后对着天幕的玻璃重重砸了下去。

玻璃粉碎，碎片纷纷落在地板上。在场的所有人直到这时才终于明白眼前并非是演戏，大家全都跳了起来。好像有人受伤了。餐厅的混响设计给四起的地狱般哀号增添了不少效果，多数人都不敢相信自己的眼睛，突如其来的恐惧让他们失去了冷静。所有人都向餐厅大门冲去，留在座位上的只有被吓昏过去的人。

玻璃碎片没有溅到敦子他们所在的地方，但粉川觉得还是尽早离开为好。

"走吧，我们先出去。"

在粉川的引导下，五个人沿着墙边走向出口。如果这场骚乱召来了警察，粉川就不得不向他们解释自己为什么会和敦子、时田在一起，所以尽早离开才是上策。但是——敦子想——真的能逃走吗？如果这不是梦的话，那个人偶就是冰室的化身了吧。若是真的如此，那么不管逃去哪里，那只阴森可怕的人偶都会一直追在后面的吧？

---

① 绘画用白色颜料。——译者

"对了，小启确实有一个那样的娃娃，一直当个宝贝似的藏着。"冰室的母亲浑身颤抖，但尽管如此，她还是以同样颤抖的声音不停追问时田，想要打听儿子的下落，"可那怎么会是小启呢？时田教授，你为什么会喊它是小启？请告诉我，时田教授，请告诉我！"

"别这样。"冰室父亲抓住她的肩膀摇晃，用同样颤抖的声音劝说，"先逃吧，有问题等一下再问。"

人偶用手敲碎了天幕。敦子抬头望去，那双滚圆的眼珠明显是朝着自己这一行人的方向来的。就算逃到了外面——啊，不对，如果逃到外面，那个怪物岂不是追得更紧？而且它在追敦子的时候还会伤及路上无辜的行人。别的姑且不说，至少对于粉川这位公共治安的最高负责人来说，这也是不小的麻烦吧。

可是，如果这不是梦，那就连可以与之抗衡的办法都没有——不对，或许会有，敦子想。自己身上不是也残留着迷你 DC 的后遗症吗？不过说是这么说，可到底该怎么办？像在梦里一样行动就可以吗？这种事情，可能做到吗？

然而跑到餐厅外面，敦子再回头去看的时候，却发现刚刚耸立在身后的高达十米的人偶娃娃已经不见了踪影。马路上没有任何混乱的迹象，车来车往，川流不息，只有那些从餐厅里跑出来的人一个个还是惊魂未定的模样。不过，餐厅东面的玻璃天幕连同铁框确实已经被破坏了，显示出刚刚承受过巨大的力量。

"怎么可能嘛!"

对于餐厅里跑出来的人所做的描述,路人纷纷嗤之以鼻。不过不管再怎么不相信,有好几个头破血流的人也是真的。既然有这么多伤者,警车和救护车肯定马上就会赶过来的吧。

"别留在这儿,快点,我们走吧。"粉川催促着大家。

身为警官,为什么不留在现场调查取证呢?冰室的父母向粉川投去充满疑惑的目光。一行人来到附近一个车站,粉川这才解释道,"对您二老来说,刚刚发生的事情应该像是一场噩梦吧。其实对我们也是一样。虽然意思上有点小差别,但这确实是一场噩梦。刚刚发生的事情是否与冰室先生有关,我们必须要通过科学、冷静的方式调查。我身为警视监,正是为了保持冷静的态度,才从现场离开,以免被卷入混乱的局面当中。我不敢请求您二位的理解,但至少,在厘清事态之前,请先给我一点时间。"

"可是,那个……那个人偶,"母亲越说越激动,都有点歇斯底里了,"它是小启吗?那个人偶真的是小启吗?小启怎么会变成那种样子?!"

敦子对这位母亲的直觉感到惊异,尽力安抚她说,"时田只是由那个人偶联想到了冰室先生。他非常牵挂冰室的下落,又被突然出现的人偶吓到了,所以才会那么喊。人偶怎么可能是冰室先生呢?不会的,完全不可能。"

"是我昏头了。"冷静下来的时田也道歉说,"是我在胡说八道，让您担心了，真是非常对不起。"

几个人对冰室的父母连哄带劝，好不容易让他们坐上了电车。三个人决定回到敦子的住处，讨论如何控制事态的发展。

他们在车站前叫了一辆出租车。经过刚才那家餐厅的时候，只见门前已经停满了警车和救护车，甚至还来了好几辆报社和电视台的采访车。

14

幡多温泉的旅馆是一座颇有年代的建筑，因为坐落在悬崖下面，而且有的房间都已经探出河床了，所以即使客流量增加了许多，也没办法进行改建。也是因为这个缘故，这里没有大型的宴会厅，遇上眼下这个人数众多的宴会要求，便不得不拆下各个房间之间的拉门，把好几个房间打通作为会场，然而其中因为有一个房间是探出河床的，所以整个会场实际上弯成了一个字母"L"的形状。

傍晚五点左右，回廊上的窗户全都大开，河面上吹来习习凉风，酒桌上的菜肴也都上齐了，刚刚泡完温泉的客人们全都面色红润，一个个穿着浴衣陆续入席。

幡多温泉位于连接越后山脉的五莱山上，由新潟市内坐巴士到这里要四个小时。能势龙夫一行人是在东京，当然更是不得不清晨一早就出发。除了能势，一同随行的还有新近负责新车"蔬菜"销售的第三营业部部长难波、负责技术和零部件的两位科长，还有一个营业部的职员，共计五个人。

接受能势他们邀请的有新潟市内数十位特约销售店的老板。到了明天，难波手下的科长和职员将会去新潟市内，给经销商的销售业务员、机械师等人进行培训，讲解维修等方面的知识。

两个科长等了半晌才在宴会上露面。他们两个人早上出门前没来得及解手，在大巴上忍了一路的颠簸，一到旅馆就冲进厕所，费了半天工夫，所以泡温泉的时候就已经晚了，又因为坐大巴的时候开着车窗被风吹了一路，不得不洗了个头，也就迟到得更加厉害。

"哎呀，真是抱歉。"

两个人顶着油光锃亮的头——是用房间里预置的发蜡抹的——出现了，宴会终于得以开始。

出席宴会之前，能势只在温泉里泡了一会儿，便回自己房间小睡了一下。这段时间他积累了太多的疲惫。本来他一直都牵挂着帕布莉卡，这一次也不想来的，但是无奈于社长的委托，只得出面应付一下。

宴会的气氛很快就到了高潮。有人说夜风伤身，于是拉上了隔窗。天花板被壁灯照得一片辉煌。能势身边的空地上开始了节目表演。总公司营业部的职员个个都是身怀绝技，新潟销售店的那帮人里也是能人云集。搞到最后大家乱作一团，都分不清是哪边的人在献艺了。而且有人还会因为得不到表演的机会而生气，请他们上场反而变成一项招待内容了。

一个刚刚步入中年的销售店老板，把西服倒穿在身上，搭着钱袋和烟管扮成中国人。在场的人一个个笑得前仰后合，差不多都要满地打滚了。然而就在这时候，一个女服务员从走廊连滚带爬地闯进了宴会，她的头发散乱不堪，和服都卷到了大腿上。她紧紧抱住"中国人"的腿大声叫唤。

在场的众人以为这也是表演的一部分，笑得更加开怀。

"哎哟，小妞也上场了！"

"演得真像啊。"

能势一开始也以为只是表演而已，但是仔细一看，却发现女服务生的样子实在有些异常，而且看她脸色发紫，嘴唇打颤，整个身体也在瑟瑟发抖，似乎是被吓得话也说不出来。

"怎么回事？！"

对于能势的怒喝，女服务生颤抖着回答说：

"老……老虎！ 有……有老虎！"

温泉旅馆里怎么可能会有老虎，众人再次哄堂大笑。

但是能势脸色愈发凝重。这个女服务生说的该不会是真的吧？莫非，是我之前做梦时梦见的那只老虎？我因为来到这家日式的温泉旅馆，不由得想起了虎竹，所以刚刚做了一个关于老虎的梦，结果那只老虎通过残留在我身上的迷你 DC 的副作用来到了现实里……

不对，这怎么可能——能势转念一想，所谓"无法分辨梦与现实"的怪异说法，终究只限于同帕布莉卡相关的世界中吧。

能势恢复了常态。他记起曾经看到过的一篇报道，说是某个人养老虎做宠物的。说不定就是那只老虎逃出来了吧。

这时候有些人也发现女服务生的惊恐不像是装出来的，笑声渐渐停了下来。难波向能势望了一眼，问女服务生说：

"你说的老虎在哪儿？"

"在楼梯上，正要……正要朝这里过来。"

"不好！"

坐在靠近走廊位置上的一个男人探出脖子向走廊张望，然后一言不发地把桌上的酒菜推到一边，往地上一趴，像只蛤蟆一样跳了出去。旁边的人被他的举动搞得目瞪口呆，然而就在这时，一头老虎就像受到了那个男人动作的启发一般，猛然从走廊跳进了宴会厅。那可不是毛绒玩具，而是一只真真切切的老虎，而且个头相当庞大。所有人都亲眼目睹了一头现实的、活生生的、绝非电视或者关在动物园笼子里的老虎。

众人"哇"地惨叫起来。老虎的狩猎本能似乎被这叫声激发，跳向旁边的一个人，随后像是要证明自己的野性一般，一口咬上了那人的脖子。

大家全都尖叫着拉开隔窗，争先恐后地越过栏杆跳出去。有人摔在河滩上，座位悬空在河床上的那批人蹿到走廊里推搡一番，最终结果还是跳进河里逃生。有人干脆被吓得半死，瘫倒在地动弹不得；有人紧紧抱住立柱想要拼命站起来，有人屁股瘫在榻榻米上，像个女人一样蜷缩着；有人死死拽着正要往外逃的人的腿不放；有人紧紧贴着墙壁，胡乱蹬腿。

总公司的营业部职员茫然无措地呆看着被老虎咬的人，看他脖子里喷出的鲜血还有临死前的抽搐。老虎扔下口中的猎物，转而向他扑去——年轻的职员便成了下一个牺牲者。

那个装扮成中国人的销售店老板早已逃去了走廊，脚下还拖着紧缠住他的女服务生。能势和难波坐在自己的座位上呆若木鸡，身边的人全都逃光了，只剩下他们两个人了。

"我……我们……逃吧！"难波伸手拍上了能势的肩头，他颤抖得近乎痉挛的双腿总算是站了起来。

老虎的血盆大口上沾满了年轻职员脖子里喷出的鲜血。它刚扯下一块肉，便被难波的动作吸引了注意，睨视着难波和能势他们。

15

小山内痛苦难耐。他恐惧睡眠。

一旦睡着，他人的梦就会经由迷你DC的残留副作用蜂拥而入。若是乾精次郎的梦也就罢了，可要是已经死了的冰室的恐怖梦境混进自己的梦里，那可是真正的梦魇了。而且梦里的冰室还是活的。

乾精次郎也对小山内坦白说，他也有同样的烦恼。

"不过啊，"乾精次郎说，"千叶敦子应该也和我们一样，受到同样的折磨吧。一到晚上，她也会害怕睡觉吧。"

话虽如此，小山内对梦境的恐惧还是丝毫不减。不但是恐惧他人的梦，他也恐惧自己在梦里遇上千叶敦子。一旦相遇，必然会发生战斗。她当然也在做同样的与他战斗的梦。异床同梦听上去要比同床异梦浪漫许多，然而实际上根本与浪漫两字风马牛不相及。那是劳心劳神的艰苦作战：先要分辨出到底是自己的梦，还是和他人的梦混在一起了；其次若是混进了他人的梦，还要找出梦的主人是谁。如果用过一次迷你DC的人都能闯入自己梦境的话，那么至少有冰室、岛寅太郎、时田浩作，还有帕布莉卡曾经的患者、身为某公司重要人物的能势龙夫，以及警视厅高层官员粉川利美。这些人都有可能在无意识状态下出现于小山内的梦里。

　　小山内尤其害怕粉川的出现。假如他不但出现在自己的梦里，也闯入到桥本的梦境的话，以桥本那么薄弱的意志，恐怕当场就会被他发现冰室被谋杀的事实吧。

　　可是，再怎么恐惧也不能不睡觉，而且自己还有本职工作，没办法趁着旁人不睡觉的白天去睡。思来想去，唯一能够保护自己不受敌方侵害的办法，只有同乾精次郎和桥本统一时间入睡了。

　　唉，迷你DC的残留效果到底会持续多久呢？难道永远都不会消失了吗？迷你DC存放在危险药物专用的铅质保管箱里，但就算再怎么隔断，只要迷你DC存在一天，这样的噩梦就会持续一天吗？千叶敦子应该已经充分体会到迷你DC的危险性，停止用它了吧，但糟糕的是，小山内和千叶敦子就住在同一座公寓里，房间也仅有一道天花板的隔绝，不管用不用迷你DC，单是残留效果就足以能登入对方的梦境了。

　　要保持可以随时清醒的浅层睡眠状态虽然很难，但也不得不尽力去维持。凌晨两点的时候，小山内睡了。

　　好像是神宫外苑……小山内在做慢跑运动……但其实他从来没有慢跑过，不过倒确实想过要跑，所以才会做这样的梦吧。对面有一个男人也正在向自己的方向慢跑过来，四五十岁的模样。愚蠢的人啊，上了年纪才想起来锻炼，都这把岁数了，再怎么跑也只是破坏自身的健康了吧。不对——那家伙不是岛寅太郎吗？

果然是他。岛寅太郎也认出了小山内，正向他跑来。这老不死的已经恢复正常了吗？老家伙还记得我们在他身上动过手脚吧，真可恶！是来找我麻烦的吗？

岛寅太郎站到了小山内的对面。他在笑。这个家伙脾气好得让小山内不由自主地气愤……和畏惧。

"您已经痊愈了吗？"小山内习惯性地用上了敬语。

"已经好了，好了。"岛寅太郎笑着点头，"被你折腾出来的▲◎＄♯的＊％，帕布莉卡已经全帮我治好了。她是天才啊，和你们这些庸才可不一样。"

小山内勃然大怒。这不是我梦里的岛寅太郎，而是岛寅太郎自己。老家伙的梦混进我的梦里了。这个老不死的，借着做梦的机会，居然也敢说这种平时借他胆子都不敢说的话了。"闭嘴！老东西！我才是天才！你个老不死的！去死吧！去死吧！"

岛所长的脸一下子拉得老长，他没料到会遭遇下属的如此谩骂，着实吃了一惊。他的身体"噗通"一声陷进地里，一直埋到脖子。他只露着脑袋，一边翻掘泥土，一边在参道①上奔跑，结

---

① 前往明治神宫参拜时所走的道路。——译者

果一头撞上一个粗大的树根，没法继续前进，只能仰面朝天，不知道在哭喊什么。

"活该！"小山内赶上去想要一脚踢飞岛寅太郎的头。不知怎的，他的心中生出一股虐待亲生父亲般的快感。然而就在他迈出步子的时候，身后传来一阵金属线绷紧般的危险声音，就像钢琴琴弦发出的声音一样。

"住手！"

那是年幼的帕布莉卡。年纪虽然小，但是从她那身红 T 恤和牛仔裤的打扮上也能看出就是帕布莉卡。小山内自己好像也回到了少年时代。帕布莉卡手上拿着一把弹弓，皮筋已经拉到了极致，正对着小山内守雄蓄势待发。弹弓有多危险，小山内深有体会。小时候他曾经被朋友弹到过眼睛，要不是眼睛闭得及时，那只眼睛可就保不住了。当时那种痛彻心脾的感觉，至今依然记忆犹新。

"哇！"

眼前是缓坡的道路，两边都是豪宅，然而小山内没时间往房子里跑。他抱住头蹲下去，大声尖叫起来。

"别这样！ 危险，危险！"

"嘿嘿，嘿嘿，"坏女孩帕布莉卡得意地笑了，"果然啊，这东西男孩子都害怕。"

小山内虽然低着头，但也知道这时候帕布莉卡正站在自己面前。她手里弹弓上的小石子正对着自己的脑门。

"喂，守雄，你看，我松手喽！"

"哇！"

已经忍不下去了。虽然知道这只是个梦而已，但真要是受了伤，搞不好也会带回现实。小山内疯狂地挥动手臂，躲避飞来的石子，站起身逃回了除夕夜当晚的、自己儿时的家。

除夕之夜，小山内家里依惯例要给新年第一天做准备，会干活干到很晚。睡觉的时候基本上都是新年第一天的凌晨三四点钟了。小山内守雄他们这些小孩子也一直兴奋得睡不着，和努力干活的大人们一同熬夜，不过最后总是会在厨房里睡着。祖父从来都是大咧咧直接坐镇厨房，身边放着清酒的瓶子，手里捧着清酒的酒盏，不停指挥面前的女人们。不过这一次小山内守雄跑回到厨房的时候，却发现化身祖父的乾精次郎正穿着和服，盘腿坐在一贯的位子上，满脸不悦地瞪着守雄。

"为了好好地睡一个没有梦的觉，我煞费苦心，仔细调节了丁溴比妥（Butallylonal）镇静催眠药和舒砜那（Sulfonal）镇静催眠药的剂量，结果刚一睡着你就在这儿瞎嚷嚷，你这小子啊！"

"对不起。"小山内守雄撒娇般地哼哼道，"可是我很害怕呀，很害怕嘛。"

"这是你的梦吧？"乾精次郎打量了一下厨房，"你睡得最沉，好像有被人侵入的迹象。"

"其实这是一段让我怀念的时光，这里也是一个让我怀念的地方……但也是一段可怕的日子，一个可怕的地方。"小山内守雄哭了起来，"它也可能不是真实存在的，而是我梦到过好几次之后留下的记忆。"

"这里发生过什么？"乾精次郎变成了一个精神医生。

小山内守雄回头望向大门。门正敞开着。因为家里的人一直在进进出出，整个晚上门都开着，于是地痞无赖会趁机溜进来。在守雄的梦里，这种事情发生过不止一次，不过现实中是不是真的发生过，小山内守雄自己也分不清。

有时候是举止粗鲁的小流氓讪笑着顺手拿走家里的某样东西，有时候是眼神阴森的地痞找茬勒索财物，有时候是喝醉酒的彪形大汉调戏妈妈和姐姐，所有这些人都是一样的厚颜无耻，在守雄和家人的拼死抵抗之下依然毫无愧色，刚被赶走又会卷土重来。尤其是除夕之夜，一旦梦见这个时间，那些无赖必然会随之而来。

"是吗？这么说来……不好，有人来了。"读取了小山内守雄记忆的乾精次郎咆哮起来，"这是你自我的一部分，是你想要努力守护的弱点。他们一定是瞅准了这个空当。"

门口传来女人的惊叫："谁，你是谁？"那是妈妈惊恐的声音。啊呀，来了！ 小山内守雄站起身，哭嚎起来。滚出去，滚出去！ "这里不是你们这种人能来的地方！"我们家地位高得很哪，可不是你们这种人能来的地方。家里人都是高级知识分子，哪是你们这种没教养的穷鬼能比得了的。

"没教养的穷鬼！ 滚出去！"

"唔，你是小山内守雄吧？"

由门外漆黑的夜色中走进大门的，是那个名叫粉川利美的警视厅高级官员。他可不是没教养的穷鬼，而是连小山内守雄自己也不得不仰望的社会精英。他的脸上看不到一丝笑意，身上穿着一件剪裁得体的西服，就像那天在电梯里穿的那件一样，齐整得毫无皱褶。面容严正的他，即使是在梦里也厌恶邋遢的装扮吧。不知什么时候，小山内放弃了儿时的自己，恢复到成人的模样。也许是因为粉川利美的闯入，迫使他不得不做出无奈的选择。

"您是哪位？"小山内明知道自己的问题问得十分愚蠢，但也不得不硬着头皮发问。他全身的力气都用来支撑自己不要瘫倒，甚至连双腿不听使唤地后退都拦不住。

"你是知道的吧。"粉川依然没有半点笑意。他已经深入到小山内的意识之中。警视监。警视监。这个官衔压迫着小山内的神经。粉川在梦中的思想也灌输给了小山内。

要的就是这个效果，粉川想，所谓迷你DC的副作用。这是一个难得的机会，也许可以帮助帕布莉卡。利用这个效果找出真相吧。

"冰室的尸体在哪里？"

哇！ 小山内的心中发出一声惊呼。快逃！ 我没办法反击。

幸亏睡眠的深度和梦境的内容会因为冲击而变化。小山内置身在旅馆里。不对，说是旅馆，其实应该是老式客栈吧。许多旅客在大厅里惬意地休息，小山内自己则是一名年轻的武士。要小心啊，他想。在历史小说里读到过这类地方的描写。到处都是小偷、扒手和骗子。这就是他此刻所处的地方。这是梦中的警告吧。不能大意。尽管一身武士的装扮，小山内还是感到害怕。这里都有哪些人？商人、朝圣的母女、相扑手、年轻的夫妻、耍猴人，全都是小山内厌恶的邋遢无比的下层庶民。啊……在那里！叼着烟枪白发苍苍的木匠师傅岛寅太郎、稻草人打扮的千叶敦子，正越过人群偷窥自己。够了！ 小山内站了起来。我受够了！放过我吧！ 不管逃到哪儿都不行吗？见鬼！ 真他妈的见鬼！ 我要把你们杀得片甲不留！

小山内拔出了刀。

16

　　自己还是在梦里吧——小山内虽然在梦里意识到了这一点，但还是无法轻松对待梦里的生活。也许换作别人也是一样，越知道是梦，反而越要认真对待。来自潜意识的命令阻止了放荡不羁的存在。

　　小山内同时也感觉到，身在梦中的也许并非只有自己。只要自己还是年轻武士的装扮，那就说明自己还在梦里。手里还握着刀。自己拔刀之后发生了什么？刀刃上并没有血。自从拔刀直到现在，似乎过去了很长时间，但是那段时间里的记忆却完全丢失了。而且自己似乎一直在做梦醒的梦。一身年轻武士装扮的自己刚刚从床上醒来，两张床并排而放，旁边则是 PT 仪。昏暗的卧室。不对，像是诊疗室。小山内明白这是经由某个人的梦境看到的，是帕布莉卡的梦吧。这里是千叶敦子的卧室，同时也是给患者进行治疗的房间。

　　自己没有半点现实感，但身边的一切却如此真实——这可能吗？不过既然是身在梦里，当然也就没有进一步思考的必要。小山内笨拙缓慢地爬了起来，动作完全不像年轻的武士。

　　隔壁传来说话声。是个男人的声音。隔壁应该就是客厅吧，这样看来，千叶敦子是把男人带回了自己的住处，而且还和他亲热交谈吧。小山内的身体因为嫉妒而摇晃不已，突然一歪靠在了门边的墙壁上。他把门轻轻推开一条细缝，偷窥客厅的模样，同时竖起耳朵偷听。

"不过那头老虎并没有扑我，反而跑到我身边，贴在我的身上，像是很眷恋我一样，然后还打起呼噜来了。"

是那个叫能势的男人，某公司的重要人物。他正瞪着眼睛扫视在场的人，似乎是在讲述自己的经历。客厅里坐着千叶敦子、时田浩作、岛寅太郎，还有两个小山内不认识的男人。比起小山内自身感觉到的模糊感，那些人的存在感异常明确，交谈的语言也是非常清晰，简直就像是现实世界一般。

"一般情况下这是不可能的吧。一头发狂的老虎闯进人群里乱咬，又怎么会贴到其中一个人的身上？不过我当时一摸到老虎身上如同钢针一样的毛发就明白了。那是梦，再不然就是那头老虎来自梦里。或者更准确地说，那是化身为老虎的虎竹贵夫。"

刚刚结束出差回到东京的能势龙夫直接来到了敦子的住处。敦子、时田和岛所长把他围在中间，只有粉川利美因为需要代理警视总监的重要工作无法赶来，由山路警视和宇部警部代替。时田浩作和岛寅太郎已经恢复得差不多了，至少可以保护自己，所以菊村警视正和阪警部也就不再担任护卫工作了。

"老虎就在我眼前消失了。大概是因为我一直在梦里——不对，是在现实里嘟囔'消失吧，消失吧，给我消失，回到梦里去'什么的吧。在我身边的难波也看到这只老虎凭空消失了。他也和我一样，没敢把这非现实的一幕告诉警察，不然肯定会被笑死。接下来的事情你们应该在报纸上都看到了。警察、消防队，还有猎人协会都在山里仔细搜了好久，当然什么也不可能搜到。不过因为死了两个人，还有不少人受伤，也没办法用集体幻觉来解释，所以直到现在那一带还被列为老虎出没区域，处在戒严的态势之下。"

"和餐厅里出现人偶娃娃的情况一样啊。"山路警视的眼神熠熠生辉，似乎是想反驳这番不成条理的叙述。或者说，他是想努力保持自身作为警官的逻辑性吧。"出自梦境之物，本身就是不存在的，所以它的凭空消失也没什么稀奇。倒是现场为什么会出现死伤呢？这其中有什么含义吗？"

这问题虽然是向着敦子问的，但敦子也没办法给出回答。就算勉强做答，能说的最多也就是来自梦境的使者会给现实世界带来死亡、留下伤痕，从而重新反映出梦境具有的强大力量什么的，其实只是不着边际的象征性推测而已。

"是我不好。"时田浩作一直双手抱头，这时候终于大声叫起来，像是再也无法保持沉默了一般，"我不该做出那种东西，也没有加上限制访问的机制，就这么糊里糊涂地做出来了。这是我的失职，我不配当科学家。"

大家一时间找不到安慰他的话，全都陷入了沉默。时田更加自责起来，一边说一边痛苦地蜷起身躯。

"是我太冒失了，一味沉湎在自己的发明天才里。对了！"他转向旁边的敦子，慢慢伸出厚实的手掌，"我来拆迷你DC。把它们全给我。你手上有几个都拿出来，我马上拆了它们。"

"请等一下，"山路警视急忙站了起来，"我能理解您此刻的心情，但是对方手上还有剩余的迷你DC，我要是看着您拆掉手上的这几个，以后再出现紧急情况无法对抗的时候，我就要被狠批了。"

"是啊，"能势也附和说，"至少要先和粉川商量一下。"

"可是不知道迷你DC的存在会不会导致残留效果的强化啊……"时田低声哼哼说。

"就算我们这边处理掉自己的迷你DC，"岛寅太郎面带疲惫，无力地说，"只要他们手上还有，那还是会每晚侵入我们的梦境啊。我已经头晕了，昨晚还被小山内搞得很惨。"

他指的应该是被小山内大骂一顿，不得不潜到地下一边挖一边逃的事。

"只有在梦里才有机会从他们手中夺回迷你DC。虽然我想他们现在应该也不戴迷你DC了，不过……"敦子激励胆怯的岛所长说，"还是请忍耐一下。我会像昨晚一样保护您的。"

"啊，是的，没错。你还在战斗啊。"岛所长感叹说。他看起来老了很多。

时田和能势两个人作为共有梦境的一员，都向敦子点头示意。无论他们是否在梦里出现，至少都能看到敦子在每个梦里的战斗英姿。

"粉川警视监也说他昨天夜里和乾精次郎之间上演了一场严酷的战斗。"山路警视苦笑着说，"啊，不过那好像也没什么好笑的……"

"啊？怎么回事？"敦子和岛寅太郎对望了一眼。

"是除夕夜的梦吧？小山内从警视监眼前逃走之后，肯定换成乾精次郎出现在大门里面了。"岛所长露出担忧的神色，"难怪会转变场景，昨天那个大门是小山内的梦境内容啊。"

"那一段我没看。"时田也担心起来，"粉川对决乾精次郎，没事吧？"

"那家伙不会有事的。"能势不禁庆幸不是自己面临那样的局面。他像是要否定自己的忧虑一般，说，"因为我们是进攻的一方。"

"后来小山内打扮成年轻武士，出现在一家客栈里。"岛寅太郎说，"我和帕布莉卡也都穿着古装去了。武士拔刀的时候吓了我们一跳。差不多就是这个时候，警视监和乾精次郎在只剩他们两个的梦里开始战斗了吧。"

"对啊，刀拔出来了。"

某个空洞的声音接上了岛所长的话。在场的众人全都僵住了，只有宇部警部站了起来，瞪着卧室的门。

"谁在里面？"

"是谁？"山路警视也带着一股不祥的预感站起身子。他摆好架势，放声喝道，"谁在那里？给我出来！"

门缓缓打开。客厅里的六个人屏住了呼吸。武士装扮的小山内手中提着刀斜倚在墙边，他的身影的轮廓朦胧模糊，毫无生气的眼底沉积着阴郁的神色，低垂的眼神投向敦子，目光里暗含着一丝隐约的怨恨。小山内虽然毫无视觉上的存在感，但却如突然插入潜意识一般带有一种不祥的危险感。他的模样非常俊美，仿佛是古装小说的插画，而这又反过来更增添了几分危险色彩。

"从昨天晚上的梦里出来了，"敦子起身向厨房的方向退去。她的位置距离小山内最近。

"消失，给我消失！"时田想起刚刚能势说的话，他一边用自己庞大的身躯保护敦子，一边犹如念咒一般地反复喝道，"你并不存在！给我消失！消失吧！"

年轻的武士微微一笑，然后开始了明显是梦呓的胡言乱语："拔了刀，后来。现在是牙齿的手。醒来时田浩作……门的理没有豆酱入口什么的。你这家伙……通奸吗？白色椅子……金色椅子的魔……你小子……"

小山内把手里的刀对准时田，步步逼近。宇部警部举枪瞄准了他，但却不知道该不该开枪。他向山路警视确认："该怎么办？"

"开枪他也不会真的死在这儿吧……"山路也慌了手脚，"不过真要杀了他的话，对现实里的小山内会有什么影响吗？"

武士对着时田挥起了武士刀。他准备劈下去了。

"危险！"时田放低了身子。

"开枪！"敦子大声呼喊，"对现实不会有影响！"

"开枪！"

武士挥刀欲劈的时候，宇部扣下了扳机。

胸口溅出的鲜红飞沫四散喷射。武士装扮的小山内抽动起身体。他的刀自半空挥过。那张极富希腊气质的清秀面庞因为痛苦而扭曲，头发也披散开来。这样的姿态虽然也带有一丝仿佛低劣油画颜料绘制出的低俗感，但依然闪耀着颠倒众生的超凡美丽，甚至美得让人窒息。他的踉跄挣扎是为集中了所有色彩的死亡之舞。被痛苦逼出的微弱呻吟、自唇边流淌而下的鲜血、濒死时定睛看向天空的目光，全都是死亡美学的巅峰。在即将倒地的前一刻，小山内完全消失了。

"啊！"

小山内感到一阵突如其来的眩晕，身子几乎瘫了下去。他慌忙重新坐直身体。这是精神医院研究所的副理事长办公室。他正坐在乾精次郎的办公桌前，和乾副理事长商议理事会事宜。不知为什么，乾精次郎一脸惊讶地望着小山内。

"对不起，我刚刚有点头晕。最近一直都睡不好，尤其是昨天晚上，正如您也知道的……"彼此都有共通的梦境，小山内也就没有继续说下去。

"没事吧？"

"是，已经没事了。"

虽然嘴上如此回答，但实际上从早上开始小山内就感觉到一股难以言喻的空虚感。而刚才的那一阵眩晕虽然抹去了空虚感，却同时也让他感觉像是丧失了一部分自我。怎么回事？他问自己。感觉上似乎是产生了一段空白。小山内用力摇了摇头，试图以此恢复元气。

"那刚才是怎么回事？"

乾精次郎继续侧头望着小山内，脸上满是疑虑。

"嗯？您说的是什么？"

乾精次郎摘下眼镜放到桌上，眨了眨眼睛。"就在刚才，你忽然在椅子上消失了，然后又穿着武士的衣服带着刀出现了。整个过程差不多只有一秒钟。你的胸口染着鲜血，看起来就像临死之前一样。有一种说不出的悲怆感，异常美丽。那到底是怎么回事？"乾精次郎的目光中淡淡地映出一层色情的光芒，他缓缓站起身，脸上露出微笑，"充满了魅力啊，小山内。昨天夜里的你，该不会借助'恶魔之源'的力量，一瞬间显现到现实中去了吧。不过你又是被谁杀了的呢？"

乾精次郎绕到小山内的身后，双手温柔地搭上了他的肩膀。

"太美了，我被你迷住了啊。"

17

敦子也感觉到了与小山内同样的对睡眠的恐惧。但她必须夺回迷你DC，这份责任支撑着她在梦中对乾精次郎、小山内，以及桥本发起进攻。在共通的梦境里占据优势意味着什么？意味着可以设置出对己方有利的场景和情节，同时也能获得逆向侵入对方梦境的力量。

敦子害怕的是在持续做梦的过程中越睡越沉，一旦沦陷在潜意识中就会无法脱身。所以，虽然连续性的浅睡眠不利于健康，但她还是在寻找实现的方法：药物、自动苏醒装置，在PT仪前以一种不稳定的姿势入睡，等等。

这一天晚上，敦子决定依靠自动苏醒装置。她把机器设置到非完全苏醒的浅眠维持状态，又在枕边放了一部电话机。她和时田与岛寅太郎商定，每隔数小时就相互打一个电话，以防自动苏醒装置失效。

虽说是浅睡眠，身体已经进入了深度睡眠状态，唯有脑波描绘出与清醒时候无异的曲线。这其实已经是REM睡眠了。在REM睡眠的状态下，根本不可能一边做梦一边操纵PT仪，甚至连分辨是不是梦境都做不到了。

这是第一次的 REM 睡眠吧。此时此刻，敦子全然不知自己正身处在梦中。她回到了曾经与桥本关系不错的那段时光里，正和他一起身处在实验室中。应该是在做生物或者化学实验吧。试管里则是各种各样的细菌，是噬菌体实验吗？总是口渴的敦子拿起矿泉水瓶正要喝水，然而水里也蠕动着某种绿色的小生物。

"是细菌啊。"

"煮沸了看看？"桥本在一旁出主意。

敦子把水倒进烧瓶，刚刚点火的时候，忽然"啊"的一声，熄灭了火，举起烧瓶，仔细观察瓶里的模样。

细菌正在生长。

"这个还是叫菌类更合适吧。"

桥本点头表示同意。"对，是类似变形菌的不完全菌类吧。肯定是发生了突变。"

可能是接触到外界空气的缘故，三只菌类的体长长到了三英寸多，颜色也变成了刺眼的深绿、深红和深黄色。上部长有类似于脸的东西，身体呈纺锤形，像是巨大的孑孓一样。那张脸上甚至连五官都清晰可辨。

"这种水不能喝了呀。"口渴越来越厉害。

"这东西不过是碳水化合物嘛。"桥本把筷子伸进烧瓶，夹出黄色的那只，一口咬下了脑袋的部分。

呃……敦子一阵恶心。她再次观察烧瓶，却发现里面红色菌的脸变成了自己的模样。

"哈哈哈哈哈哈！"

身边的桥本放声大笑。他的脸不知什么时候变成了乾精次郎。他就是那只绿色菌，正把纺锤形的下半身缠在已经变成菌种的敦子身上。

"是梦！"

乾精次郎的出现让敦子大受冲击，同时也意识到这是在梦里。她立刻将红色的身体就势变成了红色的 T 恤，化身为帕布莉卡。睡得还真早啊，才傍晚七点而已。是和我一样打算好好睡一觉才这么早睡的吧。不过乾精次郎并没有表露出真正的心理状态，显示出他过人的自制力。

"桥本，救救我，救救我！"帕布莉卡尝试呼唤桥本。她认为刚才那个人或许也是真的桥本，可能他也同样错开时间睡觉，结果和自己一起进入了这个做实验的梦境。帕布莉卡还猜想是乾精次郎或者小山内强行命令他错开时间睡觉的，免得意志薄弱的他会因自己的诱惑而在梦中泄露秘密。

这是桥本常去的一家拉面馆。桥本从桌子另一边伸过手来。他想从帕布莉卡身上摘下变作菌种的乾精次郎。帕布莉卡明白，这是桥本潜意识的影响。在他心里依然存有当年与自己关系良好的那个时代的印记。虽然理智告诉他，他们已经不可能了，但对敦子的倾慕之心依然不减。

"啊，果然是在睡觉。"太好了，帕布莉卡安心地说。

笨蛋！ 乾精次郎的怒骂向桥本袭去。明明是一伙的，却只会扯后腿，还真是个净会惹麻烦的叛徒。就算不干掉你，至少也要让你发疯！ 读取到乾精次郎的残虐意图，桥本吓得慌忙逃走了。不，别逃，快点醒过来！ 帕布莉卡呼唤桥本。厨房的平底锅起火了，"啪"的一声烧了起来。

乾精次郎化身为阿蒙①，身上缠绕着一条蛇尾。阿蒙的头如猫头鹰，口中喷出熊熊烈火。阿蒙，地狱中最大的侯爵。不愧是乾精次郎主动变化出来的异教魔物，它具有无比真实的存在感，让桥本大为惊恐。桥本放声惊呼，被迫意识到自己的行为背叛了教授的意图。他从乾精次郎教授的心里甚至读到了发疯和死亡，而且对这种惩罚的畏惧让他想到不管是不是在梦里都无法获救的可能性。这把他吓得都尿床了。帕布莉卡甚至可以感觉到桥本下体的微温和骚臭，她也是由此发现了桥本尿床的事。

忽然，桥本和阿蒙的身影从帕布莉卡眼前消失了。桥本或许是因为尿床而醒了，可是为什么连乾精次郎变化的阿蒙也不见了？帕布莉卡不禁打了个冷颤。她仿佛听见桥本临死前的声音从现实里传来。难道是阿蒙在桥本苏醒的同时也出现在现实里，在

---

① 阿蒙（Amon），所罗门王七十二柱魔神中排名第七，位阶侯爵，狼身蛇尾，口吐烈焰。——译者

他的床上把他活活掐死了?

　　实际上桥本并非睡在自己住处的床上,而是在研究室的沙发上打盹。他把梦中所经历的死亡痛苦带回了现实,与那份痛苦一同醒了过来。本是为了逃避痛苦而醒的,可是痛苦却如影随形,这是何等苦闷悲惨的现实! 无处可逃的穷途末路,唯一的解脱只有死亡。这又是何等残忍冷酷的现实! 此时此刻,阿蒙的尾巴正紧紧勒住桥本的胸口,尖锐的利爪抓住他的阴囊,长喙中喷出的烈焰灼烧着他的脸。桥本的呼吸在熊熊烈焰中停止,他的睾丸被捏碎,肋骨也被挤断了。桥本同时体验了三种死法:赤色之死、黄色之死和紫色之死。在他死亡的一刹那,来自地狱的死亡侯爵,仿佛饱餐了三色痛苦一般,满意地咆哮了一声,消失得无影无踪。

　　虽说有过一点极其微小的背叛行为,然而就这样杀死了自己的手下,如此行径实在是太符合地狱帝国指挥者阿蒙的身份了。难道说,这位魔神通晓过去未来,预见到今后桥本还会做出更多倒戈相向的事,才抢先下手诛灭了他? 杀戮之后的阿蒙,恢复了乾精次郎的理性,慌乱地回到了原先弃敌人于不顾的那场梦中。

　　帕布莉卡一个人被丢在自己的梦里,终于想起要靠梦境来完成的使命。她来到市中心车站一个偏僻的出口,出了车站以后,展现在眼前的是一片沼泽地带,与另一边高楼鳞次栉比的闹市街区迥然不同。帕布莉卡的脚陷在泥沼里,同时留心观察附近有没有小山内守雄的气息。

"小山内！"

帕布莉卡试着叫了一声，没有任何回应。他还没有睡吗？这样一来，迷你DC的位置就无处可寻了。不过就算真的只有自己一个人，睡在这里也很危险。最坏的情况是乾精次郎保持着阿蒙的形态与桥本一起苏醒，那样的话，他肯定还会再次返回梦境的吧。只能从他嘴里问出迷你DC的所在了。可是他的精神力量很强大，又被异教的强韧层层包裹，到底怎样才能斗得过他？索性先醒一次比较好吧。

几个流浪汉模样的男人在泥沼中徘徊，不时向帕布莉卡这里瞥上几眼。帕布莉卡心中不禁涌起一股作为女性的危机感。这几个人弄不好有可能是乾精次郎在梦中的手下，甚至连这片沼泽本身都是乾精次郎的意象。还是赶快切换场景吧。帕布莉卡置身在图书馆里。清冷的空气，干燥的阅览室，高高的天花板。图书馆里整洁宽敞，四下空无一人。这里应该比较安全吧。帕布莉卡摊开桌上一本大开本的书，书名叫《贝尔图赫的少年图鉴》。

哎呀，果然是回来了，帕布莉卡暗想。书中的一张插图是格里芬[①]，是长着鸟的脸和翅膀、却有着狮子身体的异教怪兽。一看到它，帕布莉卡就明白肯定是乾精次郎的化身。只见书中格里

---

① 格里芬(grifon)，即狮鹫兽，传说中的一种怪物。——译者

芬的侧身像动了起来，脸转向帕布莉卡。那张脸变做了乾精次郎，露出猫一样的笑容。

"迷你DC，"帕布莉卡先发制人，"迷你DC藏在哪儿了？"

脸幻化成乾精次郎的格里芬晃动身体，双翅随风展开。

"喏……"

由他拼命压制的意志的缝隙间，帕布莉卡瞥见了某间研究所的内部格局。一个专门用来存放危险药品的保管箱碍眼地放在角落里。

"是在那个箱子里吧？"帕布莉卡叫道。对了，那个箱子是铅质的，那就没错了，一定是为了截断迷你DC的效果才放在那个里面的。那是谁的研究室？

"嘎嗷。"

格里芬发觉自己的心思遭到窥探，顿时露出了凶相。秘密被你知道了！ 你这小妞！ 不会再让你偷窥了！

格里芬挥动翅膀，图鉴的书页随风翻起，格里芬从书里飞了起来，一直飞到阅览室圆顶天花板的附近。怪物在那里悬停了片刻，变了个方向，瞪圆双眼，张开利爪，瞄准了下面的帕布莉卡。

只有不断反击才能不被击中。帕布莉卡大声吼道：

"那是谁的研究室？到底是谁的？！ 快说！ 快告诉我！"

格里芬消失了。为了防止被帕布莉卡知道研究室的主人是谁，乾精次郎自己主动苏醒了吧。

好，去研究室。那恐怕就是小山内的研究室。闯进去找到迷你DC，只要把它紧紧攥在手里返回现实就可以了。帕布莉卡将场景换到了研究所。一楼唯一宽敞一点的地方只有医务室门前的走廊。她就出现在走廊的一个拐角处。

　　估计大部分员工都该回去了，能势龙夫和粉川利美来到了精神医院研究所。研究所里多少还有些员工，因为和毗连的附属医院的工作关系还没回去的，不过也没办法了。研究所大门关着，两个人绕到右边，从职员通道进去。一个五十多岁的保安从门房里探出头，看起来像是退休返聘的人，趾高气扬地问：

　　"你们两个，干什么的？"

　　"事务局在哪儿？"粉川反问道，同时出示了职务证明，不过并没有拿警官证。

　　保安连正眼都没瞧一眼，就大声吼道："已经过了时间了，明天再来，明天。"

　　"我们要搜查。"

　　粉川平静的语气更显得有些可怕。能势不禁有点佩服。

　　这时候保安才仔细打量粉川手中的证件，他害怕了。"啊……可是，那个什么……这么急……搜查是吧，搜查令呢……？"

　　"看了这个还不明白？"粉川说，"我是警视监。搜查令就是我签发的。我就是搜查令。"

手足无措的保安乖乖地告诉两个人事务局以及事务局长办公室的位置。两个人径直走了进去。

"你刚才说的是真的吗？"能势紧跟粉川的大步，问，"你真的不用搜查令？"理论上说，搜查令应该是由警察提出申请，法院签发才对……

粉川笑而不语。那肯定是信口胡说了，能势想。

不知从哪儿传来电话铃声。好像就是在他们要去的事务局长办公室。

"哟，保安给局长室打电话了。"

"嗯。"

两个人加快了脚步，到了办公室，门都没敲，便直接闯了进去。葛城正缩在自己的办公桌后面，手忙脚乱地把几本账簿往墙角的保险柜里塞。

"别动！"粉川大喝一声。

葛城被粉川洪亮的声音吓得往后一仰，手里的账簿掉在地上。他还是缩在角落里，护着保险柜大叫："你们两个是什么人，怎么突然闯进来了？门都不敲，太没礼貌了吧！"

"您应该知道我是警察，葛城先生。"

粉川三两步跨到葛城的面前，一把夺下他从地上捡起、紧紧抱在胸口的账簿，堆在桌上向能势推去。"能势，给我查查。"

能势打开账簿，开始查看。

"这是我的名片，以后可能还需要您的协助。"粉川递出名片，摆在葛城面前。

"啊……"看到名片，葛城瞠目结舌，他默默地从桌上拿起了电话。

粉川任由他去打电话，自己开始翻找保险柜。

能势看了第一本账簿就明白了，这是二级分类账，肯定还有与之相关的资料。"喂，粉川，保险柜里有没有发票本、资料册之类的东西？应该有的，帮我找找。"

"发票本有的。"

"盖过章的吗？"

"盖的都是乾精次郎的章。"

"就是它了，没收。"

"乾教授吗？"电话铃声响了半天也没人接，葛城正要急得跳脚，对面似乎终于接通了。葛城赶紧开始报告，"警视厅一个叫粉川的警视监在我这里……"

粉川和能势迅速整理出要带走的账簿、发票和相关资料。葛城放下电话，叫住他们说："刚刚我给理事长打了电话……"

"理事长？"粉川厉声问道，"刚才的电话是打给乾精次郎先生的吧，他应该是副理事长吧。您为什么不给理事长岛寅太郎打电话？"

"唔……"理屈词穷的葛城不知道如何作答，他双手绞在一起，绕过办公桌，站在两个人面前，带着恳求的神色，就差跪倒了。"您二位能稍等一下吗？请务必见一下我们的副理事长。他马上就到。不然的话，我……那个什么……"

能势笑了笑，插话道："等一等倒也没问题，不过为什么是'副理事长'呢？"他把粉川的话又强调了一下，"是比理事长还可怕的人吗？啊，对了，不好意思，忘记自我介绍了。我叫能势。"

这时候门打开了，进来的却是刚才那个保安。他反手关上门，呆站在门口，惊惶的眼神在房间里的三个人身上来回扫视，双手高高举起，像是在比划什么。这家伙是在干什么？三个人面面相觑。

"怎么回事？！"葛城急不可耐地大叫起来。

"鸟……走廊上……鸟……"

"鸟？赶走不就行了！"

葛城刚说完这句，忽然明白保安是在用双手比划鸟的大小，顿时张口结舌。保安又伸了伸手臂，似乎是想说那只鸟比他比划的还要大。

"那鸟长什么样子？"能势问。

保安发现必须要用语言来汇报，便陷入了一个极其混乱的状态。他带着哭腔说："身子像野兽，"刚刚轻声说完这句，他又扯开嗓子吼道，"嘴巴能喷火！"

能势和粉川对视了一眼。说起来，研究所的确是个梦中的事物可能出现的地方。而且如今这个时候也差不多正好。

"白痴！ 发什么傻，滚出去！"

就在葛城对着保安大吼的时候，走廊上传来粗重的挥动翅膀的声音。有一个什么东西重重撞在门上。背靠着门的保安被冲得向前倒去，葛城又被吓怔住了。

"带枪了没？"

能势小声问粉川。粉川摇了摇头。

振翅的声音渐渐远去。粉川凑近房门，打开一条细缝，看了看外面走廊的动静，回头向能势说："好像飞走了。"

他折回来从能势手中取过装有重要资料的信封，紧紧夹在肋下。

"你们两个暂时不要离开这个房间。"粉川向葛城和保安强调说，"情况非常危险。"随后，他催促能势，"我们走吧。"

"刚才那个……是什么东西……？"葛城颤声向正要出去的粉川和能势问。

"那个不就是你叫来的吗？是副理事长吧。"能势丢下这一句，随着粉川出了门，来到走廊上。

走廊上很安静。研究所里仅剩的员工也早被保安看见的那只大鸟吓得躲起来了吧。走廊上的灯都坏了，两侧的墙壁上留着烧焦的痕迹，看起来像是高达数百摄氏度的高温，到处都被烧得溃烂不堪。

"那只鸟消失了吧，就像前几天的人偶，还有我遇到的老虎一样？"

"谁知道啊。"粉川从地板上捡起一根茶色的羽毛。

能势抬头望向走廊的前方，突然怔住了。在前面宽敞一些的地方，伴随着一阵阵让人联想起电视画面的闪烁，忽然出现了一缕红色。

"帕布莉卡！"

粉川看到正在四下打量的帕布莉卡也很惊讶。"她怎么来了？"

两个人向她走去。帕布莉卡也认出了他们。

"啊，你们两位也睡着了吗？"

粉川不明白帕布莉卡在说什么。但能势已经明白了眼前的情况，不禁一阵战栗。

"你现在是睡着的？"能势怕对帕布莉卡造成不良影响，抓住粉川不让他再往前走。他隔着四五米的距离，望着对面站在医务室走廊上的帕布莉卡，大声问。

"这是我的梦哦。大家都进来了啊。我打完一个回合了，就在刚才。"

果然不出所料，能势心想。帕布莉卡是在说梦话，而且她的眼中带着一层明显的潜意识色彩。

"帕布莉卡，我们是在现实里，是在现实中来到这里的！然后和梦里的你在这里相遇了！"能势兴奋地上前一步，"白天的时候说过的，我们要到这里来调查非法账目。"

"啊！"帕布莉卡的眼中闪烁起灵动的光芒，甚至让人以为她并没有在做梦。帕布莉卡苗条纤细的身体伫立在走廊上，那个不良少女的典型形象反映在两个人的眼中，仿佛带上了一种强烈而又令人怀念的淡茶色光芒，美不胜收。

"这可不得了啊。"粉川沉吟道，"无法想象的事态啊，真是不得了。"

"梦和现实混淆在一起了。帕布莉卡，你是被鸟追赶的吧？"

"鸟？哦，是格里芬，那个就是副理事长。"帕布莉卡的身体忽然浮上了半空，"不行，我还不能醒，现在还不行。我是来夺回迷你 DC 的。"

帕布莉卡微微倾着身子飘浮在距离地面一米左右的地方。她嘴里嘀嘀咕咕说着那些话，以免忘记了自己的使命。

"是因为我们靠近了吗？"能势问，"我们靠近了，你就要醒了吗？"

"也不是这样，不过别碰我。被现实的手碰到的话，恐怕我就要醒了。"

TOUCH ME NOT①。凤仙花一碰就会绽开。帕布莉卡一碰就会醒来。一丁点儿的疏忽都有可能破坏眼前这个奇特的平衡。帕布莉卡将身体前倾四十五度，沿着走廊向楼梯的方向飘去。

"我们已经拿到了非法交易的证据，接下来就让我们来帮你吧。我想总会有什么事情必须要现实中的人来做。你是在找迷你DC吗？它在这里？"

粉川追在帕布莉卡后面说。能势心中一阵紧张。他说的话逻辑性太强了，不会触发帕布莉卡的理性思考，以至于把她引向苏醒吧？

梦中的漫游。帕布莉卡的移动速度快得惊人，就像顺流而下的小鱼一样。她微微左右摆动身体，贴着楼梯上面的天花板升到二楼。能势和粉川抬头看着她的身影追上去。粉川是两台级两台级地大踏步飞奔，连粗气都不喘一个，可能势就只有气喘吁吁跟在后面的份了。

"迷你DC恐怕就在小山内的研究室里，刚才乾精次郎……"

帕布莉卡一路说着来到二楼的走廊。她站到地面上，如同滑行一般向前。最近的那扇右手边的门是新分给桥本的研究

---

① touch me not，意为凤仙花，字面亦可译为"勿碰我"。——译者

室，不过从门前走过的三个人此时并不知道桥本就在那房间里面的沙发上。

写有小山内名字的金属铭牌挂在走廊左手边的门上。粉川用肩膀撞开了上锁的门。

来到房间里，帕布莉卡重重点头。"我从那个格里芬的意识缝隙里瞥到过一眼。没错，就是这个房间。在那里面。"她伸手指向角落里一个危险药品专用保管箱。

如同保险柜一般的铅质保管箱锁得密不透风。帕布莉卡一边看着粉川和能势努力想要打开箱子，一边陷入了梦中模糊的思考中。这是现实的地界，而非我的梦境。如果我停留在这个现实中盘桓不去的话，不但可以实现梦中才有的能力，而且也会一直留在这个现实中吗？如果这样的话，岂不是同时会出现两个我：现在正在沉睡的千叶敦子，以及作为帕布莉卡的我……？

突然间警报响了起来。那声音如此响亮，以至于帕布莉卡捂住了自己的耳朵。但能势和粉川却仿佛一点都没听见的样子。他们还在费力地试图打开药箱。那就是说，只有自己才能听见了，帕布莉卡想。即使捂住耳朵也不见声音变轻，这意味着它不是研究所的警报声，而是别的声音——是来自另一个自己、千叶敦子入睡的床边放的那部电话的声音吧。

帕布莉卡把能势和粉川留在小山内的研究室里，自己作为千叶敦子睁开眼睛回到了现实之中。电话铃声震耳欲聋，声音吵得甚至连清醒的人都会头晕。敦子拿起了电话。

"喂，您好。"

"喂，喂，是千叶教授吗？是千叶教授吧？"眼下并不是通常的就寝时间，电话那头的人虽然听到敦子充满倦意的声音，也并没有觉得自己吵醒了她，当然也就没什么愧疚感。

"您是哪位？"

"我是大朝社会部的松兼。我就不客气了，刚刚收到千叶教授和时田教授荣获诺贝尔医学生理学奖的消息。恭喜您了！"

难不成刚从梦里醒来，又做了另一个梦？敦子有些怀疑。"可是我什么都没听说啊。瑞典大使馆也没有和我联系……"

松兼对敦子的平静态度有些焦躁，他短促地笑了几声，似乎有点兴奋过头了。"是驻瑞典总部通讯社的记者直接给我的消息。我这边一般都比瑞典大使馆的消息快哦。"

"您告诉时田教授了吗？"

"我还没有给时田教授打电话。实际上可能有点冒失，我想和您商量一下记者招待会的事。比起时田教授，我觉得千叶教授可能更适合讨论完整的方案。当然，如果需要的话，我也会给时田教授打电话。我这就打。"

"不用了。"敦子赶忙拒绝，"这个电话留给我打吧，谢谢您了。"

激动的情绪在心中翻滚。要说第一个将这份喜悦送给时田的人，必定非自己莫属。只有自己，才能真正和他分享这份喜悦。

敦子放下电话，活力四射地站了起来。

19

千叶敦子开着马基诺，把岛寅太郎和时田浩作一同载到了精神医院研究所。只见研究所的大门前已经被众多媒体挤得水泄不通，他们正与值班的职员、夜班的医生、所里的保安争执不休。尽管现在已经到了晚上，但研究所门前依然灯火通明，让人以为这是刻意营造出的效果——其实只是摄像机的灯把周围照亮了而已。

"哪有半夜三更召开记者招待会的事，听都没听说过。"

"已经联系过千叶教授了。"

"千叶教授已经不是这个研究所的员工了。"

"千叶教授自己可没这么说过。"松兼大声说道，怒目瞪视着眼前那个似乎是副理事长一派的职员，"好吧，有关副理事长或者别的什么人物阴谋将她赶出研究所的事情，请您谈两句。"

"啊，还有这种事？"

记者们更加喧闹起来。那个中年职员脸上的五官都快揪到一起了。"那种事情怎么能在这里说！笨蛋，换个地方再说！"

"你个混蛋，说什么哪！"一个急性子的记者骂了一句，"现在是你不耐烦的时候吗？时田教授和千叶教授荣获诺贝尔奖了，那可是诺贝尔奖啊！ 你居然还在这里阻拦召开记者招待会，你到底想干什么？你是不是嫉妒啊？"

体型稍显肥胖的中年职员被暴露在摄像机的镜头下。他赶忙伸手遮住自己的脸。

"各位，请让一让，请稍微让一让。我们来解释。"

时田浩作走在最前面。他一边拨开媒体记者，一边向大门前进。因为当事人的到场，各个摄像机齐刷刷换了方向。现场的骚动更激烈了。

"没有代理理事长的许可，我们不能让您进去。"三个保安拦在门前。

"我可还是理事长啊。"岛寅太郎说，"什么会都没开，我也不记得自己让乾精次郎代行理事长的职务。"

"内部的事情我们并不清楚，总之，我们接到的命令是不能放行。"

时田浩作轻轻一推，把那个越说越起劲的保安推了一边。"好了好了，让开了让开了，各位请往这边走。"

尽管争论还没个结果，不过所有人都从正门敞开的自动玻璃门蜂拥而入。他们在时田的引导下前往平日里便用于召开记者招待会的大会议室。

"请等一下，不能进去。"

是那个叫杉的护士。她正在瞪着眼睛把前面的人推开。敦子没理会这里的混乱，一个人离开人群，从中央楼梯跑去了二楼。自己从梦里醒来，丢下了能势和粉川，这事让她不禁有些担心。自己的梦和他们的现实曾经交织在一起，那么现在他们还在小山内的研究室里吗？是不是还在试图打开存放迷你 DC 的铅质保管箱？敦子觉得自己对他们的行为需要承担一定的责任，那种感觉就像对待自己的孩子一样。具有重要社会地位的这两个人帮自己做这种事，敦子也觉得颇为愧疚和怜惜。

小山内的研究室里空无一人。药物保管箱也不见踪迹。看起来应该是两个人打不开箱子，就连箱子一起搬走了。敦子松了一口气，同时又想起一件她在梦里未曾留意的事情：桥本遭遇异教魔物阿蒙的袭击之后逃回了现实，而自己却又听到他临死前痛苦的叫喊，他是不是在现实里被杀了？现在想来，这绝非不可能的事。正因为如此，敦子感觉必须去确认一下。

新分给桥本的研究室位于走廊的另一端，距离小山内的研究室稍远。门上挂着"桥本"的铭牌，不知道人是不是在里面。不过从他在梦中出现的时间推测，他在这间研究室里小憩的可能性远比在自己住处入睡的可能性大。

敦子鼓起勇气打开房门，刚看了沙发一眼，便涌起一股强烈的呕吐感。沙发上满是血腥之物，被阿蒙残害致死的桥本已经成了一堆血肉。他的小腹破了一个大洞，从里面流出来的肠子在地上堆成一堆；下体被生生挖出，两腿之间只留下一个红色的洞窟；胸口全是鲜血，几根森白的肋骨戳在外面。敦子感到四肢涌出一阵阵灰蒙蒙的无力感，在体内缓缓旋出一个漩涡。她在漩涡的压迫下关上了门。

首先当然是告诉粉川。他现在应该和能势在一起——可是他们在哪里？敦子想起来，在粉川赶到之前应该先锁上房门，但这需要她再一次进入房间，而且还要从那一堆色彩绚丽的血肉盛宴中找出桥本的钥匙。敦子没有这个勇气。至少到明天早上为止，应该没人会开这扇门吧。敦子强撑着挤出笑脸，向记者招待会走去。

明明发现了杀人现场，却还要装作没事一样，这也让敦子有了一种正在参与坏事的罪恶感。她甚至觉得获得诺贝尔奖也是坏事的一部分。所幸获奖本身并没有太沉重的罪恶感。她发挥出女性对于罪恶的习惯性迟钝特质，如此一来，反而鼓起了几分勇气。

记者们本来都在抱怨敦子的缺席，无奈之下只能先对时田浩作和岛寅太郎提问。看到敦子若无其事地走进会场，记者们顿时爆发出一阵喧哗，还没等她在位置上坐定，便大声问了起来。

"千叶教授，千叶教授，非常抱歉，您刚来我就提问。我想问的是，刚才在大门的时候，研究所里的职员为什么会那样对待您？能否说明一下原因？"

"请您谈一谈至今为止研究所里发生事情的原委！"

"研究所方面反对你们获奖吗？刚才为什么要阻止召开记者会？"

"不不不，还是先请您谈一谈获奖的感受吧！"

副理事长一派的职员们也跟着进了会场，排在主席台旁边，一个个恨恨地瞪着敦子他们。事务局长葛城也不请自来，机灵地在他平时就座的主持人位置上坐下。

"这场把我和时田推向台前的骚动，并非我们的本意。"敦子站了起来。她转头望向站在入口附近主席台边上的那一排人，"我们这次能够获奖，当然是因为得到了研究所以及医院方面各位的大力协助。尽管今天来到会场的只有其中一部分人，但请允许我向你们所代表的全体成员致以深深的谢意。"

敦子深深地鞠了一躬。主席台边上的那群人不安起来，脸上的神色颇为尴尬。有人看到摄像机镜头转向自己，也无奈地还了礼。

"接到获奖通知的时候，您在做什么？"

又是那个三十多岁的女记者。她似乎不想听这种外交辞令，试图把重点从研究所内部的纷争拉回到敦子的日常生活。

是啊，我当时正在寻找迷你 DC，在那之前则是在和格里芬作战。说起来，那时候乾精次郎也在睡梦之中，现在应该也在睡着吧。他是不是在梦里知道敦子他们获奖的消息了？不允许媒体进入研究所的命令是他在梦里发布的吗？

"接到获奖通知的时候，您在做什么？"女记者不断重复自己的问题，她的表情渐渐显得有些痴呆。

"副理事长现在可能还在睡觉吧？"敦子无视媒体的问题，向旁边的岛寅太郎和时田说。

"我知道啊。"时田又嘟起了嘴，几乎都要哭了，"所以说很危险啊，刚才还跑到我的梦里来了。脸是乾教授的模样，身子居然是中世纪传说中的怪物夏帕德人①。"

"是啊是啊，也出现在我的梦里了。"岛寅太郎也叹息道，"一颗硕大的脑袋下面直接长着脚，像个小孩子一样的怪物。"

"啊，那是古里洛。"时田说。那个怪物传说是幼年基督的恶魔变异体。

"接到获奖通知的时候，您在做什么啊？"女记者的重复仿佛是在讽刺地歌唱一般。

会场里不知怎么渐渐泛起了红光。摄影师们一边抱怨，一边担心照明亮度的减弱。记者们则是喧闹不休地四下打量。

"我不是说了禁止的吗？"一个嘶哑的声音在众人头上响了起来。那声音听上去像是在劣质的扩音器后面叫喊的一样，音源似乎来自远在天花板之上的遥远天际。"禁止召开记者招

---

① 夏帕德人（skiapodes），神话中的生物，单脚巨足，躺倒休息时脚掌抵天作遮阴用。——译者

待会。"

"副理事长！"敦子又站了起来。

在场的记者都被头顶上传来的巨大声音吓得站了起来。

"谁？"

"什么啊，这个声音？"

"哪儿传来的？"

"哐当！"在场的所有人都感觉到了一次沉重的撞击。站着的人都有些站立不稳了。墙壁受到一股不知来自何处的强烈而急剧的气势压迫，会场的空气和地面都因此颤抖不已。

紧接着又来了第二次、第三次。会场里的红色原来就是来自被灼烧成紫红色的墙壁。在高温的灼烧下，墙壁开始融化碎裂，裂缝的白热中心里有一个仿佛太阳黑子一般的东西，而且还在不断扩大，让人看得头晕目眩。随后裂缝里出现了一颗巨大的牛头，一只长着长长爪子的巨兽从两边的裂缝里插进了手臂。墙壁碎裂开来。紧跟着又出现了两颗新的脑袋：一颗羊头，一颗怒发冲冠的长着鬼脸的紫色人头。

"哦哈哈哈哈哈！"

哆咪咪、哆咪咪——戴眼镜的记者发出跨越八度的高低音，尖叫着站了起来。她想要逃跑，但不知道该逃向哪里。她已经神志不清了，一头重重撞在桌角上，然后朝后面直挺挺倒下去。

"是阿斯莫德①！"敦子大叫。

这是恶魔君王、破坏之神阿斯莫德。掌握地狱大权的阿斯莫德拥有公牛、公羊以及人类三颗头颅，长着蛇尾与鹅腿，骑龙、持地狱的军旗和长矛。它的三颗头颅正扫视着会场，口中同时喷出火焰。摄影师们首当其冲，变成火球惨呼着向窗口奔去。

"各位，这个怪物名叫阿斯莫德。"时田站起来，拿起话筒大声叫喊，声音压住了会场里的混乱、谩骂和哀号，"请各位不要惊慌，都站起来对抗它！ 要赶走这头恶魔很简单，只要大声喊出它的名字就行了。别害怕，来，叫吧！"

时田和敦子齐声对着阿斯莫德叫喊起来。

"阿斯莫德！"

"阿斯莫德！"

岛寅太郎也跟着叫喊起来。

"阿斯莫德！ 阿斯莫德！"

阿斯莫德的人脸痛苦地扭曲着。墙壁上灼烧的白色印记渐渐开始沉淀成灰色。怪物的动作僵住了。对会场的进一步破坏，因为呼唤自己名字的声音而被阻止了。

"它很难受！"

---

① 阿斯莫德（Asmodeus），所罗门王七十二柱魔神中排名第三十二位，位阶为王。——译者

"它凝固了！"

记者们也开始齐声呼喊阿斯莫德的名字。大家的合唱在时田的指挥下带上了明显的节奏感。

"阿斯莫德！ 阿斯莫德！"

很快，阿斯莫德就被凝固的墙壁困住了。踏进会场的前半身变成了石像。牛头、羊头和人头都定格在充满怨恨的表情上，三颗头颅都张着大口，不过都已经没有了呼吸。

20

大约就在同一时间，城市中到处都出现了从梦境来到现实中的梦魇之魔，给各地带去绝非虚构或梦幻的真实死亡，同时也造就了大批伤者和发狂的人。

精神医学研究所的职员公寓、乾氏医院所在的信浓町周边各处，还有各个十字路口的阴影里，走出来成百上千个一米高的人偶娃娃，充斥了夜间的人行道和车道。所有的娃娃都有着相同的笑脸、相同的和服，它们双臂左右伸直，迈着小碎步滑行一样走在路上，同样地抿着嘴唇，露出柔和却无意义的笑容。

"嘻嘻嘻、嘻嘻嘻！"

"嘻嘻嘻、嘻嘻嘻！"

信浓町的异变催生了数量极为庞大的精神错乱者。日本的人偶娃娃显然就是深深扎根于日本人性中的"恐惧"。每一个日本人都很清楚，在这个娃娃的身上，存在着一种原罪般的恐怖，就像是深扎在潜意识里的刺一样。开车的女人看到车灯照亮的道路上到处都是正在前进的大群人偶，放声大笑着撞死了两个行人，血肉横飞的时候，笑声依然没有停下。

阿斯莫德石化之后不久便消失了，只留下被破坏的墙壁作为它曾出现过的证据,然而研究所的前院又出现了一尊高达十米的巨型大佛。它带着佛祖的慈悲践踏着那些从研究所大楼连滚带爬逃出来的新闻工作者们,好几个报道组的人都死在这个梦魇之下。大佛接着又追赶在采访车的后面,来到门外的主干道上,向着明亮的闹市区迈出脚步。无论行人还是路上的车辆,它都肆无忌惮地踩上去。大佛的嘴巴大张着,露出鲜红的口腔,喉咙深处不断发出粗鄙可怕的笑声。

夜空中飞过一群阿可巴巴[①],传说中那是一种啄食过尸体、可以存活上千年的秃鹫。这群夜晚的妖鹰不断飞到闹市的大街上袭击路人,那些死在大佛脚下的人也会被它们啄出眼珠。

警视厅所在的樱田门附近也出现了大批怪物,对基督教堂的神圣主题作了恶魔式的改造。于是出现了这样的景象:每颗头颅上都戴着一顶王冠的九头蛇海德拉[②],头部放射状地生着五条腿、如车轮般旋转着飞奔的巴尔[③],还有生着蛇、猫、人三颗头颅的火魔神哈拜利[④],不管哪个怪物,全都手上拿着火把,在闹市区东跑西蹿,四处点火。树木丛生的公园、庭院,还有木质结构的建筑,到处都烧了起来。能势龙夫和粉川利美这时候刚刚把

---

① 阿可巴巴(Akbaba),土耳其传说中的秃鹫,吃尸骸能活千年。——译者
② 海德拉(Hydra),希腊神话中的九头蛇。——译者
③ 巴尔(Buer),在所罗门王七十二柱魔神中排名第一,位阶君王。——译者
④ 哈拜利 (Haborym),又名艾尼 (Aim),在所罗门王七十二柱魔神中排名第二十三名,位阶公爵,是有蛇、猫、人三头的男子,主管火焰。——译者

迷你 DC 连同保管箱搬到了警视厅，这些怪物就好像是追着箱子里的迷你 DC 出现在附近的。

粉川刚回到办公室就接到了各地发生骚乱的报告，当即召来山路警视、阪警部、宇部警部三个人，让他们赶去乾氏医院。他推测那些怪物都是从梦中出现在现实世界的，而派出它们的乾精次郎想必还睡在自己的医院里。能势龙夫虽然不是警视厅的人，但也作为相关人员一同加入行动小组。粉川也想到，单靠三名警官清醒的现实思维，肯定无法对抗乾精次郎无法预料的梦中攻击，所以特别叮嘱能势多多照顾三个人。

四人驱车来到乾氏医院，只见医院里没有半点灯光，整个医院鸦雀无声。可能是因为这里正处在异变的中心，出现了那么多怪异的现象，所有的患者、护士、医生都吓跑了吧。然而，医院的大楼本身却像是活物一般暗藏着生气，静悄悄地蹲伏在黑暗中，让人踟蹰难前，不敢入内。甚至隐约还能感到它在呼吸一样。

"啊，这……这是活的……"阪警部说。

"会不会被大门咬住啊……"宇部警部也不禁一阵战栗。

怎么办？山路警视向能势投去询问的眼神。

"硬闯吧。"能势下了决断，"直接去弄醒乾精次郎，接下来只要收拾那些梦里的烂摊子就行了。"

医院的大楼本身也许就是从乾精次郎变化而来的。整个医院就是一个怪物。但是，能势他们回到警视厅以后终于撬开了药物保管箱，其中只有一个迷你DC，那么最后一个迷你DC很可能正被乾精次郎戴着。而且，迷你DC具有让佩戴者难以苏醒的副作用，既然如此，唯一的办法只能是捉住乾精次郎，想办法把他弄醒，这一连串骚乱才能结束。

能势和三名警官从大门走进医院的内部，穿过让人联想起口腔的大厅。走过由红色夜灯照亮的蜿蜒走廊的时候，那种感觉就好像走在蠕动的内脏上。四个人上了四楼。山路警视来之前就已经调查过了，知道乾精次郎的住处就在四楼。不过坐电梯显然很危险。一般情况下，电梯总是作为某种性的象征出现在梦里，乾精次郎会利用它来做潜意识攻击的可能性当然也会很高。

四个人撬开锁，闯进乾精次郎的房间，却没有看到乾精次郎的身影，只听到持续不断的阴森森的叫声传来。床上的被子还有余温，看来他是刚刚离开。四个人从宽敞的书房找起，各个房间、然后还有楼下的病房和诊疗室全都找了一遍，然而还是没有找到乾精次郎的身影。

"他大概是在梦里穿梭往来，逃到现实世界的别处去了吧。"能势说，"这种事情很有可能。"

"这样都……"山路警视瞪起眼睛，半晌之后叹了一口气，"那我们就没辙了，都不知道从哪儿找起。"

"也未必，还有个地方值得去看看。"能势如此说。

差不多就在同一时间，也就是晚上十一点不到的时候，孤身一人被怪物追着不放的敦子，正沿着外苑东大道向六本木方向逃。载着岛寅太郎和时田浩作的马基诺被大佛当作目标追了一路，最终还是没能逃脱被踩个粉碎的命运。就在被踩之前的一刹那，三个人从车上逃了下来，决定还是分头逃跑为妙。怪物的目标显然就是他们三个。时田和岛寅太郎分别坐上两辆从旁边开过的采访车，逃去了不同的方向，只剩下敦子徒步而逃，她刻意选择了与公寓相反的方向。

然而来自梦中的怪物还在锲而不舍地紧追不放，就像梦魇一样。不论何时，不论何地，就在敦子刚刚松了一口气，以为自己逃脱的时候，它们就会从都市的灯影下、深夜的黑暗中跳出来，周而复始，无休无止。幸亏这些怪物是被潜意识驱使的，不能准确攻击目标，但也会给周围的路人带来伤亡。它们所到之处，道路都会发生扭曲，变成犹如噩梦一般的景致，阻碍敦子逃跑的方向。从天而降的阿可巴巴落在她的眼前，一头扎进了路边咖啡店的窗户。

在六本木的一处十字路口附近，一个直径大约一米的车轮从快车道上猛冲过来，车轮中间是一张老人的脸，那张脸紧盯着敦子，笑得极其诡异。那是巴尔。敦子不知何时变身成了帕布莉卡，她正要抬脚去踢，巴尔从她身旁擦过，留下一道如沙砾般纹理粗糙的笑声，消失在大楼的墙壁中。路边有不少在繁华的夜色中游玩的行人，大多并没有发现眼下的异变，而对于此刻的帕布莉卡来说，他们也只是毫无关系的路人，最多也就是偶然受到牵连或死或伤的龙套角色而已。

阿可巴巴又发动了攻击。一只怪鸟从十字路口上方的遥远天空俯冲而下。路上有不少年轻男女看到了这一幕，却显得兴味索然。

"那是什么呀，秃鹫吗？"

"一直飞来飞去的，有好几只呢。"

"真烦人。"

帕布莉卡逃进了 Radio Club 所在的大楼。正门右面有通向地下的楼梯，她一路跑了下去。推开橡木大门，这里的温暖空气和令人怀念的甘甜气味，让她松了一口气。

"哎呀，"玖珂向帕布莉卡颔首示意，圆圆的脸上满是笑意。但他随即便发现了帕布莉卡表情的异常，于是眯起他本来就只剩一条缝的眼睛，"遇上什么麻烦事了吗？"

"救我，救救我……"

阵内望着说不出话的帕布莉卡，从吧台里走了出来。"外面果然出事了吗？"

虽然店里并没有顾客，但直觉敏锐的人即使身处在这样的地下也可以察觉出地面上的异常。阵内和玖珂一人一边托起浑身脱力的帕布莉卡，把她扶到包间的沙发上。

"本来是为了治疗精神疾病而开发的新机器，没想到竟然还有出乎意料的效果。"帕布莉卡开始讲述外面发生的一切。

她半躺在沙发上，阵内在她对面坐下，凝视着她。对于她说的每一句话，阵内都点头回应，既像是在表示理解，又像是对她努力把错综复杂的事情简单表述而示以鼓励。玖珂坐在帕布莉卡脚边的位置上，脸上依然带着浅浅的笑，闭着眼睛听她讲述。仿佛她的声音是一种令人心情愉悦的音乐，又好像是在听一段他喜欢的故事。

"现实和梦境开始混在了一起。不单单是乾精次郎的梦开始侵犯世界，所有受到迷你 DC 副作用影响的人，每个人的潜意识都开始干扰现实了。"

"从这些潜意识里出现的那些东西，都是现实的存在，会对现实产生影响，是吗？"

"是的。"帕布莉卡想起一件忘记说的事，赶紧向两个人强调，"要是被那些东西杀了的话，那就是真的死了，所以千万要小心。当然，杀了那些东西也是可能的，但它们死了的话，最多就是现实中的实体消失……"

阵内干脆利落地站了起来，回到吧台。"那，我们就必须出战了。"

玖珂半睁开眼睛。他的眼睛几乎从来没有睁得这么大过。"那些东西的力量之源是在梦里的吧？"

"是的。"

"那好，"玖珂也站了起来，起身的动作中似乎灌注着一种决意。仿佛迄今为止的人生都是在等待这一刻一样。然而接下来，他却走到了旁边的包间沙发前，横躺了下去。

"喂，玖珂，你在干什么？现在不是睡觉的时候吧？"

"我要去一趟梦里。"玖珂仰面朝天，双手交叉放在小腹上。他对阵内说话的声音已经带上了浓浓的睡意。"我要用精神深处的力量战斗。"

玖珂竟然这么快就明白了梦境与现实已经没有分界线了，帕布莉卡惊讶不已。

橡木大门上响起了一阵剧烈的撞击声，似乎有什么巨大的生物正在门的另一侧猛烈撞击，伴随着撞击声的还有听起来很贱的呱呱叫声、异常淫荡的挥翅声。声音响了好几次，接着又是一声雷鸣般震耳的声音，似乎是来自鸟喙的啄击。

"是阿可巴巴。"

身体缩在沙发一角的帕布莉卡发出惊呼的时候，阵内已经把所有可以当作武器的刀叉餐具都搬了出来。他手中拿着一只细长的小刀，出了吧台，侧耳听了一阵门外的声音，看准时机一把拉开了门。

一只阿可巴巴紧贴着门框上檐飞了进来，直冲到酒吧的最里面，飞到天花板附近的时候改变了方向，"呱"的一声，将目标锁定在帕布莉卡身上。就在它摆好架势准备俯冲的时候，阵内掷出的小刀插进了它的右眼。

"唧唧!"

小刀的冲击让阿可巴巴细长身躯顶端的秃头向后仰去，这只怪鸟直直地摔在下面的桌子上。黑白两色的羽毛四散扬起。阿可巴巴剧烈挣扎了一番，很快就消失了。

沙发上的玖珂岿然不动。他已经发出了呼呼的鼾声。

21

"我们的敌人是来自梦中的妖怪。"

在警视厅紧急设置的对策本部里,粉川利美正在对机动队、交通机动队、特种车辆队、汽车巡逻队、航空队的各队长做动员。如今的事态已经发展到必须在警察内部公开真相了,但眼下没有时间做详细的解释。

"要战胜它们,首先需要的是精神力。保持自我,不被敌人的幻术迷惑,这是最重要的事。敌人可以用武器消灭,但也会一直不停地出现,这是一场无休无止的战斗。不过不要害怕,胆怯也是我们的敌人。大家都在期盼各队奋发努力。好了,全体立即出动!"

22

通过日常的锻炼，可以自如控制住行坐卧乃至睡眠的玖珂，此刻已经非常轻易地沉入了睡眠之中，正在与来自梦中的怪物战斗。

他登上虚构的台阶，就像宗教上的自我高扬一样，一步步走到都市的上空，从夜空的高处俯瞰下面混乱之极的繁华街市。在梦境中获得了肉体控制能力与自由行动能力的玖珂，以净化了内在精神的笑脸面向邪恶。他的肉体变大了数倍。

警笛声此起彼伏的十字路口，单腿的夏帕德人和头上长脚的古里洛正在攻击路人，星形魔神哈拜利更是让开到这里的司机发狂。玖珂唱颂火界的咒文、不动明王陀罗尼①，向十字路口降下法印。怪物们对玖珂投去愤恨的眼神，燃烧起来，随即消失了。

这是分不清远近的彩色粉笔画一般的现实。仿佛连梦境与现实的界线都消失了一般。在既非夜晚也非白昼的、犹如闪光灯不停闪烁的明暗变化中，在游乐场般的建筑物的摇晃和柏油马路的起伏中，在路边的窗玻璃上映出的汽车、行人、怪物、警官的带有虹彩的影子中，帕布莉卡和阵内也在一边战斗，一边向着更加切实的现实奔跑。然而，两个人也都知道，哪里都没有能够称为现实的东西。没有确定的现实，这是让人多么不安的事啊！这一点本身是否正是所有不安的根源？这个世界，是否原本这就是一个只有能在梦境与现实之间自由往来的人才能成为胜利者的世界？阵内举着一把手枪不停射击。那把枪不知道是从哪里弄来的，也许与他的过去、他的另一张面孔有关。有时他也会扔出小刀，插进拦在帕布莉卡面前的古里洛头上。两个人既然无处可去，只好暂且先向着帕布莉卡的住处前进。至少那里有可能是通向现实的道路。

两个人的眼前出现了雄伟的大教堂，是陷阱——两个人心知肚明。踏进教堂，就会被迫与精神异常者的潜意识、然后还有自己的潜意识战斗。阵内和帕布莉卡没有丝毫犹豫，踏上了教堂的台阶。来吧——教堂的入口蠕动着，大大张开。

"小子！"

阵内向入口不停射击。教堂的台阶剧烈地晃动起来。教堂消失了。帕布莉卡正在奔跑的地方不知何时变成了她所住的公寓的楼梯。阵内不见了。

帕布莉卡想起了小山内守雄。那个扮作了年轻武士的他，带着隐秘的倒错之美的他，自从被宇部警部击中以来，既没有出现在梦里，也没有出现在现实中。他怎么样了？帕布莉卡有些担心

---

① 不动明王为佛教密宗中的菩萨，现愤怒相。陀罗尼即咒语之意。——译者

他的安危。也许是他那份犹如插画一般带有悲剧性美丽的年轻武士的身影残留在了自己的心里，也许是伴随着对他的哀怜，不知不觉间对他有了好感吧。

地面慢慢倾斜，楼梯开始融化。墙壁上眼看就要流淌下来的指示牌上，显示出当前是在十四层与十五层之间。或许是因为帕布莉卡在想小山内的事，于是就接近了十五层吧。她沿着十五层的走廊向小山内的住处奔跑。小山内正裸体躺在床上，了无生气的脸呆滞地望着天花板，自我中的重要部分已然丢失了。

"没关系，我去拿回来。"恢复到千叶敦子的帕布莉卡，俯身望向他的脸，宽慰般地说，"你的个性。因为，小山内——你是这样俊美啊。"

仰面望着敦子的小山内的眼睛，犹如要将她整个吸入的黑曜石的空洞。敦子像是被催眠了一般，不由自主地凑近了他的唇。

"啊，好可怜，好可怜。"

"千叶教授，我没有现实感。"小山内的语气像是没有灵魂的梦呓，"只有在这种状态下，我才能得到你的爱呀。"

只有这样才可以爱吗？也许并非如此，也许是因为自己也参与了恶的缘故。同为堕落者，彼此因为对方的美而悸动，也是理所当然的事。拥抱。正因为有着深深的罪恶感，才更是蛊惑的行为。敦子已经全裸了。整个房间化为蓝色，仿佛沉入了海底一般，随即又渐渐陷入黑暗之中。敦子犹如海星捕获贝壳一样，盖上了作为猎物的小山内的身体。她的四肢几乎都麻痹了，甚至有一种高潮时痉挛的预感。恶魔、恶魔正在侵入。向我之中、向我的心灵和身体。不然的话，这种绝非寻常的快感又是什么？

"并非如此，"乾精次郎说，"那些想法——把天使与恶魔当作两种原理的想法，把善与恶当作对立观念的想法，把人类作为中间的不稳定的存在的想法……"

他在哪里看着我们，从哪里向我们说话？是在这个房间里的某处吗？是从电视画面里吗？但是敦子被亢奋的情欲牢牢束缚住了，就连环视周围都做不到。

"……错了。善与恶是同一个概念，与人类对立着。天使与恶魔作为同样的宗教原理，与无意义的现世的良知、道德、小市民性以及理性对立着。仅此而已。"

乾精次郎就在身边，在床上赤身裸体，手放在小山内的肩上，向敦子说话。敦子并没有像以前那样觉得现在的状态有什么不自然。即使乾精次郎的话语依然如他的平日梦中的话语一样含义不明、言语不清，但此刻响彻在敦子耳中的、直抵心灵的声音，敦子却完全明了其中的意味。当然，对于这些话的正确性也都深信不疑。

"是的，你从一开始就应该知道，无论善恶，都因为我们的梦而共通了。之所以会对于邪恶感到怀念，也就是这个原因。正因为如此，对于人类而言，一切邪恶就与天使一样亲切。正因为有恶才会有善，正因为有恶魔才会有天使。"

伴随着破碎的声音，门被踹了开来。闯进房间的是能势龙夫，跟在后面的是山路警视和两个警部。

"在这里啊，乾精次郎！"

警视怒吼一声，乾精次郎也发出激怒的咆哮，站了起来。刹那间敦子变成了帕布莉卡，她已经不再赤身裸体，也不再沉溺于官能与梦的伦理，仿佛连人格都翻转了一般。帕布莉卡向能势和警官们叫道："抓住他！　他是现实的乾精次郎！　他头上戴着迷你DC，我看到了！"

全裸的乾精次郎在房间中膨胀起来，他自接近天花板的高处向能势等人宣告："去吧，回你们各自的梦里，回你们各自的潜意识去，回你们各自的恐怖之中。"

"不要去想他说的话。不要触发恐惧心。"

但是，帕布莉卡的叫声晚了一步，能势受到了乾精次郎的暗示。完了。这是在建大厦的钢筋骨架上，是我最害怕的地方。畜生。那个乾精次郎。为什么会知道我有恐高症？

然而，实际上是能势自己移动到这里的。晃动的钢筋下面是遥远的都市和鳞次栉比的楼房。钢筋骨架像蛇一样蠕动不停，想要把他摇晃下去。能势哀号起来，他伸手想要抱住什么，但就在手快要摸到的刹那，附近的钢筋便会唰地一下逃去远处。这样一种恐怖的状态其实也是能势心中的产物。他踉跄着大叫："救救我！有人吗？帕布莉卡，帕布莉卡！"

他在哭。掉下去就是死。真实的死。虽然看上去像是在做梦，但这却是无比真实的现实。可怕的、不得不接受的现实。

帕布莉卡没有来救他。

23

时田浩作回到他在公寓的住所。小山内守雄的住处就在隔壁，但对于那里刚刚发生过的一系列混乱，他一点也不知道。

岛寅太郎和大朝新闻的松兼也来了。岛寅太郎搭了松兼的车，先逃到了警视厅，后来听说那些魑魅魍魉已经有所收敛，于是便和松兼一起回到了公寓。

"说是有所收敛，那是什么意思？"从时田的母亲手中接过咖啡，松兼问。

"这条消息确实吗？"时田跑了太多的路，肚子已经饿了。虽然有客人在，他也自顾自地在吃母亲做的夜宵。

"粉川警视监这么说的。"距离餐桌稍远的卧室沙发上，筋疲力尽的岛寅太郎横躺着说。

"哦？召开新闻发布会了吗？"时田略微吃了一惊，有点担心似地放下筷子。

"不是不是，新闻发布会好像要到明天才开。粉川只对我们几个说了。"

"怪物的出现有所收敛啊。"时田又回到了慢悠悠的语调，"是乾精次郎醒了，还是他进入了非 REM 睡眠，不再做梦了呢？我想他应该是一直戴着迷你 DC 的吧，这样的话，就像千叶说的一样，会很难醒过来。应该是进入非 REM 睡眠了吧。"

"非 REM 睡眠的话，是在哪里睡的呢？"松兼兴致勃勃地问，"找到他睡的地方就行了吧？"

"不行啊，因为他可以超越空间而移动。"时田绝望地说，"比如说，他记得某个去欧洲旅行的时候住过的旅馆房间，就完全有可能睡在那里。所以根本无从找起。而且在梦中也可以回到过去。"

"回到过去？那就是时空穿越了。"松兼目瞪口呆。

"啊，好可怕啊。"时田的母亲颤抖起来，害怕地说，"那样的话，那个人可以在现实中兴风作浪，不是比地震洪水更加可怕了吗？"

"那些乱七八糟的怪物和异变应该就是从乾精次郎的梦里发生的吧。"岛寅太郎心有余悸地说，"不过好像还混进了其他人的梦。哪怕是只用过一次迷你 DC 的人，还有像你我这样被人用迷你 DC 投射了分裂症患者梦境的人，好像都混在里面。还有患者本身的梦。你觉得呢？"

"人偶队列和那个巨大的佛像显然不是从乾精次郎的梦里来的。"时田又拿起筷子，正要继续吃饭，可是筷子刚刚伸向最爱吃的烤鱼就失望了，"哎呀，这个东西是我自己的恐惧心。"

盘子里下半身只剩下骨架的烤鱼张开了嘴，开始以高亢的声音说话。"怎么了，怎么了，我是聪明的家伙。聪明的家伙。为什么扔到废纸篓里呀。明年学会在布鲁塞尔召开。所以好好吃两个饼哦。啊，这是冷笑话之一。可不是'隔壁的山冈小百合'哟。啊哈哈。"

"不知道混进哪个分裂症患者的梦了。"时田嘟囔道。

屏息站在儿子身边看着这幅光景的牧子终于"啊"的一声晕了过去。时田抱住她，和松兼一起把她抬到卧室的长沙发上。岛寅太郎站起来让给她睡了。

时田和岛寅太郎一同回到餐桌。看着时田面前已经变回了正常食物的烤鱼，松兼茫然半响，忽然说出完全不像社会部记者的话："难道说，通过那个迷你DC，可以和灵界交流吗？"

说完他又赶紧站了起来，像是对自己的荒诞发言感到惊讶一般。他凑近电视机，仿佛是要掩饰自己的失语。"虽然已经半夜了，不过应该也有报道吧。"

"……的事件，警视厅附近的混乱，和有关诺贝尔奖的记者招待会上发生的袭击事件一样。警方认为，在对它们出现的原因及对策进行说明的新闻发布会上，也很可能出现同样的袭击事件，"薄型三十七英寸大画面中，出现了因为兴奋而喋喋不休的新闻播报员，"因此警方发布最新公告，将原本预定于明天召开的记者招待会无限期推迟。此外还有消息称，在大约二十分钟前的凌晨一点零四分左右，多家报道这一系列事件的电视台直播室里都出现了怪物，导致直播被迫中断。"

　　忽然间电视上出现了前所未见的不可思议的扭曲，完全不像是信号干扰。等到扭曲平息之后，屏幕上出现了俯瞰镜头下的都市中心区的夜景。那上面可以看到钢筋结构，似乎摄像机架设在某处大厦建筑工地的高处。有什么人正在以咆哮般的声音吼叫。

　　"救救我。帕布莉卡，帕布莉卡！"

　　"在喊帕布莉卡啊。"时田站了起来。

　　"咦，这不是能势的声音吗？"哑然的岛寅太郎自言自语。

　　时田走到电视机前面，抱起胳膊紧紧盯住画面，就好像要从画面本身看出其中的含义一样。摄像机的视角似乎在移动，或者应该说摄像机变成了时田的眼睛。狭窄的钢筋结构上没有可以抓住的地方，真人一般大小的能势在上面被风吹得东倒西歪。

　　"能势，"岛寅太郎惊愕地站了起来，"不好。他有恐高症。啊，一定是被触发了恐惧心，自己跑到了那里。可怕的地方啊。再不去救他，他自己就要摔下去了。"

　　"这是哪儿？"

　　对于时田的问题，松兼凑过来仔细看了看画面，"这是宫畔大楼，这是气象厅，这是竹平町的一处大楼。"他看了看周围，"电话在哪里？赶紧联系警察。"

　　"啊，要掉下去了。"岛寅太郎哀号起来，"根本赶不及啊。"

　　"是啊，赶不及。"时田慢吞吞地说，"他虽然在喊帕布莉卡的名字，但却出现在这个电视里，这是在找我们救他啊。好吧，"他突然放大了声音，"能势先生，能听到吗？"

头发被风吹乱的能势将头转向画面。单单这个动作，便又让他的身体晃了好几下。可以看出他能听到时田的声音，只是好像看不到时田的身影。

"危险！"

在岛寅太郎双手掩面发出惊叫的同时，时田浩作的双手伸进了电视屏幕里。玻璃屏幕消失了，画面与室内的空间连成了现实，都市高处的风吹进房间里，真人大小的能势被浩作的手紧紧抓住，在一瞬间的惊愕之后，他也反过来用力抓住了浩作的手臂。浩作双臂用力，将能势的身体从电视画面中拽到了公寓住处的地上。

24

两周，三周。

无论搜索队如何焦急，还是找不到乾精次郎的行踪。

都市中心区出现怪物和异变的频率正在降低。但即便如此，还是没有很好的预防办法。采访千叶敦子和时田浩作的记者招待会总会遭到袭击，警视厅的新闻发布会也会发生异变。记者们再不敢和千叶他们发生什么联系，只有松兼一个人持有蛮勇，仿佛完全没有意识到梦的恶意与梦的憎恨，对于蓟草和荨麻一般刺人心灵的、自皮肤渗入潜意识中的恐怖毫无所觉，继续活跃在采访的第一线，不断获得敦子和时田的独家新闻，然后再由各家报社转载。而对于这些主要是由清醒意识构成的新闻报道，梦的干扰也不能兴风作浪，最多也就是让报纸的印刷变得模糊，使人难以阅读而已。

至于大众，虽然感到非常疑惑，想要了解真相，但终于也明白了"想要了解真相"本身也是一种禁忌。对于不分大小事件，总是动不动就会精神激昂的人来说，他们不得不面对会使其自身受害的禁忌的存在。大众没有阻止寂静无声的疯狂蔓延的能力，而且看到一个路人突然开始狂笑，很难判断他是因为身边发生了异变才引发癫狂，还是因为长期以来一直压抑的恐怖使然。这是由于异变常常只有当事人自己才会注意，譬如母亲的脸刹那间变成海豹的模样，手表的表盘数字飞舞起来，等等。某些人即使只遇到过一次异变，但也由此受到了难以言喻的刺激，之后就会引发自身的自卑感、恋母情结、性倒错、恐惧症等诸如此类的病态心理和心理创伤，而这些心理又会反过来引发自身的噩梦，然后又影响到周围的人。所以，有人会看到周刊封面上的千叶敦子忽然化作恶魔，发出狂笑，但也有人浑然不觉。同样地，有人正在听着相关报道，耳边会响起某个声音对时田浩作和诺贝尔奖破口大骂。

诸如此类的怪异事件，都是以都市中心区为主，最多也只波及到周边的几个县市。由此可以推断，乾精次郎的所在地应该是在都市中心区。但是，敦子想，他的憎恨有可能超越时空。自己和时田若是去了别处，怪物们也会如同噩梦一样如影随形地追来吧。

在这份隐约的担心之中，诺贝尔奖颁奖典礼的日子一天天近了。

敦子每晚所做的梦固然也有可怕的地方，但也逐渐在向甜美的梦境转变。乾精次郎的梦出现的次数越来越少，而且基本上也不再带有什么攻击性，最多不过是一些他所沉溺的邪教与男色氛围的回忆而已。这是因为他白天睡得太多、夜晚不怎么做梦，还是因为戴着迷你 DC 无法苏醒的缘故？他是在某处一直沉睡、逐渐衰弱下去，还是在为某一时刻的爆发积蓄憎恨？敦子猜不出来。

取而代之的是时田浩作的梦、能势龙夫的梦、粉川利美的梦、岛寅太郎的梦，甚至连小山内守雄的梦都混杂了进来。这些全都是喜欢敦子的男性们的梦，他们以守护敦子的形态，将她包裹在如蜜一般的甘甜之中。既有将整个身心都沉醉在被浩作和小山内夹在中间同床共衾的快乐时刻，也有在床上被能势和粉川两个人一同爱抚的时刻。他们这些男性多数派的梦压倒了孤身一人的敦子的梦，使她自身的梦不知道飞去了什么地方。但有一点可以肯定，是出于自身的愿望，敦子才会贴近了他们的梦。那样一种仿佛要融化身体的快感，不是现实中可以追求到的。而在那样的梦中，也可以体验到比现实更加鲜活的感受。有些时候，敦子也好，男人们也罢，会区分不出到底是梦境还是现实。睁开眼睛常常发现自己正在床上和某个男子亲密相拥。

白天见面的时候，男人们看见她，回想起前一天晚上的事，都会显得颇为尴尬。这一点敦子也是一样。不过那些人不愧都是绅士，彼此之间尽量回避这个话题。即使在男性们中间，似乎也从没有将这个作为戏谑相互取笑的低俗行径。

到了敦子与时田出发去瑞典的日子，上午十点半，来到新东京国际机场采访的只有松兼和其他三四家媒体的报道组。除此之

外的各报社显然都畏惧曾经亲身经历过的怪异现象，不敢前来采
访。虽然最近怪异事件的发生正在减少，但采访若是过于热烈，
或许又会让乾精次郎发怒吧。来给敦子们送行的人也很少，仅有
瑞典大使馆的两位成员和文化厅等部门的三四个政府工作人员，
再加上岛寅太郎而已。精神医学研究所的理事和其他人一个也没
来。菊村警视正和宇部警部虽然来了，但显然是为了警戒的目
的。总之这是一场颇显寂寥的启程，采访也仅是站着简单说几句
话的程度。

"唔……终于要出发去参加诺贝尔的颁奖典礼了。"女记者
担心周围会不会跳出什么东西，有点心不在焉地采访敦子，"您
此刻的心情……唔……简单说几句吧。"

"啊，出发啊……终于要颁奖了，简单说几句心情。"敦子强
忍困倦说，"真像梦一样、梦。不对，这就是梦。"

"是吗，哞……"女记者的头突然变成牛头，无力地垂了下
去。那份重量让她清醒过来，但牛垂下的口水还是残留在嘴角，
"啊，对不起，今天早上只喝了一碗粥。"她吸了吸口水。

"请平安归来。"松兼似乎是被梦的情绪失控所捕捉，热泪
盈眶地说，"也就是说，我也是爱着你的，深切地、深切地爱
着你。"

"啊，松兼先生。"敦子与松兼忘情地接吻。

"至今为止那些奇怪的事情就算还会发生，"男性记者在问

时田的时候，也为自己的言辞悚惧，窥探着周围的情况，"颁奖典礼上可以预测的怪事，唔……未必是把住所换成舞台一样的工作吧。"

"是那样的吧。会发生，唔……奇怪的事情，那个嘛，也是因为在梦里啊。"时田又像平日一样口齿不清了，"探索现实，在梦境中奋力前进，前进，就好像真是现实一样。朝着斯德哥尔摩的方向不断前进，不断前进。"

摄像机纷纷收起，只剩下一台摄像机追逐拍摄着两个人。敦子和时田向登机口走去的时候，异变出现了。周围充满了暗紫色的光，天空微微黯淡下来，机场的广播停了，伴随着喇叭里传来含混不清的低低笑声，乾精次郎温和的声音中似乎隐藏着什么阴谋：

"主帅耶稣基督指挥的军队于耶路撒冷布阵，对屯集在巴比伦旷野上的地狱军队宣战。"

这是推行军队式教育的教会、耶稣会的心灵修炼操演中的一节。在休息室里候机的为数不多的客人们基本上都没有关心的模样，但那显然是对敦子他们的宣战布告，这一点不会有错。至少具有让送行的人毛骨悚然，慌张撤退的效果。

斯堪的纳维亚航空公司斯德哥尔摩直达航班的喷气式飞机于十一点十五分自成田机场起飞。预定到达时间是当地时间下午两点之后，不过因为有时差，实际上要飞十个小时以上。敦子和时田一同坐在头等舱的靠窗座位。这是国宾待遇，乘务员全都知道两个人的名字。

起飞之后差不多两小时的时候，飞机开始剧烈摇晃。难道说——敦子想着，扫视了飞机里一圈。果然。在后面的座位上，有个人带着不安的神色垂首不语，但又时不时以担心的眼神偷看敦子他们。那个人正是警视监粉川利美。他似乎是自己给自己下达了负责两个人的安全，以及预防颁奖典礼上发生不祥事件的任务。然后为了尽量不刺激乾精次郎，悄悄跟上来了吧。敦子对他的模样微微苦笑。如今剧烈摇晃的不是警视厅内部，而是因为带有重大使命而无比紧张的粉川自己的内心吧。

但是，敦子没能继续笑下去。乾精次郎选择传统且严肃的诺贝尔颁奖典礼作为天堂与地狱的殊死决战之地，一定是要将那里陷入极端的混乱之中。

25

在鲜花与麦克风包围的主席台上站着的医学家卡尔·克兰茨博士正在以瑞典语介绍医学生理学奖的获奖者。面向主席台的第一排椅子上坐着瑞典国王，主席台的左右两边分别坐着穿着正装的获奖者和委员们。宽敞的会场座无虚席，两千余名观众表情肃穆，鸦雀无声。自下午五点仪式开始起已经过去一个小时了。迄今为止并没有发生什么奇怪的事情，但是敦子能感觉到整个建筑都带有某种让空气微微颤动的刺啦啦的微弱电流。

他在这里。

乾精次郎的存在是明显的。这一点正在牵引着敦子的恐惧心。但在另一方面，敦子也有一种听天由命的心情。至少她确信，颁奖典礼迟早会变成一场大乱。只不过在场的两千多人里，并没有什么人担心这件事。在距离日本如此遥远的瑞典，几乎没有人知道远东异国发生的骚乱。就算有人听说过，也把它当作荒诞无稽的流言，完全没有当真。

"啊，刚刚国王的脸，忽然变了一下副理事长的脸。"邻座的时田浩作对敦子耳语道。

"不要怕，"敦子也耳语说，"那是他的花招。"

　　敦子他们完全听不懂瑞典语，乾精次郎应该也是一样。要是他能听懂，对于那些夸赞敦子和浩作的言辞，肯定会做出激烈的反应才对。瑞典语的演说结束之后，卡尔·克兰茨博士略微提高了声音，开始以英语简单陈述获奖理由。敦子紧张起来。如果这场解说也安然结束的话，自己和浩作就要踏上绒毯，走下带有扶手的台阶，来到国王的面前，接受奖状、奖杯，以及装有支票的信封了。

　　"为了表彰您所发明的、用于精神疾病治疗方面的精神治疗仪器，以及运用它而得到的许多重大成果，斯德哥尔摩诺贝尔基金会决定授予您本年度医学生理学奖。在这里，这已经变成了让人厌恶的黑暗浪漫主义，在血之祭坛上，不断被鲜血浸泡。但正是在鲜血之中，有着赎罪的力量。所谓生命，就在鲜血之中。生命必须以血来偿还彼岸的生。"

　　敦子握住浩作的手："开始了。"

　　卡尔·克兰茨博士的声音下贱地皲裂，身形也开始扭曲起来。

　　"混蛋。就是不让我们好好领奖啊。"浩作叫道。

　　"哇哈哈哈哈哈哈哈哈哈！"发出疯狂笑声的卡尔·克兰茨博士化作了满是黑血的狮鹫兽，上半身搭在桌子上，头部对着敦子咆哮。"女人啊，将你的血献上祭坛。女人就是邪恶的最大基础，是不幸与耻辱的仓库。"

怪物的巨大声音，瞬间就被会场里突然迸发的悲号、叫唤、怒吼声淹没了。第一个逃跑的是管弦乐指挥台上的指挥，接着是国王的随从们一起站起来逃走了。来自世界各地的嘉宾们，有的踢倒了椅子，有的当场晕了过去。太靠近怪物的领奖者和委员，还有坐在不远处的二楼包厢上的领奖者的家属，只知道睁着疑惑的双眼，一个个目瞪口呆。

这是恐怖的世界，也是由自己的恐怖构成的世界。无处可逃。敦子为了激励自己，对浩作说，"别怕，加油，就在这里作战吧！"

可是现在该做什么才好？能得到梦的力量吗？粉川利美在哪里？他不是嘉宾，应该不在这个会场里，那他是在哪里呢？

狮鹫兽仰头对着会场高高的天花板咆哮。青紫色的光在二楼包厢的周围闪烁，有一个巨大的东西浮在空中，逐渐逼近主席台。

大日如来①的身影。

一楼中央的通道上也跑来了一个带着武器的金光闪烁的人。那是不动明王。从脸型上看，很明显，大日如来是玖珂，不动明王是阵内。狮鹫兽的咆哮是在畏惧那些东方的伟大存在。怪物变了方向，跳起来，向敦子和浩作猛扑过去。

————————

① 佛教密宗中的如来。——译者

　　枪声。狮鹫兽在呆若木鸡的两个人眼前倒下，消失了。由主席台的门后跑来的是粉川。他的枪把只差数秒就被狮鹫兽咬断咽喉的敦子和浩作救了出来。周围的人全都跳起身，发出尖叫和怒吼，四散逃窜。怪物纷纷出现，会场里惨叫声此起彼伏。

　　"逃吧，"能势出现在他们两个人面前。虽然知道无处可逃，但也不能傻站在原地不动。能势叫道，"暂且先逃到我的梦里去。"

　　是啊，日本现在正是夜晚。能势、玖珂、阵内，都是睡着了在做梦的时间。敦子顿时明白了。他们接收到了乾精次郎正在袭击自己和浩作的梦，于是通过梦境在现实里出现，来救自己了。

　　"快去吧。"粉川逆着逃跑的人流挤到两个人的面前，喘着粗气说。

　　身在梦中的能势，以超现实的能力改变了现实。能势、敦子、浩作三个人置身在绵延山脉脚下的田地之前，正站在空荡荡的街道上。那是帕布莉卡熟悉的烟酒店的后门，竖着车站牌的地方。

　　"这是我的故乡开始的地方。"能势以梦中的语调向浩作介绍说，"也可以说是一系列的梦开始的地方。"接着是不成语句的呢喃。

　　"站在这里说话吗？"浩作兴味索然地说，"没有别的可以说话的地方了吗？可以冷静下来商讨怎么对付副理事长的地方？"

"那样说来，"能势立刻带着两个人移动到大学时代喜欢的、也是经常去的那家铁板烧店的角落去了。

周围的客人紧盯着围着铁板的桌子的三个人。多数好像都是男女学生。和以前不一样了啊，能势想。梦也有历史吗？或者说，这个铁板烧店到现在也存在着——这是在现实里吗？

"阵内和玖珂还在战斗吗？粉川先生也在那里？"

"不，怪物消失了。"不知什么时候，面向收银台、背对三个人的阵内回过了身。已经不再是不动明王了，但那份精悍还是没有变，"那个副理事长也跟到这里了吧。"

邻座身穿燕尾服的玖珂侧过身，无声地点头。

"但是，会场已经陷入不可收拾的大混乱了吧。"敦子叹息道，"搞得诺贝尔奖一团糟。"

"以梦的力量把时间返回到开会之前吧。"玖珂微笑着说，表情之中似乎有一种让人信赖的感觉，"不过在那之前，必须要先讨伐那个乾精次郎。"

乾精次郎要是如此简单就可以"讨伐"的话，也不会演变成现在这样了。大家都发出"唔"的声音，陷入了沉思。略显脏乱的铁板烧店里，不知什么时候，相对而坐的瑞典国王和卡尔·克兰茨博士出现在他们对面的一张桌子旁，正在眨着眼睛打量周围。

"来了。"敦子呻吟般地说。

乾精次郎的憎恨，正在流入能势的梦里。不对。这里虽然原本也许是能势的梦，但现在已经快要分不清是谁的梦了。也可能全体人员都被拉进了乾精次郎的梦里。

"铁板烧开始变成讨厌的黑色玩意儿了，有点像是内脏。"能势也说，"不和谐啊，这样的东西我的梦里可没有。"

连同铁板烧店的桌子一起移动到了密林之中。玖珂不见了。密林里充满了乾精次郎式炙热的能量，但显然不是乾精次郎的梦。这里是莫罗博士岛，能势想，并且立刻把这个想法传给了大家。阵内隐约记得故事的内容，他应了一声"好"，掏出小刀，反手握住。好，对决吧，变成了帕布莉卡的敦子如是说，而且这里全都是战友。

"虽然我已经死了，"前面出现了满身是泥的冰室，他穿着白衣，巨大的身躯需要仰头去看。他瞪着小小的圆眼睛，可怜地说，"但一直没有忘记被杀的仇恨，还留着临死时候的意识。这里都塞满了。"

"哇！"浩作害怕地叫道，蹲进草丛里。

因为是在梦里，阵内投向冰室眼睛的小刀没有发挥效果，只是让冰室的脸变得更加可怕去威胁浩作而已。能势一边回想有着老友们出场的梦，一边大叫着"去"，猛冲向冰室。草丛里出现了几个衣衫褴褛的兽人，他们是从能势的心中呼唤出来的，随着能势一同扑向了冰室。他们似乎是高尾、秋重、筱原几个。

冰室瞬间变成乾精次郎的脸，消失了。就连乾精次郎也被这些从未见过的可怕兽人吓到了吧。

场景变成了大教堂，充满了赤黑色的光芒。阵内不见了，不知道是不是没办法进入这里，还是被关在外面了，取而代之的是岛寅太郎的加入。

"这里很危险，"岛寅太郎说，"显然是在乾精次郎的梦里啊。我在梦里被带来过这里好几次，每次都被他折磨。"

"那，还是去我的、我的梦里。"能势忍耐着即将陷入深沉睡眠的感觉，邀请帕布莉卡他们，"然后去旅行吧。能带着大家一起去，我很幸福。到最遥远的地方去吧。"

日式旅馆的一处房间。白昼的蓝天与阳光。由窗口可以看见田野。似乎是虎竹旅馆。岛寅太郎和时田不见了，房间里只有帕布莉卡与能势两个人。大家就算各自返回了自己的梦里，可浩作去哪里了呢？是被绑架到乾精次郎的梦里去了吗？屏风向两边打开，柿本信枝以衣冠不整的浴衣姿态盘腿而坐，可怕的头发偏在一边，变形的下体暴露在外，她正瞪着两个人。

"恋爱如梦似幻。是我自己的悲哀。想要咬死你啊。"

这个妖怪是能势最害怕的东西。他畏惧这种恐怖和淫猥，逃向窗户，向在田野里卖菜的难波求助。"喂！难波、难波、难波，过来，帮帮我。"

但是难波只是笑着摇头，坐上巨大的西红柿，飞到距离地面只有三米左右的街道上空，向远方飞去。

"是啊，"帕布莉卡说，"这是我的恐惧心。被副理事长利用了。"

"那样的话，寅夫，来。"为什么能势呼唤儿子的名字？

虽然在叫"寅夫"，能势的心中出现的还是虎竹贵夫的形象。从地下出现的巨大老虎扑向柿本信枝。已经失去形状的她更加不成形状，没有固定形状的肉体被老虎一口口咬碎，血流不止。

帕布莉卡明白，这其实是在同乾精次郎进行令人窒息的战斗。现在正在相互角斗的时候，但还没有到达能够讨伐他的地步。说起来，所谓"讨伐"他，是要把他变成什么样的状态呢？是把他的强韧自我击溃吗？如何才做到这一点呢？

如何才做到这一点呢？

场景再度切换，但又回到了大教堂。稍稍疏忽一下，就被带回了乾精次郎的梦里。但这个大教堂却和刚刚诺贝尔奖颁奖典礼举行的那个音乐厅非常相似。杳无人影的大教堂里，只有帕布莉卡一个人。中央的祭坛上树立着真人大小的挂在十字架上的耶稣像。因为痛苦而不断扭动身体的耶稣裸露着身体，洁白光滑的皮肤上流淌着鲜血，十分煽情。为什么自己会感觉耶稣像如此蛊惑？帕布莉卡叫了起来。那是小山内守雄。正因为如此，那个流着血的、痛苦而又美丽地扭曲着的身影更显色情。那么这便是乾精次郎心中的耶稣的形象，是他信仰的对象吗？

"女人，"乾精次郎的铜锣声在教堂中回荡，"你这污秽的东西，人生的累赘，朽木、毒虫、蚍蜉。捏死你，把你切得粉碎，用你的残骸奉献给祭坛。"

彩绘玻璃纷纷碎裂，碎片飞向帕布莉卡。无处可逃。她想钻到椅子下面，可是地板起伏不断，也很危险。能势、浩作、阵内、玖珂，能感觉到他们正在拼命想要帮助自己。但乾精次郎把他们从自己的梦里排除在外，牢牢地将第一个祭祀品定在帕布莉卡身上。

能势为了救出远处的帕布莉卡，就像冲破塑料薄膜一样，拼命冲进乾精次郎的梦里。梦中对帕布莉卡的热切思念，也许是因为身在梦中的缘故，极度高涨。能势便借助着这份情感，冲破了乾精次郎的屏障，硬是闯了进来。刹那之间，能势的眼中看见，乾精次郎的潜意识的硬壳被自己激烈的爱与憎恨撕开了一道缝隙。他凭借只有梦中才有的逻辑，向乾精次郎发起了攻击。

能势跳上祭坛，扯下了小山内守雄扮演的耶稣腰上的遮羞布。在他双腿之间，正如能势以梦之力强烈祈念的一样，长的是女性下体。

"哇哈哈哈哈哈哈哈哈哈哈！"

乾精次郎的狂笑充满了教堂。天花板纷纷掉落，彩绘玻璃的碎片四处飞舞，变成老鼠的尸体、德语词典、葡萄酒杯、圆珠笔、蝎子、猫头、注射器等各种各样乱七八糟的东西，充满了空间。所有这些东西化作龙卷风，变成怒涛，在教堂里疯狂飞舞。

"发狂了啊。"时田浩作的声音不知道在哪里叫道。

大教堂消失了。除去不知陷入了何种状态的乾精次郎，各人都返回了各自的梦或现实去了。

玖珂一直在等这个瞬间。他将自己所具有的全部梦之力瞄准了时间的逆转，等待着。利用想要返回过去的梦的性质，他要在特定的时间里让梦苏醒。他成功了，但也耗尽了身体与精神的力量。

玖珂失去了意识，陷入混沌之中。

卡尔·克兰茨博士开始以英语陈述：

"为了表彰您所发明的、用于精神疾病治疗方面的精神治疗仪器，以及运用它而得到的许多重大成果，斯德哥尔摩的诺贝尔基金会决定授予您本年度的医学生理学奖。"

26

店内播放着"P. S. I love you"。茶褐色的店里，在 Radio Club 中仅有的那个像是包厢一般的雅座里，宴会正在静悄悄地进行。每个人都在怀念和反思着曾经目不暇接的过去，都在为如今的平静而欣喜。

"谁都不知道他躲在那里啊。"岛寅太郎怃然说道，"一直不吃不喝地在睡觉吧。"

乾精次郎是在精神医学研究所附属医院的地下二楼里被发现的，他在那间早已被人遗忘的拘禁室里气绝身亡了。

"他一直躲在那里积蓄精力，等着诺贝尔奖颁奖典礼的到来吧。"粉川利美连连叹息了好几声，摇头道，"他一直戴着迷你 DC，看来是对自己的灭亡早有准备了。迷你 DC 埋进了他的头盖骨里，灰色的底面已经覆盖上了薄薄的头皮。唉，充满憎恨的执念真是可怕。"

"在和我们的那一战之后不久，他就死了吧？"能势问。

"是的吧。那一战之后一直都没出现过，不管是在我们的梦里，还是在现实里。"粉川点头说，"那一战的失败耗尽了他的能量吧。"

"好像还发狂了。"

"嗯，是发狂的。"时田浩作说了一句，转头问粉川，"副理事长躲在地下的事情，小山内知道吗？"

"应该知道吧，我认为有可能就是小山内把他藏在那里的。冰室以前好像就被拘禁在那里。"

小山内守雄正在接受涉嫌杀害冰室的调查。

"冰室，还有桥本，还有其他许许多多的人，真可怜啊。"浩作明显流露出痛苦的神色，"大家都发狂了，从一开始，包括我在内。"

这一句话让大家都有些不安，身体也有点坐不住的样子。谁都不想要迷你 DC 的残留效果，而且不单单是残留，还有不断增大的过敏反应，以及会变得更加过敏的免疫过敏性。然后还有每个人都记得的、无法诉诸于口的恐怖。要是有人能让自己忘记这一切就好了，可是有谁能做到这一点呢？

千叶敦子拍了拍邻座的浩作的手背，用明快的声音说："津村和柿本正在痊愈哦。"对于可以向浩作做出这种亲昵举动的自己，敦子很有些自豪。

"诸位喝点什么吗？"玖珂脸上浮现着圆润的笑容，站在敦子身旁。

"是啊，明明说是趁着大家都在，先干一杯的，结果点都还没点啊。"能势转头向玖珂说，"好吧，全给大家上一样的酒。"

"大家都一样吗，知道了。"玖珂微微鞠了一躬。

"你身体好了吗？"岛寅太郎问。

玖珂再次郑重鞠了一躬。"衰弱很快就好了。如今就像您所见的一般。"他伸开双臂。

"好像比以前胖了吧。"吧台之中，阵内笑道。

"对了，夫妇俩获得诺贝尔奖的例子以前也不是没有，不过两个获奖者结婚的事情好像还没有过吧？"能势说，"你们的结婚典礼是在什么时候？"

"哦，等这个颁奖典礼的骚乱告一段落之后，"时田结结巴巴地说，"记者招待会也不打算开了，偷偷结婚。"

"对不起大家了。"

这一句话中带有只有在场者才理解的秘密，以及小小的不道德的意味。大家一同笑了起来。端来酒杯的玖珂和吧台里的阵内也都举起杯子。大家一起为敦子与浩作的得奖及婚约干杯祝福。

"与帕布莉卡也告别了。"敦子像是特意叮嘱似的说，扫视了在场的男人们一圈，"借此机会也向大家说明一下，以后不管发生什么事情，帕布莉卡也不会出动了。"

"是吧，"岛寅太郎仿佛很悲伤地说，"没办法啊。那个可爱的、美丽的帕布莉卡，死了呀。"

"死了，"敦子微笑起来，"不存在了。"

"不，不是那样的。"能势挺起身子，"帕布莉卡还活着，她和许许多多超级巨星一样，在我们、在这里的男人们心中永远活着。至少我是忘不了的。"

　　"但是，再也见不到了啊。"粉川大声叹息道。

　　"不，会见到的。"能势认真地说，"只要想见，总有一天，会在梦里见到的。真的想见的时候，只要切实去想'要见'，她必然会在梦里出现的吧。我坚信这一点。帕布莉卡一定有着独立的人格。她和过去一定没有任何变化。她会向我们笑，向我们说话，连同她那花一般的美丽和纤细的温柔，还有伴随着勇气的那份知性一起。"

27

店内播放着 "P. S. I love you"。茶褐色的店里没有客人。就像平时一样，阵内在吧台里擦着玻璃，玖珂在门里站着。

哎呀，阵内侧了侧头。在酒吧最深处的雅座里，似乎有几个客人，正在静静地交谈着什么，不时还发出轻轻的笑声。

那几个优雅的客人，是在现实和梦境里都很亲密的人。他们不来了呀，阵内想，真令人怀念啊。那些人已经有多久没来了？

抬起头，门前是好友的背影。玖珂和平时一样，纹丝不动。阵内不禁向他招呼了一声。

"喂，我们战斗过的吧。"

依然背对着阵内的玖珂脸上浮现出的淡淡微笑，略微浓了一些。他眯着似乎睡眼惺忪的眼睛回答："啊，我们战斗着。"

唔，唔，阵内点点头，又开始擦玻璃了。他的脸上浮现出满足的笑容，嘴角又像是在窃笑一般。过了一会儿，他像是要再确认一次似的，又向玖珂说："那，我们勇敢吧。"

玖珂用好像是在呢喃一样的声音说："啊，勇敢啊。"

阵内开心地更加用力擦起玻璃。但他心中还是存着一件怎么也无法接受的事。意识到这一点，他脸上的表情转而严肃，低声喃喃地问——但既不是向自己，也不是向玖珂——"那么，那果然还是个梦啊。"

玖珂没有回答。依然背对着阵内的玖珂，仿佛是沉溺在冥想中一样，合着眼睑，看不出是否知道这个问题的答案。他的笑脸，愈发近乎佛像了。

图书在版编目(CIP)数据

盗梦侦探 / (日)筒井康隆著;丁丁虫译. —上海:
上海译文出版社,2015.7 (2023.8 重印)
ISBN 978-7-5327-6828-8

Ⅰ.①盗… Ⅱ.①筒… ②丁… Ⅲ.①长篇小说—日
本—现代 Ⅳ.①I313.45

中国版本图书馆 CIP 数据核字(2014)第 271780 号

图字:09-2009-075 号

盗梦侦探

[日本] 筒井康隆 著 丁丁虫 译
策划/张吉人 责任编辑/李 洁 装帧设计/蔡南升 封面绘图/Moeder Lin

上海译文出版社有限公司出版、发行
网址:www.yiwen.com.cn
201101 上海市闵行区号景路159弄B座
杭州宏雅印刷有限公司印刷

开本 850×1168 1/32 印张14.25 插页 5 字数 196,000
2015 年 7 月第 1 版 2023 年 8 月第 4 次印刷
印数:10,001—12,000 册

ISBN 978-7-5327-6828-8/I·4129
定价:45.00元